Encanto

TRICIA RAYBURN

Encanto

Tradução
FAL AZEVEDO

1ª edição
Rio de Janeiro-RJ / Campinas-SP, 2012

Editora: Raïssa Castro
Coordenadora Editorial: Ana Paula Gomes
Copidesque: Tássia Carvalho
Revisão: Anna Carolina G. de Souza
Capa e Projeto Gráfico: André S. Tavares da Silva
Foto da capa: © Khoroshunova Olga / Shutterstock Images

Título original: *Undercurrent*

Copyright © Tricia Rayburn, 2011
Todos os direitos reservados.

Tradução © Verus Editora, 2012

ISBN: 978-85-7686-171-3

Direitos reservados em língua portuguesa, no Brasil, por Verus Editora. Nenhuma parte desta obra pode ser reproduzida ou transmitida por qualquer forma e/ou quaisquer meios (eletrônico ou mecânico, incluindo fotocópia e gravação) ou arquivada em qualquer sistema ou banco de dados sem permissão escrita da editora.

Verus Editora Ltda. Rua Benedicto Aristides Ribeiro, 55, Jd. Santa Genebra II, Campinas/SP 13084-753 | Fone/Fax: (19) 3249-0001 | www.veruseditora.com.br

CIP-BRASIL. CATALOGAÇÃO NA FONTE
SINDICATO NACIONAL DOS EDITORES DE LIVROS, RJ

R214e

Rayburn, Tricia
    Encanto / Tricia Rayburn ; tradução Fal Azevedo. - 1.ed. - Campinas, SP : Verus, 2012.

    Tradução de: Undercurrent
    ISBN 978-85-7686-171-3

    1. Ficção americana. I. Azevedo, Fal, 1974-. II. Título.

12-0959   CDD: 813
                                             CDU: 821.111(73)-3

Revisado conforme o novo acordo ortográfico

Para Honey

Agradecimentos

Por me ajudar a levar mais uma história da série *Sereia* até os leitores, serei eternamente grata à minha superagente, Rebecca Sherman; à maravilhosa editora Regina Griffin; a Elizabeth Law, Doug Pocock, Mary Albi, Alison Weiss e o restante do time da Egmont USA; além de Cecilia de la Campa, Angharad Kowal, Chelsey Heller, Ty King e Jenna Shaw, da Writers House.

Aos meus amigos e à minha família – vocês sabem quem são e quanto significam para mim. Não posso agradecer o suficiente a todos vocês.

1

ERA 1º DE SETEMBRO. O dia em que minha irmã mais velha, Justine, deveria estar começando as aulas. Comprando livros didáticos. Pensando no futuro. O dia em que deveria estar fazendo todas as coisas que os calouros fazem, mas não poderia, porque seu futuro fora decidido no instante em que saltara de um penhasco, no meio da noite, três meses antes.

Naquele dia, era eu quem caminhava por um *campus* universitário.

– Este é o Edifício Parker – explicou meu guia. – Aquele é o Edifício Hathorn, e ali fica a capela.

Sorri educadamente e o segui pelo pátio principal. A bela área, que mais parecia um parque, era cercada de prédios de tijolos vermelhos e estava repleta de alunos conversando, rindo e comparando cronogramas de aulas.

– Aquela é a Biblioteca Coram – continuou ele, apontando. – E atrás dela fica a Biblioteca Ladd, a meca do conhecimento, com dez mil e quatrocentos metros quadrados de área.

– Impressionante – respondi, pensando o mesmo a respeito dele. Seus olhos castanhos eram doces e os cabelos escuros estavam meio desgrenhados, como se tivesse adormecido sobre um livro aberto antes de vir me encontrar. O bronze dos braços bem definidos contrastava com o branco imaculado da camiseta esportiva. Se a Universidade Bates pretendia apelar para as aspirações românticas das adolescentes, além de seus objetivos acadêmicos, escolhera um bom representante.

– E muito confortável. Pode confiar, sei do que estou falando. – Ele fez uma pausa, segurou a manga do meu suéter com uma das mãos e me puxou. Quando me aproximei dele, um *frisbee* cruzou o ar, passando pelo espaço que minha cabeça ocupara segundos antes.

– Eu confio – respondi.

Estávamos tão próximos que eu podia ouvir sua respiração. Seus dedos apertaram a manga do meu suéter com mais força e seu braço ficou tenso. Depois de alguns segundos, ele me soltou e agarrou as alças da mochila em seus ombros.

– O que é aquilo? – perguntei.

Ele seguiu meu gesto de cabeça na direção de um alto edifício perto das bibliotecas.

– *Aquilo* é o fator decisivo – disse ele, caminhando pela calçada. Quando chegou aos degraus que levavam ao prédio, ele se virou para mim e sorriu. – Contemple o Departamento de Ciências Carnegie.

Cobri o peito com uma das mãos.

– O Departamento de Ciências Carnegie? Onde alguns dos mais brilhantes e visionários cientistas do mundo fazem pesquisas revolucionárias, que continuam a definir o panorama da ciência moderna como a conhecemos?

Ele fez outra pausa.

– Sim.

– Espere um minuto. Preciso tirar uma foto.

– Se você já está familiarizada com o prédio – disse ele, enquanto eu procurava pela câmera digital em minha bolsa –, deve saber que o trabalho realizado aqui diferencia esta universidade das outras. Mesmo que você não esteja estudando ciências, acho que só isso já compensa os duzentos mil dólares cobrados pelo curso.

Vox clamantis in deserto.

Olhei para a tela da câmera digital e minha mente se encheu de imagens de chaveiros verdes. Xícaras de café. Um suéter e um guarda-chuva. Todos com o familiar brasão de Dartmouth.

– Vanessa?

– Desculpe. – Sacudi a cabeça e levantei a câmera. – Diga xis.

Ele começou a falar, mas se deteve. Seus olhos se ergueram e pousaram em algo atrás de mim. Antes que eu pudesse me virar para ver o que havia chamado sua atenção, senti um tapinha no ombro.

– Está tudo errado – disse um cara no instante em que me virei. Ele parecia ter a minha idade, talvez um ou dois anos mais velho, e estava junto com outros dois garotos, que sorriram quando olhei para eles. Vestia calças cargo, camisa de flanela e botas de alpinismo, como se planejasse fazer uma caminhada nas montanhas assim que as aulas terminassem.

– O que você quer dizer com isso?

– Quero dizer, é uma boa foto... Mas ficaria muito melhor se você estivesse nela. – Ele estendeu a mão com a palma virada para cima. – Posso?

– Ah. – Meus olhos se fixaram na câmera. – Obrigada, mas...

– Mitose – disse o meu guia.

O alpinista ergueu os olhos na direção dos degraus atrás de mim.

– Acabei de lembrar que há uma excelente mostra fotográfica sobre mitose celular lá dentro. E o melhor horário para visitar a exposição é agora, no final da manhã. Devíamos ir logo, antes que a luz mude.

– Certo – o alpinista assentiu. – Sabe, você provavelmente conseguiria recrutar milhares de alunos todos os anos, se ela estivesse no material promocional da faculdade.

– Posso garantir que passarei sua sugestão ao departamento de admissões.

O alpinista me dirigiu um último olhar de admiração antes de se afastar. Esperei que ele e os amigos dobrassem a esquina e sumissem de vista, antes de me virar. Meu guia estava parado no mesmo degrau, com as mãos nos bolsos, o rosto tenso de... de quê? Nervosismo? Ciúme?

– Há mesmo uma excelente mostra fotográfica sobre mitose celular lá dentro? – perguntei.

– Se houvesse, não estaria no roteiro. Não queremos entediar as pessoas e fazê-las desistir da matrícula.

Ergui a câmera.

– Xis – disse ele.

Tirei uma foto e coloquei a câmera de volta na bolsa.

– Bom, já percebi que o Departamento de Ciências Carnegie faz com que esta universidade esteja a um mundo de distância das outras, mas ainda há algo que preciso ver antes de tomar uma decisão.

– A academia de ginástica? O teatro? O museu?

– O dormitório.

Meu coração acelerou quando ele baixou o olhar. Pensei que tinha constrangido meu guia e me preparei para lhe oferecer uma alternativa: algum lugar fora do *campus*, onde houvesse menos gente, menos distrações. Mas ele começou a descer os degraus e virou à direita, pelo mesmo caminho por onde viéramos.

– Espere só até você ver as paredes de concreto e o chão de linóleo – disse. – Nunca mais vai querer voltar para casa.

Não conversamos enquanto cruzávamos o pátio. De vez em quando, ele cumprimentava um grupo de amigos ou colegas de classe, mas eu permanecia calada. Minha cabeça girava com pensamentos sobre Justine, o último verão, aquele outono, e eu não tinha certeza do que escaparia dos meus lábios se tentasse falar. Minha cabeça continuou girando durante todo o trajeto pelo *campus*, até que chegamos a um alto edifício de tijolos e subimos quatro lances de escadas.

Felizmente, o silêncio não era desconfortável. Nunca era.

– Devo lhe avisar – ele disse, quando paramos em frente a uma porta fechada – que a decoração deixa um pouco a desejar. É isso que acontece quando se coloca dois estudantes de biologia num espaço pequeno. Ou em qualquer espaço, para dizer a verdade.

– O seu colega de quarto...

– Saiu. Está em um seminário de quatro horas, que ainda vai durar três horas e meia.

Meu coração deu um salto e meu estômago revirou. A confusão de sentimentos devia estar estampada no meu rosto, porque ele deu um passo em minha direção, parecendo preocupado.

– Bem – eu disse, aliviada ao perceber que minha voz soava calma e controlada –, se é assim, provavelmente devíamos dar continuidade à visita.

Aquilo pareceu tranquilizá-lo. Ele sorriu enquanto tirava as chaves do bolso da calça *jeans* e destrancava a porta. Quando entramos, ele se encostou na porta fechada, com os braços cruzados nas costas, e examinou o quarto.

– Interessante – disse ele.

– O quê? – perguntei.

– A decoração.

Olhei ao redor. Era um típico quarto de dormitório estudantil, com duas camas, duas escrivaninhas, dois armários e duas estantes. Um lado estava mais bagunçado que o outro, e imaginei que pertencesse ao colega de quarto, que provavelmente não esperava companhia. Os únicos itens de decoração eram um tapete azul, uma bandeira da universidade – e uma foto emoldurada de uma garota num barco a remo vermelho.

– Sabia que estava faltando alguma coisa – continuou ele delicadamente – e tinha uma vaga ideia do que pudesse ser. Mas agora sei com certeza.

Meus olhos encontraram os dele e não se desviaram mais. Ele não se moveu, enquanto eu me aproximava. Estava esperando para ter certeza de que o que quer que acontecesse a seguir aconteceria porque eu queria. Já fazia dois meses e nada havia mudado. E mesmo se dois anos ou duas décadas se passassem, nada mudaria.

Parei o mais perto possível antes que nossos corpos se tocassem. Senti o cheiro do sabonete em sua pele e vi seu peito subir e descer. Seu maxilar estava tenso, e ele endireitou os largos ombros enquanto se encostava ainda mais na porta, mantendo os braços imóveis.

– Vanessa...

– Está tudo bem – sussurrei, me inclinando para frente. – Eu estou bem.

Meus lábios mal haviam tocado o rosto dele e suas mãos já estavam na minha cintura. Ele me puxou contra si, eliminando a distância entre nós. Suas mãos subiram da minha cintura para meu pescoço e ali permaneceram, segurando meu rosto como se eu fosse de cristal. Seus olhos encontraram os meus mais uma vez, só o suficiente para que eu pudesse sentir seu calor, antes de colar sua boca à minha.

Minha cabeça parou de girar. Tudo ficou claro. Havia só aquele momento, nós, ele.

Simon. Meu Simon.

O beijo começou devagar, doce, como se nossos lábios estivessem se conhecendo novamente depois de uma longa separação. Mas logo estavam se movendo mais rápido, com mais força. Agarrei a frente de seu suéter com as duas mãos, enquanto sua boca se movia pelo meu rosto, minha orelha, meu pescoço. Ele só parou uma vez, quando não havia mais pele para explorar. Sem querer que ele parasse, abri o suéter dele e arranquei o meu pela cabeça. Quando joguei minha blusa no chão, a dele já estava lá.

Ele encostou a testa em meu ombro, e as palmas de suas mãos desceram lentamente pelas minhas costas até a minha calça *jeans*. Continuamos nos beijando até chegar à cama, até que ele estivesse deitado de costas e eu estivesse sobre ele, com as pernas em volta de sua cintura.

~ 14 ~

– Nós podemos parar – Simon disse delicadamente, quando me afastei um pouco. – Se você estiver nervosa ou insegura...

Sorri. Se alguma vez eu havia me sentido nervosa ou insegura ao lado de Simon, não era por medo de estar perto dele.

Era por medo de não estar perto o suficiente.

– Senti sua falta – confessei.

– Vanessa... você não faz ideia.

Mas eu fazia. Eu sabia, cada vez que ele olhava para mim, cada vez que dizia meu nome, cada vez que segurava a minha mão ou me beijava. Ele dissera apenas uma vez, mas eu não precisava de lembretes.

Eu sabia que Simon me amava. Infelizmente, também sabia o motivo.

Ele abriu a boca para dizer mais alguma coisa, mas eu o beijei antes. Eu o beijei até ele parecer esquecer o que ia dizer, até eu conseguir afastar aquele incômodo familiar para longe o bastante para poder me concentrar apenas nele, em nós dois, juntos naquele momento.

Porque aquele momento ia acabar. Tinha que acabar. Às vezes eu me sentia tão maravilhada, tão feliz, que me permitia fingir que não acabaria. Mas os lembretes estavam sempre por perto.

Como quando ficamos deitados ali, mais tarde, as pernas entrelaçadas, minha cabeça no peito dele. Enquanto os dedos de Simon acariciavam distraidamente meus cabelos, eu olhava para a fotografia da garota no barco a remo, na mesinha ao lado da cama, e contava as batidas calmas e controladas de seu coração.

– Já volto – sussurrei.

Enrolada no lençol, eu me levantei e forcei meus pés a caminharem até o armário. Depois de trocar o lençol pelo roupão de Simon e apanhar uma toalha na prateleira, peguei minha bolsa no chão e saí do quarto.

Ao chegar ao corredor, corri. Eu tinha visto o banheiro quando estávamos subindo e logo o encontrei. Ignorando os olhares curiosos de alguns alunos que passavam, abri a porta e corri para dentro.

Cada chuveiro era dividido em duas partes: o boxe e uma pequena área para se secar e se vestir. Entrei no último chuveiro e fechei a cortina de plástico. Derrubei a bolsa três vezes antes que minhas mãos trêmulas conseguissem segurá-la e eu pudesse encontrar o pequeno frasco que estava dentro dela. Quando o encontrei, joguei a bolsa e o roupão de Simon no chão e entrei no boxe.

Meu peito e minha pele ardiam. Eu não conseguia sentir minhas pernas. Precisei de todas as minhas forças para ligar a ducha e abrir o frasco de plástico.

Joguei a cabeça para trás sob o chuveiro e a água escorreu pelo meu rosto. Abri a boca e levei o frasco aos lábios, tossindo enquanto a água misturada ao pó descia pela minha garganta.

Então, finalmente, veio o alívio. Pouco a pouco, a cada gole. Lentamente, as chamas invisíveis que percorriam minha pele se extinguiram, e a sensação de ardência em meu peito diminuiu. Sentindo-me fortalecida, apanhei punhados de sal e os espalhei pelo meu corpo. Os pequenos grânulos arranhavam e depois, ao se misturar com a água, acariciavam.

É apenas sabonete para o corpo, eu disse a mim mesma, *um esfoliante. Como num spa.*

Assim que consegui sentir as pernas novamente, elas se dobraram sob meu corpo. Deslizei até o chão e apertei os joelhos contra o peito. A água fria escorria da minha cabeça para os meus pés, levando consigo o líquido quente que escapava dos meus olhos fechados.

Justine sempre dissera que a melhor forma de lidar com o medo do escuro era fingir que estava muito claro. Ela aplicava essa teoria a inúmeras situações quando estávamos crescendo – e, para o bem e para o mal, eu ainda recorria a ela quando estava assustada demais para pensar com clareza.

E por isso, dentro de alguns minutos, eu me levantaria, me enxugaria e atravessaria o corredor. Voltaria para a cama e me aconchegaria a Simon. E, quando ele me beijasse e me perguntasse se eu estava bem, eu diria que nunca estivera melhor.

Porque, quando tivesse de dizer a verdade a ele, estaria mais assustada do que nunca.

2

DESDE QUE VOLTÁRAMOS de Maine para Boston, duas semanas antes, meus pais tinham sido surpreendentemente bons em não me sufocar. Sendo professor de literatura, papai sempre respeitara a importância da privacidade, mas fora ainda mais respeitoso. (Embora eu não tivesse certeza se aquilo era para o bem dele ou para o meu.) E mamãe, que costumava monitorar meus movimentos como se fossem as ações de seus clientes em Wall Street, agora se contentava com atualizações diárias, na hora do jantar. Pensei que aquele fosse o modo de tornarem a transição de volta para casa, sem Justine, a mais tranquila possível, e imaginei que continuariam a agir assim até que eu deixasse claro que não precisavam fazer aquilo.

Eu estava errada.

– Quinze para as sete! – cantarolou mamãe, no primeiro dia de aula.

Sob a água, não me movi.

– Dez para as sete!

Respirei fundo, e o líquido morno desceu de minha garganta até o peito.

– Hum... Vanessa? – Essa voz era mais baixa, mais suave. Pareceu vir depois de um intervalo de tempo mais longo. – Preparei o café... e pensei que, se você tiver alguns minutos... talvez possamos nos sentar todos juntos e...

Eu me levantei.

– Já vou.

Houve uma pausa, e então o som de passos lentos e pesados pelo corredor. Eu me levantei, tirei a tampa do ralo da banheira e liguei o chuveiro. Eu me lavei com bastante sabonete para me certificar de não cheirar como se tivesse passado a manhã na praia. Enxaguei as laterais da banheira com o chuveirinho. Quando a película branca desapareceu, desliguei a água, me enxuguei rapidamente e coloquei o recipiente azul de sal atrás dos rolos de papel higiênico, no armário.

Exceto pela nova rotina de banho, se o último verão jamais tivesse acontecido, a manhã teria se passado exatamente da mesma forma. Eu ainda teria me levantado cedo demais. Minha mãe ainda teria batido na porta do banheiro para me apressar. Meu pai ainda teria preparado o café. Justine ainda teria partido.

Foi isso que eu disse a mim mesma ao atravessar o corredor em direção ao meu quarto – ou, para ser mais precisa, ao quarto de Paige.

Ela estava de pé na frente do espelho de corpo inteiro, de costas para mim, vestindo o uniforme da Escola Hawthorne: saia curta azul-marinho, camisa branca justa e colete de tricô escarlate. No chão, a seus pés, estava uma bolsa do tipo carteiro com a aba aberta, revelando novos cadernos e canetas.

– Vanessa – disse ela se virando. – Graças a Deus! Já estava quase usando a gravata como cinto.

Enquanto me aproximava para ajudar, notei que ela segurava o celular contra o ouvido.

– Aqui está. A vovó B quer falar oi.

Segurando o telefone entre o ombro e o ouvido, dei um nó na gravata de seda azul de Paige.

– Bom dia, Betty.

– Vanessa, querida, tudo pronto para o grande dia?

Sorri ao ouvir o calor familiar da voz dela.

– Mais pronta do que nunca. E, graças à sua adorável e estudiosa neta, tenho mais canetas e *post-its* do que a maior papelaria de Boston.

– É sempre melhor estar preparada demais do que não estar – Betty e Paige disseram ao mesmo tempo.

– Acho que isso significa que devo ir me vestir – respondi.

– Não vou atrasá-la – disse Betty. – Tenha um dia maravilhoso. E obrigada mais uma vez por tomar conta da minha menina.

Nós nos despedimos e devolvi o telefone a Paige, que disse tchau e desligou.

– Você vai ter uma aula sobre isso mais tarde – eu disse, apertando e endireitando a gravata de Paige. – Depois que aprender, nunca mais vai esquecer.

– Espero que isso também sirva para o resto do dia. – Ela se virou para o espelho. – A Hawthorne é o quê, sua terceira escola?

– Quarta. Antes, houve a Pré-Escola John Adams, a Escola Primária Ralph Waldo Emerson e a Escola Secundária John F. Kennedy.

– As minhas últimas escolas tinham nome de cidades, não de ex-presidentes ou intelectuais famosos. Impressionante, não?

– É impressionante. – Fui até o centro do quarto. – Você mora onde os ricos de Boston despejam toneladas de dinheiro nas férias. Se eles fossem inteligentes como você, venderiam suas casas chiques da cidade e se mudariam para Maine.

– Morava.

Eu parei e me virei.

– Eu *morava* onde os ricos de Boston despejam toneladas de dinheiro nas férias.

Senti um aperto no peito. Eu não era a única que havia sofrido uma perda no verão passado. Na verdade, se fosse possível quantificar esse tipo de coisa, Paige perdera quatro vezes mais. Era por isso que ela estava aqui, e não na casa dela, em Winter Harbor.

– Isso não é definitivo – eu disse. – Não precisa durar nem uma semana, se você não quiser.

Ela choramingou e eu me aproximei, pronta para abraçá-la pelo tempo que ela precisasse chorar. Mas então ela enxugou os olhos úmidos com as mãos e abriu seu famoso sorriso. Era o mesmo que havia me deixado completamente à vontade quando eu a conhecera, no restaurante de sua família, três meses antes.

– Por que você não desce para tomar café? – Eu lhe dei um rápido abraço. – Desço assim que me vestir.

Paige concordou e saímos juntas pelo corredor. Ao chegar à última porta à esquerda, eu me virei e ela continuou em direção às escadas.

Dentro do meu novo quarto, dei uma olhada na minha mala vermelha. Ainda estava onde eu a deixara em nossa primeira noite de volta a Boston, quando eu me mudara para o quarto de Justine, para que Paige pudesse ficar com o meu. Eu retirara meus *shorts* e camisetas, refizera a mala com roupas de outono e estava vivendo com elas desde então. *Jeans*, suéteres e sutiãs cobriam o carpete ao redor como lixo em volta de uma lata cheia demais. Normalmente, a bagunça era arrumada às terças-feiras, quando a faxineira vinha – mas ela não entrava mais naquele quarto.

Encontrei todas as peças do meu uniforme e me vesti rapidamente, depois prendi os cabelos molhados em um rabo de cavalo. Estava procurando as meias quando meu celular tocou.

O aparelho estava na mesinha de cabeceira, ao lado de uma garrafa de água pela metade. Bebi direto dela, enquanto apanhava o telefone e lia a mensagem de texto.

"Fato Interessante sobre Admissões nº 48: A pontuação média dos calouros que entram na Bates é 3,6."

Sorri enquanto respondia.

"Fato Interessante sobre Futuros Universitários nº 62: Minha média é 4,0. Talvez eu deva desistir enquanto estou em vantagem e ir para o norte agora? Mal posso esperar até mais tarde."

Reli a mensagem e hesitei. O que eu precisava desistir era desse... flerte, desse relacionamento que só terminaria pior quanto mais durasse. Mas ele não ficaria preocupado, não acharia que havia algo errado se eu não respondesse? Decidindo que, sim, ele com certeza ficaria preocupado, apertei o botão Enviar e desci as escadas.

– Aí está ela! – minha mãe declarou, sem olhar para mim, quando entrei na cozinha. Ela estava cortando morangos sobre a mesa. – Você consegue acreditar que o nosso bebê vai começar o último ano do ensino médio?

Ela dirigiu a pergunta a meu pai, que estava em frente ao balcão, despejando pedaços de chocolate em uma tigela de massa para bolo. Antes que ele pudesse responder, ela ergueu os olhos e se levantou.

– Vanessa, querida... O que aconteceu?

Ela tentou segurar meu braço, mas eu me esquivei e passei por trás dela. Fui até o balcão para pegar alguns pedaços de chocolate e me atirei em uma cadeira. Meu pai ergueu os olhos quando passei. Eu sabia que ele havia notado o que chamara a atenção de minha mãe, mas não fez nenhum comentário.

– Você precisa experimentar isso – Paige empurrou um prato de *croissants* de canela em minha direção. – O Louis teria um ataque.

Louis era o *chef* do Betty Chowder House, o restaurante da família de Paige, em Winter Harbor. Ela disse o nome dele naturalmente, como se estivéssemos tomando o café da manhã num restaurante no fim da rua, e não a quinhentos quilômetros de distância.

– Vanessa. – Minha mãe estava parada atrás de mim. – Parece que você está dormindo com essas roupas há dias.

– Ninguém passa roupa no último ano de escola. É como um rito de passagem.

– Não, não é. A Justine sempre...

Ela abaixou a cabeça. Dito em voz alta, o nome de Justine podia acabar com uma conversa tão rápido que era como se ela jamais tivesse começado.

– Você está animada para o trabalho hoje? – perguntei, estendendo a mão para alcançar um prato de ovos mexidos. – Já faz algum tempo.

– Paige, querida, o que mais posso lhe oferecer? – minha mãe perguntou. – Café? Cereal?

Paige olhou para mim. Observei mamãe andando de um lado para o outro. Ela encheu uma xícara de café e a deixou sobre o balcão. Lavou um prato e o colocou de volta na água suja da pia. Apanhou uma caixa de cereais do armário e a colocou no lugar de uma caixa de suco de laranja na geladeira.

– Sua mãe vai estender a licença mais um pouco – disse meu pai. Ele estava parado ao meu lado, segurando uma travessa de panquecas.

– Já faz dois meses.

– Ela disse que queria estar aqui quando você chegasse da escola.

– Mas isso não acontece desde...

Eu me detive. Ia dizer que aquilo não acontecia desde que Justine e eu estávamos na escola primária – mas nunca pronunciávamos o nome dela mais de uma vez a cada refeição. Se minha mãe já estava tão perturbada agora, eu não tinha ideia do que ela poderia fazer depois de uma segunda menção.

– Mas voltando à pergunta inicial – a voz de meu pai soou mais animada e mais alta, enquanto ele espetava duas panquecas com um garfo e as colocava no meu prato. – Não, eu não consigo acreditar que o nosso bebê vai começar o último ano de escola.

Olhei para a minha comida, sentindo um calor se espalhar pelo rosto. *O nosso bebê.* Como ele podia dizer aquilo? E, o que era ainda mais desconcertante, como ela podia? Depois de dezessete anos de prática, será que mentir era algo natural?

– Alguém pode me passar o sal, por favor? – pedi.

Paige me estendeu o saleiro. Esperei que meu pai voltasse para o fogão e que a cabeça de minha mãe desaparecesse dentro da geladeira aberta antes de temperar a comida, inclusive as panquecas, tão doces que poderiam passar por sobremesa.

O resto do café da manhã transcorreu sem incidentes. Meu pai parou de cozinhar e minha mãe deixou de dar voltas por tempo suficiente para se sentarem e comerem. Paige perguntou sobre as aulas que ele estava dando naquele semestre, o que provocou um monólogo de vinte minutos. E eu comi sem falar, pensando nas milhares de refeições que fizera àquela mesma mesa, comendo as mesmas panquecas, tendo os mesmos tipos de conversas – e sem nunca perceber quanto eu não sabia sobre a minha própria família.

Fiquei feliz quando chegou a hora de partir. Eu não estava exatamente contando os dias para a escola, mas estava contente por ter uma desculpa para passar algumas horas fora de casa.

– Vocês têm tudo de que precisam? – Minha mãe correu atrás de nós, enquanto Paige e eu cruzávamos a sala de visitas. – Cadernos? Passes de ônibus? Dinheiro para o almoço?

– Sim, sim e sim. – Abri a porta da frente e comecei a descer as escadas. O outono só refrescaria a cidade escaldante dali a várias semanas, e o ar ainda estava quente e pesado com a umidade. Eu quase podia sentir meus poros se dilatando e o rosto transpirando, e rezei para ter levado água salgada suficiente para permanecer hidratada o dia todo.

– Vocês têm certeza de que não querem uma carona? – continuou minha mãe, da porta aberta.

Meu pai ficou ao lado dela e colocou um braço ao redor de sua cintura.

– Elas vão ficar bem.

Ela não disse mais nada, mas franziu as sobrancelhas e a ponta do nariz ficou rosada, como sempre acontecia quando ela estava preocupada ou estressada. Seu semblante estava do mesmo jeito que em junho, na manhã em que eu saíra de casa para voltar a Winter Harbor, sozinha e prestes a dirigir dez vezes mais longe do que já dirigira.

Naquela época, eu me sentira mal por ela, mas me sentia ainda pior agora. Tanto que subi correndo os degraus e beijei seu rosto.

– Até mais tarde.

Eu me virei para descer as escadas novamente no momento em que meu pai se inclinou para frente, com o braço livre estendido. Houve uma pausa desconfortável, enquanto ele esperava por algum tipo de gesto carinhoso de despedida e eu tentava decidir se faria alguma coisa. Finalmente, apertei sua mão e desci correndo os degraus.

– Vamos pegar um atalho pelo Common – disse Paige. – É mais rápido.

Atravessar o parque principal da cidade na verdade aumentaria o percurso em quinze minutos, mas o caminho mais direto era o que Justine e eu sempre percorríamos juntas, e eu não estava pronta para tomar aquela direção – metafórica ou literalmente. Além do mais, agora que estávamos fora de casa, o pavor que estivera à espreita em meu estômago durante os últimos dias começava a emergir.

Felizmente, Paige era uma ótima distração. Fazia perguntas sobre todos os pontos turísticos por que passávamos, do Jardim Público à Estação da Rua Boylston, e de alguma forma eu tinha respostas. Não éramos amigas há muito tempo, mas já havíamos passado por muita coisa juntas, o suficiente para que uma soubesse quando a outra não estava a fim de falar sobre o que a estava incomodando. O que significava que, nas últimas semanas, eu aprendera muito mais sobre ensopado de lagosta e gerenciamento de restaurantes do que jamais quisera saber, e ela aprendera mais sobre Boston do que qualquer guia turístico poderia lhe ensinar. O único problema com o nosso joguinho era que, de vez em quando, eu pensava em como Justine ficaria orgulhosa com isso – o que, de certa forma, anulava o objetivo de tudo aquilo.

– Vanessa? – chamou uma voz suave.

Pelo canto do olho, vi Paige desacelerar levemente o passo e olhar para trás.

– Vanessa!

Continuei andando, afastando-me da voz e dos passos que se aproximavam cada vez mais rápido, mas logo senti a leve pressão da mão em minhas costas.

– Natalie – eu disse, voltando-me para encarar uma das melhores amigas de Justine. Ela inclinou a cabeça para o lado no instante em que nossos olhos se encontraram. – Oi. Eu pensei que a essa altura você já estaria em Stanford.

– Estou matriculada no MIT, na verdade. Meu pai deu alguns telefonemas para que eu pudesse ir para lá, depois que desisti da vaga. Depois que a Justine... Depois do que aconteceu...

Baixei os olhos, enquanto ela tentava encontrar as palavras. Eu nem havia chegado à escola e a coisa já começara.

– A vida é tão curta, sabe? E eu não poderia morar a cinco mil quilômetros de distância dos meus pais. – Ela choramingou e deu um passo em minha direção, os olhos examinando com curiosidade meu uniforme amarrotado. – Como *você* está? Pobrezinha... Deve estar arrasada.

– Quem é aquele cara? – Paige perguntou.

Meu estômago revirou enquanto eu seguia a direção em que ela apontava, mas era apenas uma estátua alta e cinzenta.

– Robert Gould Shaw. Nasceu em Boston, em uma importante família abolicionista, e serviu como coronel do 54º Regimento na guerra civil.

– Fascinante – ela disse, enquanto Natalie franzia a testa.

– Precisamos ir – eu disse. – Hoje é o primeiro dia da minha amiga na Hawthorne e não queremos nos atrasar. Mas foi ótimo ver você. De verdade.

Eu me virei – e dei de cara com Maureen Flannigan. Embora ela estivesse na minha turma, não a conhecia muito bem. Isso, no entanto, não a impediu de me abraçar.

～26～

– Vanessa – disse ela, os braços à minha volta como uma camisa de força. – Sinto muito pela sua irmã. Não posso imaginar o que eu faria se o meu irmão se matasse de um jeito estúpido, e eu nem gosto tanto assim dele.

– Obrigada. – Lancei um olhar para Paige, mas ela já estava entrando em ação.

– Desculpe a pressa – disse, pegando meu cotovelo –, mas tenho uma sessão de orientação para novos alunos antes da aula.

Dei um sorriso tímido para Maureen quando ela me soltou.

– Precisamos ir. Mas obrigada. Foi bom ver você.

Quando alcançamos o arco de ferro que marcava a entrada da Escola Hawthorne, já havíamos recebido ao menos uma dúzia de manifestações como aquelas, semelhantes a cartões de condolências. Aparentemente, minhas colegas de turma estavam muito preocupadas comigo, querendo saber se eu estava bem e se precisava de algo. Algumas chegaram a prender o fôlego ao me ver, como se fosse eu quem tivesse morrido e retornasse para assombrar algumas das adolescentes mais privilegiadas de Boston.

– Você é tão popular – disse Paige, quando paramos do lado de fora do portão. – Quer dizer, não estou surpresa, *eu* sei como você é maravilhosa. Mas você nunca falou sobre os seus outros amigos.

– Essas garotas não são minhas amigas. São as fofoqueiras de plantão. E eu sou o assunto do dia.

– Na verdade – disse ela –, eu não estava falando sobre as garotas.

Olhei para ela. Os olhos de Paige estavam voltados para um grupo de alunos parado a alguns passos na calçada, outro grupo do lado oposto da rua e mais um no jardim na frente da escola. Em cada grupo, as meninas me observavam até perceber que eu as vira, então me davam um sorrisinho rápido antes de se virar.

Mas os meninos, muitos dos quais eram namorados das meninas, me observavam com os olhos arregalados e a boca aberta, como se suas namoradas não estivessem bem ao lado. Como se eles nem tivessem namorada.

Como se eu fosse a única menina que existisse.

Meus pés começaram a se mover para trás. Eu havia pensado que voltar para a escola seria a melhor distração que poderia ter e que estava pronta para isso – mas talvez fosse cedo demais. De repente, quis ir para casa, me enfiar na cama e puxar os cobertores sobre a cabeça, até que as coisas ficassem mais fáceis. Até que as pessoas pudessem olhar para mim não como se eu fosse o efeito colateral de alguma doença terrível, mas apenas uma garota comum vivendo uma vida comum.

– Vanessa?

Parei de andar. Paige estava a alguns metros de distância, onde eu a deixara. O sinal devia ter tocado sem que eu ouvisse, porque os alunos estavam atravessando lentamente o arco de ferro, e Paige olhava para o prédio imponente como se fosse uma prisão cheia de assassinos, em vez de uma escola repleta de professores.

– Não posso fazer isso – disse ela, quando a alcancei novamente. – Pensei que pudesse. Pensei que, se viesse para cá, se começasse de novo num lugar completamente novo... que seria mais fácil... que talvez eu pudesse esquecer...

– Paige – peguei a mão dela e a virei para mim. – Você não vai esquecer. Não importa onde esteja nem quanto tempo passe. – Respirei fundo, encorajada por minhas próprias palavras. – Mas você vai entrar naquele prédio. Vai assistir às aulas, conhecer pessoas novas e viver um dia de cada vez. E eu também.

Ela deu um pequeno sorriso.

– E eu pensando que você estivesse com medo da sua própria sombra.

Eu *estava* com medo da minha própria sombra, agora provavelmente mais do que nunca. Também tinha medo do escuro, de voar e de filmes de terror. Mas, naquele momento, tinha mais medo de não fazer tudo que podia para ajudar minha amiga, que se tornava mais e mais como uma irmã, a cada dia que passávamos juntas.

Dei o braço a Paige e a conduzi por sob o arco de ferro. Levei-a até a secretaria, fiquei ao seu lado enquanto ela preenchia a papelada, mostrei-lhe onde era o seu armário e a levei para a sala de aula. E, enquanto corria até o meu próprio armário, do outro lado do edifício, eu me senti mais calma e mais confiante do que jamais me sentira em um primeiro dia de aula.

E foi por isso que, da próxima vez que me perguntaram se eu estava bem, respondi honestamente:

– Não – sem me importar com quem havia feito a pergunta, por detrás da porta aberta do meu armário. – No ano passado, as pessoas nem se lembravam do meu nome sem antes consultar o anuário do colégio. E agora estão todos olhando para mim, sussurrando e fingindo preocupação como se sua admissão nas melhores universidades dependesse disso. Sim, a minha irmã morreu. Mas não, isso não nos torna amigos.

Fechei a porta do armário com força, e ela fez um ruído alto quando bateu.

– A sua irmã morreu?

Meu queixo caiu. Não consegui dizer uma palavra.

– Eu sinto muito. De verdade. Eu não sabia.

Parker King estava de pé na minha frente, parecendo um modelo de campanha da Ralph Lauren e cheirando como tal.

Ele nunca se aproximara de mim. Jamais falara comigo. Provavelmente nunca me enxergara. Quando não estava jogando polo aquático na piscina da escola, estava rodeado de hordas de meninas bonitas, competindo por sua atenção. E, ainda assim, ali estava ele, perguntando se eu estava bem e parecendo sincero.

Acreditei em Parker quando ele disse que não sabia sobre Justine. Aquilo deveria ter me servido de consolo, já que significava que ele não estava puxando conversa para demonstrar uma falsa solidariedade.

Mas também significava que ele estava puxando conversa por outro motivo. E era um motivo pior, muito pior.

3

Cinco longos dias depois, Paige e eu estávamos sentadas na Biblioteca Ladd, na Bates, esperando por Simon.

– Quantos livros o seu guia turístico disse que essa tal meca do conhecimento tem? – ela sussurrou, atirando-se na poltrona ao lado da minha.

– Seiscentos mil – sussurrei de volta.

– Todos esses livros, e apenas dois pequeninos volumes sobre sereias.

Uma dor aguda e súbita atravessou meu peito. Eu não contara a Paige sobre a mudança pela qual passara no último verão, a mesma que ela teria experimentado se sua mãe e sua irmã tivessem conseguido o que queriam, e a referência inesperada me atingiu em cheio.

– Pensei que você estivesse procurando pela coleção secreta de romances tórridos – eu disse.

– *Voilà* – ela me mostrou um dos livros.

– *O canto da sereia: quando ela chamar, você deve atender?* – Franzi o cenho ao ver a capa, com uma voluptuosa sereia abraçada ao torso sem cabeça de um homem.

– Pode ser bem mais interessante que isto – ela me mostrou o segundo livro, de capa dura marrom.

– A *Odisseia*?

– Uma chatice total, eu sei, mas nunca li. Na minha última escola, os professores não eram muito chegados aos clássicos. Ou talvez fossem, antes de alguns livros serem proibidos por certo membro autoritário da comunidade.

Examinei a expressão de Paige, enquanto ela folheava as páginas. Havia apenas um membro autoritário da comunidade ao qual ela poderia estar se referindo: Raina Marchand. Mas fazia meses que Paige não falava sobre a mãe, ou sobre Zara, sua irmã, ou sobre Jonathan, seu namorado. Nem quando estava no hospital, recuperando-se depois de perder o bebê que seu corpo não estava preparado para carregar. Ou quando teve alta e foi descansar em casa. Ou mesmo quando eu a convidara para vir passar o ano escolar em Boston. Aquilo não significava que nunca pensasse neles – seu rosto ficava pálido e os olhos se enchiam de lágrimas com frequência suficiente para eu saber que ela provavelmente pensava neles tempo demais. Mas aquele momento fora o mais próximo que chegara de mencionar qualquer um deles em voz alta, e, como o fizera de modo casual, fiquei mais preocupada do que teria ficado se ela caísse no choro bem ali, no meio da biblioteca.

– Paige... você tem certeza de que é uma boa ideia?

– Vou ter que descobrir mais a respeito, mais cedo ou mais tarde. Por que não agora?

Antes que eu pudesse responder, Simon apareceu atrás da poltrona e se sentou na mesinha à nossa frente.

– Oi – disse ele. – Desculpem o atraso. Quando meu professor de orgo começa a falar, é difícil parar.

– Orgo? – Paige perguntou.

– Química orgânica – ele sorriu. – É bom ver você, Paige. Estou feliz que tenha vindo.

– Tentei não vir, juro – ela ergueu uma das mãos, como se estivesse sob juramento. – Mas a Vanessa disse que, se eu não viesse, ela também não viria, e isso simplesmente não era uma opção.

Simon voltou seu sorriso para mim, e a dor em meu peito foi imediatamente substituída por um calor profundo. Se não estivéssemos em um local público, eu me atiraria nos braços dele.

– Vinte e dois.

Ergui os olhos, surpresa ao ver outro rapaz de pé atrás de Simon. Ele era alto e tinha cabelos louros cacheados, um tanto arrepiados. Usava calça *jeans* larga e uma camiseta da Bates e segurava um *laptop* aberto à sua frente.

– Está fazendo vinte e dois graus lá fora, e são apenas duas da tarde. Se sairmos agora, teremos bastante tempo.

– Para quê? – Paige perguntou.

O rapaz olhou para ela por cima da tela do computador. Prendi o fôlego e me preparei para o olhar que tentara evitar a semana inteira na escola, mas ele não pareceu me notar. Logo que seu olhar caiu sobre o rosto de Paige, permaneceu ali, paralisado.

– A praia – disse Simon. – O Riley, meu colega de quarto, nascido e criado na Califórnia, estava comentando que devíamos aproveitar o tempo bom e sair do *campus* por algumas horas.

– Oi, eu sou o Riley – ele disse a Paige, aparentemente ignorando a apresentação de Simon. – E você é...

– Paige – ela disse, enquanto suas bochechas se ruborizavam. – Amiga da Vanessa.

Riley mudou o *laptop* de posição, para que ficasse apoiado no braço esquerdo, e estendeu a mão direita.

– A famosa Vanessa. Que bom finalmente conhecê-la. Você vai ficar feliz em saber que, quando o Simon sente saudade, o que acontece mais ou menos a cada segundo de cada dia em que ele não te vê, faço o possível para ajudar os segundos a passarem mais rápido.

– A gente vê um monte de filmes – disse Simon.

Sorri e apertei a mão de Riley.

– Obrigada. Que bom finalmente conhecê-lo também.

– E então? Prontas para um pouco de diversão ao sol? Um mergulho rápido no oceano, antes de a agressão brutal que vocês chamam de inverno se abater sobre nós?

– Não estamos muito longe da praia? – perguntei.

– Uns quarenta minutos – disse Simon.

– Trinta – disse Riley. – Eu dirijo.

Simon olhou para mim. Por detrás dos óculos, seus olhos castanhos estavam preocupados. Sabia que ele estava pensando na última vez em que eu fora nadar em Winter Harbor. Eu quase não conseguira sair da água naquela ocasião, e o fato de eu ter sobrevivido ainda era um milagre inexplicável para ele, que não sabia de toda a verdade.

Mas ele saberia, durante aquela minha visita à universidade. Logo que o momento certo chegasse, eu lhe contaria tudo. Esse era um dos motivos por que eu insistira para que Paige viesse à Bates naquele fim de semana. Não queria deixá-la sozinha em Boston, mas também a queria ao meu lado depois que eu fizesse o que precisava fazer. Não tinha certeza de como Simon reagiria, mas estava certa de que não poderíamos continuar sendo um casal depois que ele soubesse do real motivo pelo qual estávamos juntos. E, depois que terminássemos tudo, eu precisaria mais do que nunca do apoio de Paige e da distração de sua tagarelice.

Mas talvez ir à praia antes fosse uma boa ideia. Eu não nadava desde aquela noite, três meses antes. Tomara inúmeros banhos de chuveiro e de banheira, mas a água da torneira nunca me fazia sentir do mesmo jeito que a água salgada natural, por mais sal de cozinha que eu misturasse a ela. Ir nadar agora talvez me ajudasse a relaxar o suficiente para suportar o que certamente seria a conversa mais difícil da minha vida.

– Um mergulho rápido parece uma ótima ideia – eu disse.

∽∼

Vinte minutos mais tarde, estávamos no Jeep Cherokee de Riley, a caminho da costa. Paige havia se instalado no banco do passageiro, presumivelmente para que eu e Simon pudéssemos sentar juntos no banco de trás, e estava fazendo perguntas sobre a Califórnia.

– Fala sério – ela disse. – Você tem palmeiras no jardim de casa?

– E laranjeiras. Você não sabe o que é suco de laranja até beber um copo recém-espremido, feito com frutas do pomar.

– Obviamente, você nunca foi ao Betty Chowder House.

– Não. Esclareça, por favor.

Paige fez uma pausa. Tentei olhar nos olhos dela pelo retrovisor, mas, antes que eu pudesse decidir se ela precisava que eu interferisse, ela o ignorou e perguntou se San Diego era mesmo ensolarada durante trezentos e cinquenta dias no ano. Riley, que já estava obviamente encantado, ficou feliz em responder.

– Ela parece bem – disse Simon ao meu ouvido. Ele tinha um braço ao redor dos meus ombros, e seu rosto estava tão perto do meu que eu podia sentir o calor de sua respiração. – Muito melhor do que eu imaginava.

– A Paige não é do tipo que se encolhe na cama e chora. Acho que está decidida a seguir em frente.

– Parece alguém que eu conheço – disse ele, pressionando os lábios na minha têmpora.

Eu sabia que não deveria, mas me encostei nele. Simon escorregou no banco até que suas costas estivessem contra a janela, e eu o segui até que minhas costas estivessem apoiadas em seu peito e eu pudesse esticar as pernas. Ele colocou os braços ao meu redor e encostou o queixo no meu ombro, e ficamos assim, sem falar nada.

Enquanto continuávamos a viagem, não pude deixar de pensar em como aquele passeio se parecia com outro que Simon e eu fizéramos não muito tempo antes, embora naquela ocasião estivéssemos em seu velho Subaru – nós dois na frente, e Justine e Caleb, o irmão mais novo de Simon e namorado secreto da minha irmã, no banco de trás. Era assim que o nosso quarteto sempre viajava, até a sorveteria do Eddie, para o campo de minigolfe, para os penhascos de Chione, desde que Simon tirara a carteira de motorista. Até o dia em que não o fizemos mais.

– Ah, cara. Dá só uma olhada naquelas ondas.

Atrás de mim, Simon ficou tenso. Eu me movi para que ele pudesse se sentar, e nós dois nos inclinamos para frente para olhar por entre os bancos e pelo para-brisa. Simon observou as ondas do Atlântico azul--escuro quebrando em uma faixa deserta de areia várias vezes, antes de soltar o fôlego.

– São grandes... mas nada fora do normal.

– Eu queria ter trazido minha prancha. – Se Riley percebeu o alívio na voz de Simon, não demonstrou. Ele saltou do jipe e contornou correndo a frente do carro.

– Não se preocupem comigo – disse Paige por sobre o ombro, enquanto Riley abria a porta do passageiro. – Se preocupem apenas um com o outro.

Fizemos o que ela mandou. Enquanto Paige e Riley se dirigiam para a água, Simon e eu fomos caminhar pela praia. Quando chegamos a um longo quebra-mar, cerca de um quilômetro depois, ele me ajudou a subir e escalar as rochas.

Simon acabara de pular para a areia do outro lado e estava estendendo os dois braços para me ajudar a descer quando congelei.

Raina e Zara Marchand. Elas estavam a cerca de dez metros de distância, de saia longa e suéter, caminhando de costas para nós. Enquanto eu observava, com o coração martelando e as mãos suando, Zara começou a se virar em nossa direção.

Meus olhos se arregalaram. Tentei dizer o nome de Simon, mas não consegui.

– Vanessa?

Dei um pulo para trás quando senti dedos agarrando meu tornozelo.

– Você está bem? – ele perguntou.

Olhei para o meu tornozelo, para a mão pousada na beirada da rocha e então para as mulheres na praia. Elas haviam parado ao lado de uma cesta de piquenique e estavam conversando e rindo enquanto guardavam as sobras do almoço. Eu tinha uma visão muito clara do rosto delas agora, e vi que, na verdade, não se pareciam nada com Raina e Zara.

– Desculpe, estou sim. – Percorri rapidamente a distância entre nós e pulei. Quando meus pés atingiram a areia, as mulheres já haviam desaparecido por uma trilha que levava para longe da costa.

– A sua praia particular, a poucos minutos de distância do *campus* – disse Simon, enquanto caminhávamos. – É um bom argumento de venda.

Ele tomou a minha mão. Deixei que me puxasse para si. Ficamos parados ali, meus braços em torno de sua cintura e minha cabeça apoiada em seu peito, e os braços dele ao redor dos meus ombros, o queixo apoiado na minha cabeça. Não me sentia tão segura e feliz desde a última vez em que estivéramos juntos, duas semanas antes.

– Conversei com o Caleb hoje de manhã – ele disse, alguns minutos depois.

Eu me afastei o suficiente para olhar nos olhos dele.

– Como ele está?

– Levando. Está trabalhando muito na marina, ajudando a organizar tudo para fecharem no inverno.

– Ainda estou surpresa por ele ter voltado. Eu sei que ele adora o capitão Monty... mas imaginava que ele ia querer ficar em terra firme por algum tempo.

– Acho que ele se sente mais perto dela quando está na água. Ou no gelo, nesse caso.

Eu não disse nada. Fazia sentido. – Caleb estava com Justine quando ela saltara dos penhascos para a água turbulenta lá embaixo pela última vez. Mas aquilo ainda me parecia muito triste. Eu havia conhecido um lado diferente de Caleb quando Simon e eu conversamos com seus amigos enquanto procurávamos por ele depois do acidente, e então depois ɔs, quando nós três tentamos entender o que estava

fogamentos em Winter Harbor. Ele era um cara legal,

m o preguiçoso maluco que minha mãe sempre pen-

no fim das contas, ele amava Justine, amava *de verdade*,

amara. Justine não iria querer que ele continuasse a

la, preso a um passado que não podia mudar. Ela iria

ɔ seguisse em frente.

ɔu queria para Simon também. Pelo menos, era o que

mesma.

ue finalmente está começando a esquentar. Ontem, a

ɹegou a quinze graus, só um pouco abaixo da média nor-

ɔsta época do ano.

ɔ quanto às tempestades?

– Não aparece uma nuvem no céu há semanas.

Relaxei nos braços dele e apertei o rosto contra seu peito.

– Que alívio.

– Mas tem outra coisa.

Olhei para o horizonte e rezei para que ele não pudesse sentir meu coração acelerar.

– Vanessa?

– Está derretendo. – Não era uma pergunta.

Ele se afastou e ergueu meu queixo.

– Ficou congelado por três meses.

Concordei com a cabeça.

– Totalmente congelado, de cima até embaixo. Qualquer coisa que estivesse viva está morta agora, e já faz tempo.

Eu queria desesperadamente acreditar nele, mas muitas coisas que antes eram impensáveis, cientificamente inadmissíveis, haviam aconteci-do. As tempestades rápidas e frequentes que caíram sobre Winter Harbor, e só em Winter Harbor. As marés que subiam e desciam quatro vezes em uma hora. Os homens que apareceram na praia, parecendo mais felizes na morte do que provavelmente jamais tinham sido em vida.

E as mulheres. As mulheres que respiravam água salga
gênio. Que controlavam os céus. Que encantavam os hom*no oxi*-
os atraíam para o fundo das águas, até que seus pulmões ex}
e sua vida fosse extinta.

Mulheres como eu.

– Eu não devia ter lhe contado.

Comecei a me opor, mas ele continuou antes que eu tivesse a chan

– Fiquei em dúvida. Meu primeiro instinto foi proteger você, pa.
que não soubesse e não se preocupasse à toa... Mas não pude deixar de
lhe contar. Você merecia saber. – Ele fez uma pausa para afastar gentilmente meus cabelos do rosto. – Sem falar que você... a gente... quero
fazer o que é certo. Sei que nem sempre vai ser fácil, mas, não importa
quanto as coisas fiquem difíceis, quero que a gente sempre seja capaz
de conversar. Sobre tudo. Como sempre fizemos.

E ali estava ele. O momento certo. O momento perfeito para contar
o que *ele* merecia saber.

As ondas quebravam na praia. Meu coração pulsava em meus ouvidos. Simon olhou para mim, com olhos preocupados mas felizes, tão
felizes, quando abri a boca e comecei a falar.

– Quer ir nadar comigo?

Ele me beijou. Foi um beijo longo, doce, e quase me fez esquecer
que não deveria estar acontecendo.

Quase.

4

PAUL CARSONS. CHARLES SPINNAKER. Aaron Newberg.

Eu lia os nomes enquanto percorria a página, fotos antigas de belos homens dançando com a esposa, segurando crianças no colo, conduzindo veleiros. Meus olhos se detinham em certas palavras nos textos que acompanhavam as imagens: "foi encontrado", "causa da morte", "asfixia". O *Winter Harbor Herald*, único jornal da cidadezinha, o qual servia principalmente como guia para turistas, dedicara-se totalmente à cobertura das "tragédias em alto-mar", e continuava a atualizar a seção especial com imagens e informações sobre as famílias das vítimas. Até alguns dias antes, eu não visitava o *site* do jornal fazia semanas, mas, depois de descobrir que o gelo estava derretendo, checava-o sempre que conseguia alguns minutos de paz no computador da biblioteca da escola.

Até o momento, a boa notícia era que nenhum outro corpo havia sido encontrado na costa. A má notícia era que ficava mais quente a cada dia. De acordo com as informações do jornal, estava fazendo dezessete graus em Winter Harbor. As temperaturas cairiam mais uma vez com a chegada do outono, mas até então o porto estaria completamente derretido e era provável que não congelasse mais. Até aquele verão, o porto jamais congelara, nem mesmo no auge do inverno.

Antes de chegar ao artigo sobre Justine, voltei para a página inicial. A foto principal fora tirada no dia anterior e mostrava duas pessoas no porto. Uma estava patinando em um trecho ainda congelado; a outra flutuava numa boia em uma das piscinas menores, já derretidas.

Tremendo, sai da internet e entrei no sistema interno de *e-mails* da Hawthorne. Depois de uma visita ao *site* do *Herald*, normalmente eu não suportava ficar no computador por nem mais um segundo, por isso não checava minhas mensagens havia vários dias.

Observei enquanto os novos *e-mails* enchiam minha caixa de entrada, examinando rapidamente as mensagens corriqueiras sobre os cardápios diários do almoço, programações de teatro e competições esportivas. De todas as novas mensagens, apenas duas estavam mesmo endereçadas a mim.

A primeira fora enviada na semana anterior.

Para: Sands, Vanessa

De: Mulligan, Kathryn

Assunto: Inscrições nas universidades

Cara Vanessa,

Parabéns! Depois de tanto esforço por tantos anos, você finalmente chegou ao último ano do colégio. Os próximos meses são fundamentais para a próxima fase de sua carreira acadêmica, e serão cheios de oportunidades e desafios empolgantes. Em breve, vou me encontrar com cada aluno do último ano para discutir os planos sobre a universidade, e gostaria de marcar um horário com você durante seu período livre de aulas na QUARTA-FEIRA, 25 DE SETEMBRO, às 11h30. Por favor, confirme quando receber esta mensagem.

Um brinde ao seu futuro!

Com meus melhores votos,

K. Mulligan

Orientadora estudantil

Eu reli a mensagem, que obviamente fora enviada a todos os formandos. A única personalização, além do meu nome, era a data e o horário da reunião.

O segundo *e-mail*, entretanto, era apenas para mim e fora enviado naquela manhã.

Para: Sands, Vanessa
De: Mulligan, Kathryn
Assunto: Reunião de hoje
Oi, Vanessa.
Não recebi nenhuma resposta sua a respeito da nossa reunião de hoje e gostaria de confirmar que nos encontraremos na minha sala, às 11h30.
Sei que talvez as coisas pareçam incertas agora. Espero que você me deixe ajudá-la a esclarecê-las.
Até mais,
K.M.

Movi o *mouse* para apagar o *e-mail* quando uma cabeça apareceu sobre o cubículo do computador. Ergui os olhos e me deparei com Jordan Lanford, o astro do time de futebol do último ano.

– Trágico – ele disse.

– O quê? – perguntei com relutância, voltando os olhos para a tela do computador.

– Você aí. Eu aqui. Tão perto e, ao mesmo tempo, tão longe.

Senti o calor se espalhar pelas minhas bochechas. Ouvi sussurros e olhei para trás. Algumas meninas estavam sentadas a uma mesa próxima. Deviam ser calouras, porque não as reconheci, mas pareciam saber quem eu era. Conversavam baixinho, por detrás dos cabelos e das mãos, e olhavam para mim do mesmo modo que eu vira inúmeras garotas olharem para Justine: franzindo a testa, com as sobrancelhas abaixadas e os olhos apertados.

Como se estivessem com ciúme.

Eu me voltei para o computador, saí da minha caixa de *e-mail* e juntei minhas coisas.

– Aonde você vai? – perguntou Jordan. – Posso te acompanhar?

– Acho que não. Mas obrigada.

Eu me afastei depressa dos terminais de computador. Quando cheguei perto da entrada principal, olhei para trás para me certificar de que ele não estava me observando e fui para a esquerda. Percorri a seção de referências até chegar a uma alcova escura, que ninguém gostava de usar porque não tinha janelas nem *wi-fi*.

A menos, é claro, que não pudessem esperar até o fim do dia para dar uns amassos com o namorado ou a namorada. E era exatamente isso que Parker King estava fazendo com Amelia Hathaway, em um velho sofá xadrez.

Eu me virei rápida e silenciosamente e comecei a me afastar pelo corredor.

– Pare! – disse Amelia.

Pensando que ela estava falando comigo, eu parei.

– O que foi? – Parker perguntou.

Meu rosto parecia queimar, enquanto eu esperava que ela notasse a minha presença. Eles se beijaram de novo, e eu estava prestes a me desculpar por sobre os ombros e sair correndo da seção de referências quando ela continuou a falar.

– Isso – ela disse, enquanto eu ouvia o barulho de roupas sendo arrancadas e molas do sofá rangendo. – Não consigo fazer isso.

– Na verdade – disse Parker –, você consegue. E muito bem.

A observação foi seguida por mais rangidos. Tirando proveito dos movimentos deles, me escondi entre duas estantes e escorreguei por uma delas até ficar agachada. Espiei uma vez e vi Parker se inclinando na direção de Amelia, que o empurrou.

– Estou falando sério – disse ela. – Tem sido divertido... mas estou meio cheia de ficar direto com você, sem sentido nenhum. – Ela endireitou o colete e deu um tapinha no joelho dele. – A gente se divertiu, não foi? Vamos deixar as coisas assim.

– Mas a gente não está só... *Eu* não estou só...

Ele parou de falar quando ela se levantou. Eu me escondi atrás da prateleira e esperei que ela passasse, antes de espiar novamente. Parker estava estirado no sofá, a cabeça pousada no encosto. Ele apertava o polegar e o indicador contra o canto dos olhos fechados, como se tentasse impedir que as lágrimas escorressem.

– Uau – murmurei. Normalmente era Parker King quem terminava tudo, e não o contrário.

– Vanessa? – ele perguntou, parecendo confuso.

Eu me atirei atrás da prateleira. Ouvindo o sofá ranger novamente quando ele se levantou, me ergui e desapareci no corredor seguinte, mantendo a cabeça baixa e sem me levantar totalmente até chegar à mesa da recepção. Então, sem ousar olhar para trás para ver se ele estava me seguindo, corri a distância que faltava até a entrada da biblioteca.

Era o meio do período, e o corredor estava vazio, exceto por alguns professores que conversavam do lado de fora da secretaria. Tentei andar normalmente, mas, quando ouvi a porta da biblioteca se abrir atrás de mim, apressei o passo e entrei pela primeira porta que não fosse uma sala de aula.

– Vanessa!

Eu estava de costas para ela, mas reconheci a voz.

A srta. Mulligan. Eu tinha corrido para o único lugar onde não queria estar, além da biblioteca: a sala da orientadora. Olhando para o relógio de parede quando me virei, vi que eram 11h45.

– Desculpe pelo atraso – eu disse.

– Não se preocupe. Estou muito feliz em vê-la.

A srta. Mulligan esperou até que eu estivesse sentada para fechar a porta, como se eu pudesse tentar fugir. Olhei em volta, enquanto ela procurava a minha pasta em um armário próximo. A principal razão por que pais matriculam os filhos em escolas preparatórias é aumentar as chances de eles serem aceitos em universidades da Ivy League, e a Hawthorne não era exceção. A srta. Mulligan e eu já havíamos passado um bom tempo juntas durante os últimos três anos; por um lado, a sala dela, com seus diplomas emoldurados e pôsteres de universidades, era mais familiar para mim do que qualquer outro lugar da escola.

E, por outro, parecia que eu jamais estivera ali.

– Então... – disse ela, sentando-se à mesa à minha frente. – Dartmouth.

– Como?

– Da última vez em que nos encontramos, você disse que Dartmouth era sua primeira opção. – Ela tirou uma folha da pasta e mostrou para mim, para que eu pudesse ver suas anotações.

– Ah. Certo. – Agora eu me lembrava. Na primavera anterior, a srta. Mulligan estivera determinada a conseguir que eu fizesse uma escolha, para que tivéssemos um objetivo claramente definido. Eu haiva escolhido Dartmouth porque pensara que era para lá que Justine iria. E o mais importante para mim, mais que a reputação da universidade ou as oportunidades de estágio, era ficar perto da minha irmã.

– Você mudou de ideia? – perguntou a srta. Mulligan.

– Não tenho pensado muito no assunto.

Ela fechou a minha pasta e cruzou os braços.

– Claro que não.

Lá vinha a velha conversa: ela sentia muito pela perda que atingira minha família. Pobre Justine. Pobrezinha de mim. Do que eu precisava? O que ela poderia fazer para ajudar?

– Meu pai faleceu quando eu tinha 17 anos.

Ou, ainda pior: ela podia me entender.

– Ele ficou doente por bastante tempo, então sabíamos que o fim estava próximo. Nós nos preparamos da melhor maneira possível, mas ainda assim foi um grande choque quando finalmente aconteceu. Chorei por semanas.

– Sinto muito – eu disse.

Ela se inclinou na minha direção.

– Sabe o que me ajudou a superar?

– A escola?

– A universidade. O planejamento, a organização, pensar sobre onde eu estaria em seis meses, em um ano, em cinco anos. – Ela se recostou na cadeira e me observou. – A Justine era uma excelente aluna. Ela se inscreveu em treze universidades e foi aceita por todas.

Engoli a resposta. A srta. Mulligan não precisava saber que Justine havia mentido. Ela não fora aceita por universidade alguma, porque não tinha feito nenhuma inscrição. Aquilo não era algo que Justine quisesse compartilhar. E eu só descobrira a verdade no dia do funeral, quando encontrara um formulário de inscrição em branco escondido sob algumas fotografias no mural do quarto.

– A sua irmã sabia da importância da educação superior, Vanessa. Ela não ia querer que você arriscasse a sua... especialmente por causa dela.

– Você tem razão – eu disse. – Com certeza vou pensar no assunto. Logo. E a sério.

Os cantos dos lábios dela se ergueram ao mesmo tempo em que os olhos baixaram. Depois de um minuto, ela apanhou o *mouse* e olhou para a tela do computador.

– Que tal a esta mesma hora, na próxima quarta-feira?

– Para quê?

Ela começou a digitar.

– Acho que devíamos nos encontrar uma vez por semana. Mesmo que não tomemos nenhuma decisão importante de imediato, ajudaria termos algum tempo para conversar.

– Não precisa – respondi rapidamente. – Quer dizer, obrigada, mas tenho certeza de que vou tomar uma decisão muito em breve. Meu pai é professor na Newton Community College, e posso perguntar a ele se tiver alguma dúvida em relação ao processo de inscrição.

A impressora zuniu atrás dela. Ela apanhou o papel impresso e o estendeu para mim.

– Aqui está uma cópia do *e-mail* que acabei de lhe enviar – disse. – Na semana que vem. Mesma hora, mesmo lugar.

Eu mal podia sentir minhas pernas enquanto me levantava, apanhava o papel e me dirigia à porta.

– Ah, e Vanessa...

Parei com a mão na maçaneta.

– As coisas ficam mais fáceis. Pode doer ouvir isso... mas é verdade.

Tentei agradecer, mas meus lábios não se moviam. Abri a porta e saí sem responder.

No corredor, ajustei a posição da minha mochila para que ficasse ao lado do meu corpo. Enquanto vasculhava ali dentro, meus lábios pareciam estar murchando, encolhendo. Tentei lambê-los, mas minha língua estava seca e pesada como um tijolo. Minhas mãos tremiam cada vez mais a cada segundo, e levei vários deles para encontrar a garrafa plástica e retirá-la da mochila.

Bebi enquanto caminhava. A água salgada estava morna, mas parecia uma pedra de gelo descendo pela minha garganta. Esvaziei a garrafa em cinco goles, então parei na frente de um mostruário de troféus, enquanto o líquido fazia efeito. Sempre que um aluno ou um professor passava por mim, eu me aproximava do vidro e fingia ler as gravações nos troféus, para que ninguém fizesse perguntas.

Da terceira vez em que fiz isso, meu olhar recaiu sobre um nome familiar.

Justine Sands.

O nome dela estava em uma dúzia de lugares diferentes no mostruário: troféus de hóquei, placas de futebol, certificados de *softball*. Durante toda sua vida, Justine fora a melhor em qualquer coisa que fizesse, inclusive em esportes, que praticara em todas as temporadas na Hawthorne.

Eu não sei... mas você também não.

A frase, escrita à mão em uma folha de papel pautado, apareceu diante de meus olhos. Pisquei e sacudi a cabeça para me livrar dela.

O rosto de Justine tomou seu lugar. Os lábios estavam separados em um sorriso, e os olhos azuis, cheios de excitação, enquanto ela marcava o gol da vitória contra a Escola Thoreau. Ela estava tão bonita, tão feliz. A julgar pela foto, ninguém imaginaria que ela não praticava o esporte porque era divertido – e sim porque achava que devia.

Perto de mim, a porta de uma das salas de aula se abriu. Eu me virei e saí correndo. Quando cheguei ao banheiro feminino, meu corpo inteiro parecia ter passado dias sob o sol escaldante, estendido na calçada. De alguma maneira, consegui checar os cubículos e, quando vi que todos estavam vazios, tranquei a porta.

– Vamos lá – murmurei, abrindo a torneira e segurando a garrafa sob ela. A água não parecia vir rápido o suficiente; a garrafa estava apenas pela metade quando a afastei da torneira e despejei o sal que pegara na mochila. Dei uma sacudida firme, joguei a cabeça para trás e bebi. Abri a torneira na pia ao lado, tampei o ralo e acrescentei o sal. Passei os cinco minutos seguintes alternando entre beber água e molhar o rosto. Finalmente, minha sede diminuiu.

Exausta, eu me encostei na parede do outro lado do banheiro e escorreguei até ficar sentada no chão.

Aquele era o meu futuro. Escondida em banheiros. Bebendo água salgada. Tentando escapar da desidratação que podia me matar. A srta. Mulligan e eu podíamos falar sobre universidades todos os dias da semana, mas não importaria. Mesmo se eu chegasse lá, aulas, trabalhos, meu diploma, minha carreira em potencial, nada disso mudaria o fato de que eu seria apenas uma coisa quando crescesse.

Um monstro.

Alguns minutos depois, estendi a mão para apanhar a mochila. Abri o bolso da frente, encontrei meu celular e o liguei. Enquanto as lágrimas escorriam pelo meu rosto, digitei o número que apagara da discagem rápida em um ato de boa intenção, mas que ainda sabia de cor.

A ligação caiu na caixa postal de Simon no segundo toque.

– Oi – eu me encolhi toda quando minha voz estremeceu. – Sou eu. Sei que você está em aula agora... mas só queria ouvir sua voz. Você pode me ligar depois? Por favor?

5

– MENSAGEM DE TEXTO OU CERA DE ABELHA.

Ergui os olhos da minha tarefa de matemática. Paige estava sentada na cama, com um livro aberto à sua frente.

– Essas são as opções do Simon – disse ela.

Meu coração deu um pulo.

– Para quê?

– Para recuperar o controle quando você o distrair a ponto de ele perder o sono e esquecer os amigos e a vida. De acordo com estes livros, terminar o relacionamento por mensagem de texto ou tapar os ouvidos com cera de abelha são as únicas maneiras de escapar de uma sereia.

Olhei fixamente para ela. Ela sorriu, mas, quando eu não sorri de volta, sua expressão ficou séria.

– Desculpe – ela disse. – Não foi engraçado. É claro que você não é, nunca poderia ser uma...

– Tudo bem. E sou *eu* que peço desculpa. Acho que ainda estou me acostumando com essa palavra.

– Nós duas estamos. E é por isso que quero aprender mais. Se entendesse quem elas são e por que fazem o que fazem, o que fizeram... talvez tudo isso não parecesse tão estranho.

– Paige, se você realmente quer aprender mais, por que não pergunta para a Betty?

– Depois do esforço que ela fez para esconder a verdade da Raina e da Zara por tanto tempo? Depois que as duas não apenas desafiaram a vontade dela, mas usaram o que aprenderam contra ela? – Paige sacudiu a cabeça enquanto virava a página. – Falar sobre o assunto só vai feri-la, não posso fazer isso. Ela já sofreu demais.

– Não é uma situação ideal – admiti –, mas ela ainda é sua avó. Ainda faria qualquer coisa por você.

Disso eu estava totalmente certa. Afinal, Betty deixara Paige passar o ano escolar aqui, privando-se do único membro sobrevivente de sua família. Ela amava tanto a neta que queria que ela recomeçasse em outro lugar, um que não lhe trouxesse tantas lembranças constantes e dolorosas.

– Quer ouvir uma coisa louca? – perguntou Paige, um momento depois. Ela fechara o livro e agora estava olhando para mim, com os olhos azuis muito abertos, como se estivesse prestes a compartilhar um segredo que não podia acreditar que fosse dela.

– Claro – pensei no último segredo que ela me contara vários meses antes, quando suas faces estavam vermelhas, e sua barriga, redonda. O segredo que quase a matara.

– Eu vi as duas.

Um raio prata brilhou diante dos meus olhos. Pisquei para afastá-lo.

– Raina e Zara, no parque. A minha turma de inglês se encontrou lá hoje. Estávamos lendo *Conto de inverno*, e a história era tão entediante que fechei os olhos por alguns segundos. Quando abri novamente... eu as vi. Sentadas num banco. Olhando diretamente para mim.

As palavras tranquilizadoras de Simon passaram pela minha cabeça. *Totalmente congelado... Qualquer coisa que estivesse viva está morta agora...*

– Loucura – disse Paige, quando não respondi nada. – Eu sei.

– Não é loucura.

– Mas é impossível. – Ela desceu da cama e se sentou no chão, na minha frente. – Sabe quando você conseguia ouvir a Justine? Depois que ela se foi?

Assenti.

– Talvez tenha sido algo parecido. Talvez seja minha imaginação. Não porque eu sinta falta delas, mas porque esteja traumatizada, ou seja lá o que for, pelo que aconteceu.

Eu não imaginara simplesmente a voz de Justine, mas era bom que Paige ainda acreditasse nisso. Pelo menos por enquanto.

– Não há nada de errado em sentir saudade delas – eu disse. – A Raina era sua mãe e a Zara era sua irmã muito antes de... mudarem. Não há nada de errado em sentir falta das pessoas que você acreditava que elas fossem.

Seus olhos azuis assumiram uma expressão dura.

– Elas mataram dezenas de pessoas, e teriam matado muito mais se não tivéssemos impedido. Mataram o Jonathan. Trancaram a vovó Betty no quarto por dois anos, e então a deixaram lá para morrer. – Ela sacudiu a cabeça. – Não sinto saudade delas. *Não vou* sentir saudade delas. Nunca.

Aquela foi a coisa mais dura que eu já ouvira Paige dizer a respeito de qualquer pessoa. Fiquei tentada a mudar de assunto, pelo bem de nós duas, mas havia uma coisa que eu precisava saber.

– O que elas fizeram quando você as viu? – as batidas aceleradas do meu coração quase não me deixaram ouvir minhas próprias palavras.

Ela deu de ombros e seu rosto se suavizou um pouco.

– Eu pisquei e elas desapareceram. Porque não estavam ali de verdade.

Claro que não estavam ali. Apesar do que eram, ainda tinham coração. Ainda precisavam de oxigênio. Como Simon dissera, simplesmente não havia como uma sereia sobreviver por dois meses presa no gelo.

– De qualquer forma, foi legal da parte do Riley trazer estes livros para mim, mesmo que sejam completamente inúteis. – Ela estendeu o braço e apanhou a *Odisseia* na cama. – Ele parece um cara legal.

– O Simon não seria amigo dele se ele não fosse legal. – Estendi o braço e toquei com o lápis a ponta do sapato dela. – E ele também gostou de você.

Aquilo provocou o sorriso que eu esperava.

– É, então. Ele não é o...

A voz dela falhou, mas ela não precisou terminar a frase para que eu soubesse o que havia começado a dizer. Por mais legal que Riley fosse, ele não era o Jonathan.

Imaginando que ela quisesse passar alguns minutos sozinha, fechei meu caderno e me levantei.

– Minha mãe está fazendo *brownies*. Você quer?

– Muito – ela disse, cobrindo o estômago com as mãos.

No corredor, com a porta do quarto atrás de mim fechada, eu me apoiei na parede e coloquei as mãos sobre o estômago. Preparei-me para sentir algum movimento lá dentro, algo parecido com um peixe no aquário. Era como parecera o bebê de Paige, na única vez em que eu colocara a mão em sua barriga. Ela se sentira doente, inquieta e fisicamente exausta, porque seu corpo não estava preparado para carregar um bebê.

Mas, graças à transformação acidental durante o verão, quando meu líquido celular fora substituído por água do oceano, o *meu* corpo estava. Pensei na última vez em que Simon e eu estivéramos juntos. Nós havíamos tomado cuidado. Sempre tomávamos cuidado. Mas eu ainda dizia a mim mesma que cada vez seria a última, não importava o que fosse acontecer entre nós. E sempre acreditava... até ele me tocar novamente.

Meu estômago estava quieto. Temporariamente aliviada, continuei andando pelo corredor.

– Você chegou bem na hora – minha mãe disse quando entrei na cozinha. Ela estava de pé ao lado do balcão, despejando massa numa tigela. – A primeira fornada ainda está assando, mas experimente. – Ela pegou a batedeira do balcão, retirou as pás cobertas de massa e me entregou uma. – Uma amostra.

Provei a massa e me virei para lavar a pá.

– Delicioso. Mais algumas semanas e você terá se transformado na Julia Child.

Ela riu.

– Você só está dizendo isso porque é minha filha.

Ergui os olhos. Pelo reflexo na janela sobre a pia, eu a observei enxugar as mãos no avental verde que usava.

– Tentei fazer queijo quente hoje depois da escola – eu disse. – O sanduíche ficou tão queimado que o *cheddar* evaporou entre as fatias de pão.

– Por que você não me pediu? Teria ficado feliz em preparar outro para você.

– Na verdade, foi uma evolução comparado com a última vez em que tentei. Eu não conseguiria cozinhar nem se a minha vida dependesse disso. – A pá estava limpa, mas deixei a água continuar correndo. – Fico pensando a quem puxei. Você e o papai são tão bons na cozinha.

Ela havia acabado de retirar do forno a forma de *brownies* e se deteve, com o rosto na frente do forno aberto. Ficou parada apenas por um segundo; se eu não estivesse observando, esperando uma reação, não teria percebido nada, mas minhas palavras a pegaram desprevenida.

– Por falar no seu pai – disse ela com a voz tranquila, enquanto fechava o forno e colocava a forma sobre o balcão –, ele está trabalhando lá fora. Você pode, por favor, ir ver se ele quer os *brownies* à moda?

Fechei a torneira e olhei pela janela, para além do reflexo da minha mãe. Meu coração se apertou quando vi meu pai sentado no pequeno banquinho, digitando em seu *laptop*.

– Claro. Vou levar um casaco para ele também.

Eram oito horas da noite e ainda fazia mais de vinte graus lá fora, mas mamãe não pareceu achar estranha a ideia do casaco. Ou isso, ou não me ouvira, com o barulho de seus pensamentos. De qualquer modo, aquilo me deu uma desculpa para sair da cozinha por onde entrei, em vez de ir direto para a porta dos fundos.

O escritório do meu pai era uma pequena sala nos fundos do primeiro andar. Eu não entrava ali havia meses, e, abrindo a porta agora, não me pareceu que muita coisa mudara. Havia dúzias de livros em pilhas altas por toda a sala. Papéis caíam dos armários. Velhas xícaras de café jaziam abandonadas sobre as estantes, no braço da poltrona de couro favorita do papai e pelo chão. O único lugar que não estava completamente bagunçado era a escrivaninha, localizada sob uma viga, o que tornava impossível para alguém ficar em pé ali.

Fechei a porta e caminhei por entre o labirinto de pilhas de livros. A culpa queimava como carvão ardente em meu estômago, mas continuei, dizendo a mim mesma que não estaria ali se tivesse outra opção. Pilhas de trabalhos de alunos rodeavam a mesa, mas eu as ultrapassei rapidamente e afundei na cadeira.

A escrivaninha estava imaculada – havia apenas o computador do meu pai e dois porta-retratos sobre o móvel. Meus olhos se detiveram nas fotografias. Uma era da minha mãe, mostrando a língua para a câmera num instante de protesto divertido, e na outra estávamos Justine e eu, ainda garotinhas, sentadas nos degraus da frente de casa, fazendo bolhas de sabão com canudinhos de plástico.

Abri a primeira gaveta e vasculhei por entre canetas, clipes e pastilhas de hortelã antes de passar para a outra, e depois para a outra. Meu coração se apertou quando percebi que elas se abriam facilmente. Pessoas que guardam grandes segredos não escondem as pistas em gavetas trancadas?

Levantei-me e pulei novamente por cima das pilhas de trabalhos. Abri os armários, mas eles exibiam o mesmo que as gavetas.

Nada.

Virei-me lentamente no meio da sala, procurando... o quê? Uma porta escondida? Uma passagem secreta? Um tesouro de informações disfarçado de vaso de flores? Eu estava prestes a erguer o tapete, para me certificar de que não havia uma tábua solta escondendo algo, quando meus olhos se fixaram novamente na escrivaninha. Ou, mais especificamente, no computador.

Meu pai tinha dois computadores, um *desktop* e um *laptop*, e estava sempre usando um ou outro. As memórias combinadas das duas máquinas provavelmente poderiam dar mais detalhes sobre a vida dele do que sua própria memória.

Enquanto me dirigia ao *desktop*, revivia os sentimentos do dia do funeral de Justine, quando percebera que as fotos no mural escondiam algo e me perguntara se deveria descobrir o quê. Eu me sentia pior a cada tachinha que retirava, como se estivesse lendo o diário dela.

Mas aquilo era diferente. Eu já sabia o segredo do meu pai. E era algo que não afetava somente a ele, mas toda a nossa família.

Voltei para a escrivaninha e pus a mão sobre o *mouse*. A tela se iluminou, enquanto o computador adormecido acordava.

Uma caixa azul apareceu, pedindo a senha. Meu coração se apertou, mas em seguida senti um grande alívio. Não fazia ideia de qual era a senha do meu pai, mas o fato de ele ter uma poderia significar a presença de algo que precisava de proteção.

Digitei a primeira coisa que me veio à cabeça: Jacqueline. Prendi a respiração, enquanto a pequenina ampulheta digital virava de cabeça para baixo e então voltava para a posição inicial. Poucos segundos depois, a caixa reapareceu.

Senha inválida.

Não era o nome da minha mãe. Tentei o meu em seguida, depois o de Justine. Pensei que o programa me diria que eu havia alcançado o limite de tentativas, mas isso não aconteceu. Então, tentei Newton College, onde meu pai dava aula. Hemingway e Fitzgerald, seus escritores favoritos. Rei e Paizão, dois dos inúmeros apelidos que Justine e eu havíamos dado ao papai.

Inválida, inválida, inválida.

Meus dedos pairaram sobre o teclado, enquanto eu olhava para o cursor piscando. Havia outro nome que eu poderia tentar. Eu não queria; mal podia pensar nele, quanto mais digitá-lo. Mas senhas, apesar de todos os alertas, eram frequentemente referências a pessoas e a lugares importantes para o usuário. E, com exceção da nossa família, havia apenas uma pessoa que meu pai poderia considerar importante o suficiente. Uma pessoa cujo nome ninguém, além dele, saberia.

Ou pelo menos era o que ele pensava.

Digitei lentamente, observando cada letra aparecer na tela. Quando terminei, olhei para o nome e me lembrei da primeira vez em que o vira, no quarto de Betty, em Winter Harbor. Deveria ter sido apenas mais um nome, nada diferente de todos os outros no *scrapbook* de Raina sobre sereias e suas conquistas. Mas *era* diferente. Porque sobre ele havia uma fotografia desbotada de uma linda mulher nos braços de um homem jovem de cabelos arrepiados e olhos ternos, parecendo tão feliz que poderia ter morrido bem ali, sem arrependimentos. E, de acordo com o texto ao lado da foto, o casal feliz tivera um filho.

A mulher era Charlotte Bleu.

O homem era o Paizão.

A criança era eu.

Uma porta bateu em algum lugar da casa. Dei um pulo ao ouvir o súbito ruído, e meu polegar, que estava sobre a tecla Enter, escorregou.

A ampulheta girou. Cada giro parecia levar minutos. Fiquei olhando para a tela, esperando que a caixa da senha ficasse em branco e me pedisse para tentar novamente.

Em vez disso, a caixa desapareceu. Em seu lugar, estava a área de trabalho do meu pai, coberta por dúzias de documentos com nomes em código. Havia tantos arquivos que eles estavam uns sobre os outros, fazendo lembrar linhas de cartas de baralho num jogo de Paciência.

Minha mão parecia se mover por vontade própria, e o *mouse* guiou o cursor até um documento no meio da tela, cujo nome era "W0198".

Sob mim, a cadeira vibrou. Imaginei que meus nervos estavam me fazendo tremer, mas então percebi que a tela também vibrava. E os porta-retratos. E a xícara de café numa estante do outro lado da sala. Não sem parar, mas segundo sim, segundo não.

E então eu ouvi. Passos. Lentos, pesados, como se a pessoa que caminhava fosse grande e estivesse cansada.

Papai. Ele estava dentro de casa... e chegando cada vez mais perto.

Dei um salto da cadeira e bati a cabeça no teto baixo e inclinado. Mordi o lábio para não gritar e apanhei o casaco vermelho nas costas da cadeira, enquanto pulava novamente sobre os trabalhos dos alunos. A ponta do meu tênis bateu no alto de uma pilha, e um monte de páginas se espalhou pelo chão. Enquanto eu me ajoelhava para apanhá-las, o som dos passos ficou mais alto.

Coloquei os trabalhos de volta no lugar, levantei-me depressa e apanhei uma xícara de café atrás de uma pilha de livros.

Os passos ficaram mais lentos, e então pararam. A luz por sob a porta escureceu. Enquanto isso, as luzes no escritório pareciam ficar mais fortes, especialmente a que ficava atrás de mim.

O computador. Deveria estar em modo de espera, com a tela escura.

A velha maçaneta de bronze girou. A porta começou a se abrir.

Atirei-me para o outro lado da sala, agarrei um monte de fios e cabos e puxei com força. O computador fez um barulho alto antes de silenciar.

– Vanessa?

– Oi, pai.

Ele ficou parado na porta, com o *laptop* sob o braço e um *sundae* de *brownie* na mão.

– Eu ia levar café e um casaco para você. – Mostrei-lhe a xícara e o casaco, que era seu favorito e uma razão perfeitamente cabível para eu estar no escritório dele. – Quer creme?

Ele olhou para a xícara que eu segurava.

– Você ia mesmo me levar um café e o casaco?

Fiz uma pausa.

– Sim.

– Bem – ele sorriu e entrou na sala. – Obrigado, Vanessa. Você acabou de alegrar o meu dia.

Claro que sim. Eu andava distante desde que o vira no *scrapbook* de Raina, e sabia que ele sentia aquilo, ainda que não entendesse o motivo. Se meu gesto fosse sincero, teria sido, em meses, o mais próximo que chegáramos de nosso antigo relacionamento.

– Não precisa agradecer. – Deixei que ele beijasse meu rosto quando passou, sabendo que, quanto mais eu cedesse, mais fácil seria sair dali.

– Que estranho.

Eu estava com um pé para fora da porta aberta quando ele falou. Virei-me lentamente, sentindo meu rosto ficar da mesma cor de seu casaco favorito.

– Algo errado?

Ele estava atrás da escrivaninha, inclinado sobre o teclado. Digitou alguma coisa, esperou e digitou novamente. Em seguida, bateu no topo do monitor, e então o segurou com as duas mãos e o sacudiu gentilmente.

– Tenho certeza de que deixei o computador ligado. Teve uma queda de energia enquanto eu estava lá fora?

Ele se endireitou e coçou a cabeça. Naquele momento, ele parecia tão perplexo, tão parecido com o meu amado Paizão, que sempre ficava confuso com as novas gírias dos alunos ou com as novas tecnologias que tentava aprender, que de repente me senti terrivelmente mal por bisbilhotar.

– Deve ter sido isso. – Atravessei novamente a sala e lhe mostrei os cabos. – Eu tropecei nestes fios quando estava pegando seu casaco. Devo ter desconectado o computador. Desculpe.

O rosto dele relaxou.

– Tudo bem.

Conectei novamente os cabos e corri para a porta.

– Vanessa?

Congelei. Ele sabia. Eu tinha pensado que desconectar o computador desligaria tudo e ele jamais saberia que eu havia mexido na máquina, muito menos que descobrira sua senha e acessara a área de trabalho. Mas isso não acontecera. E agora ele sabia. Sabia que eu havia descoberto sobre Charlotte e...

– Se você quiser se juntar a mim para um café e uma sobremesa... eu ficaria feliz.

– Claro, pai – consegui dizer, sem me virar. – Já volto.

Fechei a porta atrás de mim e corri para a cozinha, agora vazia. Coloquei a xícara suja na lava-louça e enchi duas limpas com café e creme. Cortei um pedaço grande de *brownie*, embrulhando-o numa toalha de papel, e apanhei dois garfos na gaveta.

E então levei o café e a sobremesa para o andar de cima, onde Paige estava esperando por mim.

6

NA MANHÃ SEGUINTE, ACORDEI com dor de cabeça. Tomei três aspirinas, bebi um litro de água e fiquei na banheira por uma hora. Não adiantou nada. A dor continuou durante todo o fim de semana, quando Paige e eu voltamos para a Bates, e imaginei que fosse estresse – por causa do meu pai, da escola e de mentir para Simon. Infelizmente, o alívio físico que eu certamente sentiria depois de confessar tudo durante aquela visita seria um consolo muito pequeno.

– Então, me conte mais sobre essa famosa festa – pediu Paige. Ela e Riley estavam alguns passos à frente de Simon e de mim, enquanto caminhávamos pelo *campus*. – Vai ter jogos?

– E prêmios – Riley respondeu. – E parte do melhor rebanho de Adroscoggin County.

Olhei para Simon.

– Ele está falando de vacas?

– Tecnicamente, é um festival de colheita – ele explicou. – A Bates organiza um todos os anos.

Mais à frente, Riley disse algo que fez Paige rir. Ela se inclinou para a direita, batendo seu ombro no dele.

– Ele não sabe nada sobre o verão passado? – perguntei, baixando a voz.

Simon sacudiu a cabeça.

– Ele viu parte da cobertura no noticiário da tevê, assim como o restante do país, mas não faz ideia de que Paige estava envolvida. Ele acha que ela é sua melhor amiga, que se mudou para Boston para ficar perto de você.

– Ótimo. Se ela quiser que ele saiba de mais alguma coisa, vai contar quando se sentir pronta.

Ele ergueu nossas mãos entrelaçadas e pressionou a boca contra a minha.

– Estou feliz por você estar aqui – disse, os lábios deslizando na minha pele.

Hesitei e então beijei seu rosto.

– Eu também.

Era um dia quente de outono, e o *campus* estava cheio de gente estudando, tomando sol e indo ao festival ou voltando dele. Enquanto caminhávamos, eu escutava as conversas e as risadas, pensando que todos pareciam muito felizes, muito normais. Tentei me imaginar fazendo as mesmas coisas em um *campus* universitário no próximo ano – mas não consegui.

– Então, o que vocês acham? – perguntou Riley, quando nos juntamos a ele e a Paige na entrada do festival. – Concurso de espantalho e depois corrida de trator? Ou corrida de trator e depois concurso de espantalho? Ou vamos direto para as maçãs do amor e a cerveja de abóbora?

– Eu daria um passeio de carroça – eu disse, vendo uma longa carroça puxada por cavalos do outro lado do campo. – Se vocês estiverem de acordo.

Todos concordaram. Não nos apressamos para chegar lá, parando no caminho para votar na melhor abóbora entalhada, assistir a uma demonstração de preparação de sidra e provar diferentes variedades de xarope de bordo produzido no local. Depois, finalmente entramos na longa fila para o passeio de carroça; levou mais de trinta minutos para chegarmos ao início da fila, mas a carroça já estava cheia e o próximo passeio só sairia em mais alguns minutos.

– Acho que a gente cabe – disse Riley, observando os espaços entre os passageiros. – A gente pode se espremer um pouco.

– Você não se importa de se sentar no meu colo? – brincou Paige.

– Pelo bem do tempo e da diversão, não. Eu faço esse enorme sacrifício.

Ela riu, e Simon olhou para mim.

– Vamos – eu disse.

Subimos uma pequena escada e embarcamos pela parte traseira da carroça. Riley seguiu Paige, enquanto ela se desviava de pernas, pés e montes de feno, e, cumprindo sua palavra, sentou-se sobre os joelhos dela quando ela encontrou um lugar perto do cocheiro e dos cavalos. Simon sentou-se no canto traseiro esquerdo da carroça e me puxou gentilmente para seu colo.

– Acho que gosto do Festival da Colheita da Bates – comentei, enquanto ele passava os braços ao meu redor.

Cerca de trinta pessoas estavam espremidas no pequeno espaço, e muitas delas, a julgar pelos gritinhos ocasionais e pelas risadas altas, já haviam experimentado a cerveja de abóbora antes do passeio. Sentada nos fundos da carroça com Simon, entretanto, eu me sentia tão confortável que era como se estivéssemos sozinhos.

– Como foi a aula no laboratório? – perguntei, no momento em que a carroça começou a andar. Conversávamos com tanta frequência que eu sabia de cor o horário das aulas dele.

– Longa. Cansativa. Visualmente pesada.

– Pensei que você adorasse os pequenos amigos alados da ciência.

– E adoro... quando não estou esperando uma visita muito importante.

Sorri.

– Uma visita muito importante? De que tipo?

– Ah, do tipo que me faz esquecer o número atômico do carbono, como converter Celsius em Fahrenheit e a taxonomia dos seres vivos.

– Reino, filo, classe, ordem, família, gênero, espécie – recitei, dando um leve tapinha em seu peito a cada palavra. – Ela deve ser muito especial, para fazer você esquecer a pouca ciência que até eu sei.

Os braços dele me apertaram com mais força. Apoiei a cabeça em seu ombro.

Eu me sentia tão bem, tão confortável.

Se ao menos aquilo não precisasse terminar.

– O aniversário do Caleb é no fim de semana que vem – disse Simon, depois de um instante.

– Certo – eu disse, grata pela mudança de assunto. – Dezessete. Ele está animado?

– Contra a vontade. Ele pretendia convidar só alguns amigos para uma pizza e um filme, mas o Monty tinha outras ideias. E o que o Monty quer...

– ...o Caleb quer.

– Por isso, temos uma festa no barco no próximo sábado à noite, e a cidade inteira vai estar presente. O Monty vai atracar o *Barbara Ann*. Os amigos do Caleb estão decorando os barcos de pesca com luzes e instalando equipamentos para os DJs, e parece que as pessoas vão passar a noite inteira saltando de um barco para o outro.

– Saltando? – levantei a cabeça e olhei para ele. Eu não checava o *site* do *Winter Harbor Herald* desde a manhã do dia anterior. – Isso significa que...?

– Não – ele afastou uma mecha de cabelo do meu rosto. – Não significa. Barcos a remo podem ficar atracados em locais fixos, mas a água ainda está congelada demais para qualquer coisa maior. O Caleb ama barcos, e o Monty quis que eles fizessem parte da festa.

Encostei a cabeça novamente em seu peito. O coração de Simon bateu mais rápido contra a palma da minha mão.

– Então, sei que está em cima da hora... mas você quer ir? Comigo? À festa do Caleb?

Abri a boca para dizer que sim. Ele parecia nervoso, e, além de querer tranquilizá-lo, também queria estar onde quer que ele estivesse. Mas a palavra não saía.

– Eu sei que ele vai adorar ver você – Simon continuou. – E os meus pais também. Mas, se ainda for muito cedo, eu entendo. Foi só uma ideia.

– Não.

– Não? Não é muito cedo?

Lágrimas quentes encheram meus olhos. Piscando para afastá-las, eu me sentei direito e os braços dele me soltaram. Tentei olhar para ele, mas não pude.

– Não... não posso ir.

– Não pode. Tudo bem. Você já tem algum plano?

Havia chegado a hora. Eu tinha de agir. Já era ruim demais mentir para ele; não podia envolver sua família também.

– Simon. – As lágrimas voltaram quando eu disse o nome dele. – Preciso lhe contar uma coisa.

Ele colocou a mão no meu joelho.

– Qualquer coisa, Vanessa. Sempre.

Qualquer coisa. Sempre. Ele falava sério?

Eu não estava preparada para descobrir, mas mesmo assim respirei fundo.

– Você se lembra...

Fui interrompida quando a carroça deu um tranco súbito. Os braços de Simon envolveram minha cintura imediatamente. O ar se encheu de gritos e exclamações de susto, enquanto os cavalos passavam rapidamente de um trote lento para um galope desabalado.

– O galope do Cavaleiro sem Cabeça? – Eu tive de gritar para ser ouvida por entre os gritos e o barulho das patas. A longa faixa negra, suspensa por entre as árvores, desapareceu depois que passamos por baixo dela e entramos na floresta escura.

– Acho que fomos sequestrados! – Simon gritou de volta, sorrindo.

Agarrando-me a ele para não escorregar, concordei. O cocheiro, um homem idoso que estava de macacão e camisa de flanela quando embarcamos, havia trocado de roupa sem que percebêssemos – ou sido abduzido pelo Cavaleiro sem Cabeça.

– Vanessa! – gritou Paige.

Nossos olhos se encontraram e começamos a rir. Riley subia e descia no colo dela, com os olhos fechados e os braços em volta dos ombros de Paige, cujos braços enlaçavam a cintura dele. Enquanto a carroça voava por sobre depressões e rochas, os voluntários do festival, fantasiados de bruxas e zumbis, saíam de trás das árvores. Os passageiros gritavam, tentando se desviar, e se agarravam onde podiam: em rolos de feno, nas laterais da carroça e mesmo uns aos outros, para evitar serem pegos ou caírem.

Era a primeira vez que eu me assustava com alguma coisa que não tinha nenhuma relação com os acontecimentos do último verão *desde* o último verão. E como Simon estava bem ali, me apertando contra si com mais força do que nunca, eu aproveitava cada segundo.

Quando tudo acabou e a carroça desacelerou, finalmente parando no ponto de partida, Simon, ainda sorrindo, afastou meus cabelos embaraçados pelo vento. Ele se inclinou para beijar minha testa, mas ergui o queixo e seus lábios encontraram os meus.

Nós nos beijamos por vários segundos, ignorando os olhares e as risadas dos outros passageiros que passavam por nós ao descer da carroça. Poderíamos ter continuado e talvez até saído em um segundo passeio para não ter de nos separar, mas Riley desenvolvera uma súbita e urgente sede.

– Sidra – disse ele, meio sufocado, parado ao lado da carroça. – Limonada, poção de bruxa, não importa, desde que seja líquido e possa ser engolido.

Os lábios de Simon se afastaram dos meus. Ele encostou a cabeça no meu ombro e a sacudiu.

– Eu também preciso de uma bebida – eu disse. Depois da excitação do passeio de carroça e de beijar Simon, meu corpo precisava de combustível. Dei um rápido beijo nele e desci de seu colo.

– Mas você queria conversar. A gente podia encontrar com eles mais tarde.

Era idiota. E infantil. E provavelmente só pioraria as coisas.

Mas eu menti mesmo assim.

– Não era nada importante. Podemos deixar para depois.

Se Simon não se convenceu, não disse nada. Ficou em silêncio por alguns minutos, enquanto caminhávamos até uma grande tenda branca onde dezenas de alunos e professores dançavam quadrilha. Eu estava preocupada, pensando que ele poderia ter se chateado por eu ter adiado a conversa, mas Simon pareceu relaxar depois que passamos alguns minutos ao lado da mesa de petiscos.

Também relaxei. Os petiscos eram *pretzels* e *mix* de castanhas, e acompanhá-los de água mineral fresca foi surpreendentemente bom. A música, tocada ao vivo por uma banda *country*, também era boa. Estimulada pelas brincadeiras e pela atenção de Riley, Paige não parava de rir. Simon largou minha mão, mas só para passar o braço pela minha cintura.

Eu estava me divertindo tanto que nem hesitei quando Simon me convidou para dançar. Com Paige e Riley, formamos uma quadrilha com mais dois casais. A enorme tenda branca estava lotada, e a pista de dança oscilava com os passos e saltos dos dançarinos. Precisamos de alguns minutos e vários esbarrões para pegar o jeito, mas, quando conseguimos, dançamos como profissionais.

– A universidade é demais! – gritou Paige, quando demos os braços durante uma troca.

Eu ri. Não a via tão feliz havia muito tempo.

O que também me fazia feliz. Tanto que beijei Simon quando nos juntamos novamente.

Uma música levou a outra, e o locutor encorajava a multidão a cantar junto; finalmente, aproveitando um refrão simples, eu me juntei ao coro.

Talvez tenha sido a música. Ou as luzes brancas que piscavam sobre nós. Ou o modo como Simon me olhava nos olhos e sorria, não importava com quem estivéssemos dançando. Qualquer que fosse o motivo, eu não percebi que ninguém mais dançava, até procurar o braço de Riley... e perceber que ele não estava ali.

Está tudo bem..., eu disse a mim mesma, virando-me lentamente. *Eles não estão olhando para você...*

Mas eles estavam. Todos eles: alunos, professores, o locutor, Riley, Simon. Todos, menos Paige. Eles haviam formado um grande e imóvel círculo. Não batiam palmas, nem dançavam, nem cantavam junto. Simplesmente ficaram parados, olhando para mim.

As garotas estavam de cara feia.

Os rapazes sorriam.

7

– VOCÊ ESTÁ COM FRIO? – perguntou a srta. Mulligan quando nos sentamos no escritório dela, na segunda-feira de manhã. – Quer que eu feche a janela?

– Estou bem. – Puxei o capuz do casaco para cobrir o rosto. – É só um daqueles dias em que nada dá um jeito nos cabelos.

– *Amore ac studio* – disse ela com certa expectativa. Quando não respondi, ela fez um gesto de cabeça na direção do meu peito. – Com ardor e devoção. O lema da Bates.

– Ah. – Olhei para o emblema, semelhante ao de Dartmouth. O escudo protetor da educação superior tinha um livro, uma árvore e o sofisticado lema em latim. – Não tinha percebido.

– A Bates é uma excelente faculdade. Aparece constantemente na lista das vinte e cinco melhores instituições de artes liberais do país.

– O casaco é de um amigo.

– Você conhece um aluno de lá? Ótimo. – Ela se virou para o computador. – Muitos pais encorajam seus filhos a cursar uma faculdade sem conexões anteriores, para que não se distraiam, mas a vida universitária pode ser sufocante. Acho que ter alguém que você já conhece e em quem confia pode ajudá-la a fazer uma transição mais suave.

Eu queria dizer a ela que não estava interessada na Bates, especialmente depois do último fim de semana, quando acidentalmente eu me apresentara para a faculdade inteira, mas estava cansada demais para protestar.

– Conheço um ex-aluno da Hawthorne e da Bates que está disponível para uma entrevista na próxima terça, às sete horas – ela disse. – Está bom para você?

– Uma entrevista? Desculpe, mas eu não acho...

– Que tal na Beantown Beanery? Eles têm os melhores cafés da cidade.

Não adiantava discutir. A srta. Mulligan só tentaria me convencer de que aquela era uma ótima ideia e não ia querer ouvir o contrário. Então, peguei minha mochila do chão e me levantei.

Ela parou de digitar e olhou para mim.

– Algum problema?

– Tenho prova de inglês – respondi, recuando. – No próximo período. Acabei de lembrar.

– Ainda faltam vinte minutos. Isso só vai levar alguns...

– Preciso dar uma olhada nas minhas anotações. – Cheguei à porta e agarrei a maçaneta. – Mas obrigada.

Eu sabia que ela queria me impedir de sair, mas não o fez. Da mesma forma que, como as outras pessôas, não dissera uma única palavra sobre o meu casaco e a minha saia amarrotada. Qualquer desvio do rígido uniforme da Hawthorne era uma infração punida com detenção, e, embora eu tivesse atraído muitos olhares dos professores e dos funcionários da escola desde o início da manhã, ninguém dissera nada a respeito.

Eles não queriam me aborrecer. Não queriam me deixar mais estressada do que eu já estava.

E usei isso como vantagem. Passei por vários funcionários enquanto corria pelo corredor; todos abriram a boca para perguntar o que eu estava fazendo ali no meio do período, mas ninguém disse nada. Ninguém tentou me deter. A sra. Hanley, minha professora de matemática, estava lá quando alcancei as portas da frente e as empurrei, mas me deixou sair sem emitir um único ruído.

Do lado de fora, desci os degraus e atravessei a rua correndo. Era início de outubro, o ar finalmente estava esfriando e as folhas mudavam de cor. As pessoas caminhavam embrulhadas em casacos de lã, com o queixo enterrado na gola e as mãos nos bolsos. Mas eu não sentia frio. Na verdade, estava tão quente que, se não precisasse da proteção do casaco de Simon, eu o teria tirado.

Fui para o parque. Eu nunca havia matado aula e não sabia para onde ir, mas o parque me pareceu um bom lugar. Estaria cheio de gente, e, desde que eu ficasse escondida, ninguém notaria a minha presença.

Encontrei um banco vazio debaixo de uma árvore e me sentei. Tirei a garrafa de água e um frasco de aspirinas da mochila e engoli mais duas. Aquilo elevava o total do dia para seis, a dose diária recomendada, e ainda era meio-dia.

Mas a dor de cabeça não passava. Ela não voltara enquanto estávamos na Bates, mas me atingira como um martelo no momento em que havíamos passado pela entrada de Boston, três dias antes. A intensidade da dor flutuara desde então, porém, mesmo quando eu sentia apenas uma leve pressão, ainda era um lembrete de tudo que eu não sabia e de tudo que ainda precisava fazer.

O que incluía conversar com Simon. Ele não parecera particularmente surpreso com meu inesperado solo durante a quadrilha, afirmando que era compreensível porque eu era a garota mais linda do salão, mas eu não me recuperara completamente. Tinha ficado nervosa demais, paranoica demais, e acabamos passando o resto do fim de semana assistindo a filmes e pedindo comida pelo telefone, no dormitório da faculdade, com Paige e Riley. Ele havia tentado me perguntar sobre o que eu queria conversar apenas uma vez, pelo telefone, na noite em que voltamos para Boston, mas eu lhe dissera que não era nada. E, como ele nunca me forçava a fazer nada se eu não estivesse cem por cento certa, tudo voltara ao normal desde então.

Exceto pela dor de cabeça. E pela sede. E pelo calor e pelo cansaço, que eram novos sintomas do que quer que estivesse me deixando doente.

Deitei-me no banco e fechei os olhos, concentrada nos sons reconfortantes das folhas farfalhando, dos pássaros cantando... das pessoas se beijando.

Abri os olhos. Eu não estava imaginando coisas. Tinha gente dando uns amassos no meio do parque, em plena luz do dia. Não podia vê-las de onde estava, mas podia ouvir cada respiração e cada sussurro, o que significava que estavam perto demais.

Enquanto agarrava minha mochila e me levantava de um salto, vislumbrei alguma coisa azul-marinho e um brilho vermelho. As cores da Hawthorne eram visíveis atrás de uma árvore próxima, onde um casal feliz se abraçava.

– Vanessa? – chamou uma voz masculina familiar.

Eu estava a apenas alguns passos de distância quando ele me viu. Sem me virar, puxei o capuz sobre o rosto e apressei o passo.

– Vanessa, espere!

Caminhei mais rápido. Atrás de mim, alguém se apressava para me alcançar.

– Ei, apressadinha – disse a voz, subitamente junto a mim. – Você sabe que a escola fica do outro lado, não sabe?

Ele tocou no meu cotovelo. Eu me desvencilhei e corri para a esquerda. Por sobre o ombro, vi Marisol Solomon, uma aluna do último ano que trabalhava como modelo para a J. Crew. Ela ainda estava ao lado da árvore onde acabara de ser abandonada, aparentemente confusa demais para abotoar a blusa ou arrumar os cabelos. Quando nossos olhos se encontraram, ela cruzou os braços sobre o peito e franziu a testa.

Tomei cada atalho que encontrei, passando por jardins e contornando monumentos. Pensei ter despistado meu perseguidor uma vez, quando me escondi atrás de um banheiro público, mas ele estava me seguindo novamente segundos depois de eu emergir pelo outro lado. Estava tão preocupada em me afastar que não prestei atenção na direção que estava tomando, e logo cheguei à beira de um descampado. Parei abruptamente para examinar o local. O único abrigo era o Coreto Parkman, a cerca de dez metros de distância, no meio do campo.

O som de passos parecia mais distante agora. Olhei para trás, mas não vi ninguém.

Eu estava tão cansada que poderia ter me deitado no chão e tirado uma longa soneca ali mesmo, mas, em vez disso, reuni todas as forças que me restavam. Se eu não podia vê-lo, ele também não podia me ver, portanto tudo que eu precisava fazer era chegar ao coreto. Parecia mais um gazebo e não me ofereceria proteção total, mas as paredes eram altas o bastante para esconder alguém que não quisesse ser encontrado.

Respirei fundo e corri.

Minhas pernas ficavam mais fracas a cada passo. Meu coração ficou apertado e nada parecia fazê-lo relaxar. Eu ofegava e tentava respirar mais rápido do que meus pulmões eram capazes de se expandir e se contrair. Eu estava prestes a desistir e me preparar para o encontro constrangedor que se seguiria, mas então olhei para trás mais uma vez querendo ver a que distância ele estava – e no lugar dele vi Raina e Zara.

Elas caminhavam lentamente, lado a lado, usando vestidos longos que um dia tinham sido brancos, mas agora eram cinzentos e rasgados, grudados em seus membros atrofiados. A pele delas estava azul, os cabelos escuros, embaraçados. Os olhos cor de prata estavam apertados... e fixos em mim.

Corri o que faltava até o coreto e tropecei para dentro dele, caindo de joelhos. O impacto causou tremores em minhas coxas e arranhões em minha pele. Ignorando a dor, engatinhei pelo chão, me afastando da entrada.

– Por favor – sussurrei, fechando os olhos e apertando os joelhos contra o peito. – Eu sinto muito. Por favor, não...

– Por favor não o quê?

Prendi o fôlego.

– Quer dizer que você tem perdido tempo na Hawthorne, quando poderia ser uma medalhista de ouro olímpica a esta altura?

Abri os olhos e vi Parker encostado numa pilastra de pedra, respirando pesadamente. Ele afrouxou a gravata vermelha e a usou para enxugar o suor da testa, me observando enquanto eu me levantava e olhava por cima das paredes baixas do coreto.

– Onde é o incêndio? – ele perguntou. – Não vi nenhuma labareda, mas, pelo jeito que você saiu correndo pelo parque, imaginei que devia ter fogo em algum lugar.

Não havia incêndio algum. E também não havia, felizmente, ninguém à vista. Tirei a mochila dos ombros e encostei-me à pilastra na frente dele.

– Você não devia voltar para perto da sua namorada?

– Que namorada?

– Aquela que você estava sufocando e ressuscitando ao mesmo tempo atrás de uma árvore – respondi, vasculhando a mochila.

– A Marisol não é minha namorada. Nem minha amiga. Na verdade, ela é tão estressada que às vezes nem dá para dizer que ela é uma garota.

Nem dava para dizer que ela é uma garota. Eu conseguia entender.

Meus dedos finalmente tocaram uma superfície plástica familiar. Apanhei a garrafa de água e quase chorei quando vi que estava vazia. Eu estava tão exausta, física e emocionalmente, que as lágrimas teriam escorrido pelo meu rosto se eu tivesse alguma água salgada no corpo para desperdiçar.

– Ei.

Ergui os olhos. A empáfia desaparecera do rosto de Parker. No lugar disso, havia algo que eu jamais esperara ver, a menos que testemunhasse com meus próprios olhos.

Preocupação.

Ele procurou em sua bolsa estilo carteiro e pegou uma garrafa de plástico. Começou a se aproximar de mim, mas pareceu pensar melhor e então parou.

– Aqui está – disse ele, estendendo a água para mim.

Minha garganta se apertou. Eu não queria nada de Parker King. Não apenas porque sua presunção era quase insuportável, mas também porque não queria encorajá-lo. Afinal, ele acabara de me perseguir pelo Parque Boston Common. Quem poderia dizer o que ele faria se eu demonstrasse mais do que frieza?

Em todo caso, eu teria de lidar com aquele problema mais tarde, pois sentia tanta sede que não conseguiria sair viva do parque se recusasse.

– Obrigada. – Peguei a garrafa, virei-me e caminhei até o outro lado do coreto, para que ele não visse meu rosto aliviado. Era água mineral normal, obviamente, mas ainda assim ajudou a acalmar meus pulmões doloridos e meu coração acelerado.

– Fique parada.

O gole que eu acabara de dar quase me voltou à boca. Ele se ajoelhou aos meus pés e pôs os dedos no meu tornozelo. A água parecia queimar minha garganta enquanto eu me forçava a engoli-la.

– O que você está...

– Você está sangrando. – Ele ajustou as mãos rapidamente, de modo que uma delas ficasse firme atrás da minha panturrilha, me impedindo de recuar.

E então eu vi. O líquido vermelho-escuro escorrendo do meu joelho, pela minha perna, manchando minhas meias brancas.

Imagens piscaram diante de meus olhos. Justine na mata, nos braços de Caleb, o sangue escorrendo da ferida aberta.

É só sujeira, ou uma alga...

– Eu preciso... Eu acho que vou...

Ele se levantou de um salto quando minhas pernas cederam. Caí no chão, vagamente consciente do braço dele ao redor dos meus ombros.

– Está tudo bem. – Ele tirou o paletó, derramou um pouco de água numa das mangas e a usou como compressa em meu rosto. – Você vai ficar bem.

Fraca demais para protestar, inclinei a cabeça para trás e fechei os olhos. De vez em quando, sentia o plástico morno contra meus lábios e abria a boca. Em função da água que bebia e da compressa improvisada, minha pele começou a esfriar, assim como a temperatura do meu corpo. Finalmente, senti-me bem o suficiente para abrir os olhos outra vez.

– Moranguinho? – O curativo decorado foi a primeira coisa que vi.

– Minha irmãzinha não me deixa ir a lugar nenhum desprevenido. – Parker segurava uma caixinha de plástico cheia de curativos da Moranguinho, lenços de papel da Cinderela e balas.

Olhei para ele e quase pude ver, por um segundo, o que todas as outras garotas da Hawthorne viam nele. Os cabelos loiro-escuros estavam afastados do rosto e chegavam à gola da camisa; os olhos azuis pareciam verdes de vez em quando (como agora, à luz do sol da tarde); e a pele era suave e dourada. Ainda mais atraente que as características físicas, no entanto, era a atitude tranquila, destemida por detrás delas. Parker sabia que era bonito, mas, olhando para ele agora, algo me dizia que ele não se importava com isso. Sua autoconfiança resultava de muito mais que isso, o que de certo modo tornava a aparência a coisa menos interessante a seu respeito.

– Desculpe – ele disse. – Por correr atrás de você quando você obviamente queria ficar sozinha. Mas eu queria te dar uma coisa e não conseguia te encontrar.

～75～

Ele estava me procurando? Será que o meu poder de atração, o meu não intencional e indesejado apelo ao sexo oposto já estava pior do que eu pensava?

– Não temos nenhuma aula juntos, você nunca está no seu armário, e eu não te vejo na biblioteca faz tempo. Ou eu fazia isso, ou esperava até que nossos caminhos se cruzassem em Winter Harbor no próximo verão.

Antes que eu pudesse perguntar o que ele queria dizer com aquilo, Parker colocou a mão no bolso do paletó e tirou uma foto... de Justine. Tomando sorvete na movimentada rua principal de Winter Harbor. Ela não estava olhando para a câmera, o que significava que não sabia que estava apontada para ela.

– Eu não tinha certeza de quem era a sua irmã – disse ele, em tom de desculpas. – Quando perguntei a um dos meus amigos, ele me contou e me mostrou isso. Ele tinha uma queda por ela, e tirou a foto quando estávamos por lá dois verões atrás.

– Não me lembro de ter visto você por lá – eu disse, pegando a fotografia gentilmente.

– É porque eu não ia muito. Aquele verão foi a primeira vez que fomos, e só ficamos uma semana. Meus pais compraram uma casa lá no verão passado, mas meu pai estava muito ocupado e nem chegamos a ir. – Ele hesitou antes de continuar. – Enfim, perguntei se você estava bem no outro dia porque você parecia meio atordoada, como se estivesse com febre. Mas fui um idiota por não saber o que tinha acontecido. E pensei que lhe dar a fotografia seria um pequeno gesto que eu poderia fazer para me desculpar.

– Você não precisava fazer nada – respondi. – Para ser sincera, o fato de alguém não saber o que tinha acontecido foi reconfortante. – Ou teria sido, se eu não tivesse ficado tão chocada com a súbita atenção dele.

– Do mesmo jeito que seria acompanhá-la numa visita à enfermeira Benson? Eu fiz o que pude com o que tinha aqui, mas você estava bem mal alguns minutos atrás.

– Obrigada, mas estou bem. Sempre fico tonta quando vejo sangue.

– Tudo bem – disse ele, sem parecer convencido –, mas insisto em te acompanhar de volta para a escola.

– Não precisa – eu me levantei rapidamente e minha cabeça girou.

Ele segurou meu braço quando comecei a oscilar de um lado para o outro. Fechei os olhos e esperei que a tontura passasse. Quando os abri novamente, os olhos de Parker estavam esperando.

– Eu carrego minha mochila – eu disse.

– Tudo bem.

Não conversamos enquanto atravessávamos o campo. Fiquei grata pelo silêncio, que me deu a chance de tentar entender tudo que havia acontecido. Parker parecera sincero e interessado apenas em se desculpar por não saber sobre Justine. Ele estava mesmo preocupado e havia cuidado de mim quando eu quase desmaiara. Mas será que aquela preocupação era porque ele se sentia mal por não saber sobre Justine e queria se desculpar, ou porque eu já o afetara?

Estávamos na metade do parque quando meu celular vibrou. Eu o apanhei no bolso da saia e abri a nova mensagem de texto.

"Sinto sua falta. Achei que você devia saber. S."

Olhei para Parker. Ele estava olhando para frente e não pareceu notar que eu checava uma mensagem no telefone – mas aquela era uma boa oportunidade.

– Acabei de receber uma mensagem – eu disse. – Do Simon. Meu namorado.

Observei o rosto dele procurando um franzir da testa, uma tensão no maxilar, sobrancelhas abaixadas, algum sinal de decepção ou ciúme. Mas não havia nada. E não era só isso – ele levou um momento para responder, como se estivesse distraído. Como se não estivesse pensando em mim.

– Legal. – Ele me deu um rápido sorriso e voltou a olhar para frente.

Olhei para a tela do celular sem ver as palavras de Simon. Aquilo era uma boa notícia. O que quer que estivesse acontecendo com Parker, os sentimentos dele por mim ainda eram, na melhor das hipóteses, platônicos.

Porém aquilo significava que eu sabia ainda menos sobre a minha condição do que acreditava saber.

8

A ÚNICA COISA QUE eu queria fazer quando cheguei em casa aquele dia, depois da escola, era tomar um banho frio. Eu tinha ido até o bebedouro para encher minha garrafa a cada intervalo entre as aulas, e, embora a sede e a dor de cabeça tivessem diminuído, minha pele ainda parecia ressecada, como se fosse pequena demais para o meu corpo.

Mas, assim que abrimos a porta de casa, eu soube que o banho teria de esperar mais alguns minutos.

– Será que desfiz a mala muito cedo? – perguntou Paige.

– Não se preocupe. – Fechei a porta e pulei uma grande caixa de papelão. – Não vamos nos mudar. Só estamos passando por uma crise.

– Ah, que bom, você chegou! – minha mãe gritou da escada do porão. – Vanessa, querida, você lembra o que eu fiz com a bruxa falante? – A pergunta se desvaneceu enquanto ela se afastava da escada, sem esperar por uma resposta.

– Ela desconta nas coisas quando está estressada – expliquei, ouvindo o barulho de algo quebrando lá embaixo.

– Acho que vou telefonar para a vovó B – disse Paige. – A menos que você queira que eu...

– Não – respondi, olhando para a porta do porão. – Mas obrigada.

Enquanto ela ia para a cozinha, dei outra olhada na sala. Dúzias de caixas de papelão estavam espalhadas pelo chão e sobre a mobília. Grandes caixas plásticas de armazenamento estavam empilhadas numa altura maior que a minha. Sacos de lixo pretos enchiam as passagens. O pó flutuava pelo ar.

Minha mãe gostava da casa de uma só maneira: impecável. Portanto, o que quer que a tivesse provocado naquele dia, devia ser sério.

– Bruxa falante? – perguntei, quando cheguei no fim da escada.

Ela parou de tirar meus velhos bichos de pelúcia de uma prateleira e se virou.

– O que você está fazendo aqui embaixo?

– Achei que você precisava de ajuda.

– E eu achei que você só ia gritar da ponta da escada. – Ela deu um passo na minha direção, segurando o velho caranguejo de pelúcia que meu pai comprara para mim no Aquário da Nova Inglaterra, anos antes. – Você odeia o porão.

Ela estava certa: eu *odiava* o porão. Mas as coisas eram diferentes agora. Principalmente porque eu aprendera que os monstros mais assustadores não se escondem nas sombras, esperando que você os encontre. Se quiserem, simplesmente vêm buscá-lo.

– O Halloween é daqui a três semanas. – Ela se virou novamente para a prateleira e começou a colocar os bichinhos no lugar. Suas mãos tremiam tanto que cada brinquedo arrumado derrubava outro.

– E? – perguntei, apanhando os brinquedos do chão.

– E não temos muito tempo para fazer a decoração. – Ela foi direto para uma pilha de caixas.

Eu a segui lentamente, incerta do que dizer.

– Mãe... você não decora a casa para o Halloween desde que eu estava no primário.

Ela se levantou, apertando uma estrela de Natal brilhante contra o peito.

⌐ 80 ⌐

– Porque eu estava ocupada com o trabalho. Agora não estou. E não se preocupe, a bruxa falante é o mais assustador dos objetos. O resto são apenas abóboras sorridentes, espantalhos e gatos pretos. – Ela apontou para um grande armário do outro lado do porão. – Você poderia dar uma olhadinha ali? *Deve* ter apenas os papéis velhos do seu pai, mas com ele nunca se sabe.

Meu coração acelerou. Como eu jamais passara tempo algum no porão, nunca investigara o que estava guardado ali. Mas meus pais haviam se mudado para aquela casa logo depois de se casarem, o que significava que poderia haver coisas guardadas ali havia vinte anos, muito antes de Justine e eu nascermos. E, como ambos sabiam que eu ficava aterrorizada no escuro e em lugares apertados, talvez não tivessem sido muito cuidadosos em esconder o que não queriam que eu encontrasse.

A primeira gaveta rangeu quando a abri. Prendi o fôlego e esperei, mas minha mãe continuou vasculhando o porão, imperturbável.

Removi a primeira pasta, incerta do que esperava encontrar. Velhas fotos? Cartas de amor? Recibos de hotéis? De acordo com o *scrapbook* de Raina, Charlotte morrera no parto, por isso meu pai não teve escolha a não ser cuidar de mim. Não podia haver muito para descobrir além de detalhes sobre o tempo que haviam passado juntos e pistas sobre onde teriam se conhecido – mas talvez o que eu encontrasse pudesse me ajudar a compreender como tudo acontecera.

Porque meu pai era louco pela minha mãe, ou pela mulher que até o verão passado eu pensava que fosse minha mãe. Era óbvio, pelo modo como ele a olhava quando ela não estava prestando atenção, pela maneira como ele a fazia rir quando ela estava no meio de um monólogo estressado, pela forma como ele procurava a mão dela distraidamente quando liam o *Sunday Times* juntos. E, se a morte de Justine me ensinara alguma coisa, era que havia uma força contra a qual as sereias nada podiam fazer, um obstáculo que não eram capazes de superar, por mais que tentassem.

O amor.

Fora assim que Caleb resistira a Zara. E era como meu pai deveria ter resistido a Charlotte, mas não conseguira. E eu queria saber por quê.

Infelizmente, não havia pistas na primeira pasta que abri nem em nenhuma outra na gaveta de cima. As outras gavetas também não revelaram nada, a não ser antigas anotações já amareladas e certificados de cursos. Quando fechei a última gaveta, minha mãe já estava mexendo em outra pilha de caixas. Esperei que ela se virasse de costas para mim e me escondi atrás de uma estante de aço.

Obviamente, ela ainda não havia chegado até aquele canto do porão, porque as estantes continuavam abarrotadas, com seu conteúdo cinzento por causa de todo aquele pó. Meus olhos percorreram velhos livros e discos de vinil, procurando qualquer coisa que pudesse sugerir uma vida secreta fora daquela casa.

A luz diminuía enquanto eu descia pelo corredor e me afastava da lâmpada no teto. Estava tão escuro quando alcancei a parede de concreto que quase esbarrei nela. A súbita proximidade me surpreendeu, despertando os sentimentos familiares que eu normalmente experimentava logo que atravessava a porta do porão. Com o coração acelerado e as pernas tremendo, eu me virei e voltei correndo pelo corredor.

Já na metade do caminho, o dedão do meu pé esquerdo esbarrou num *skate*. Agarrei-me na estante para não cair, e o choque derrubou uma caixa de papelão.

Meus olhos se fixaram na etiqueta escrita à mão: "JUSTINE, 0-2 ANOS".

A tampa da caixa se abrira na queda, e, quando a virei de cabeça para cima, vestidinhos cor-de-rosa e sapatinhos lilases caíram no chão. Imediatamente reconheci algumas das roupas de bebê nas antigas fotografias espalhadas pela casa, e imaginei Justine sorrindo em seu carrinho e gargalhando em sua cadeirinha.

Apanhei as roupinhas que haviam caído, correndo os dedos por pequenos laços brancos e botõezinhos de pérola. Piscando para controlar as lágrimas, dobrei-as e as coloquei delicadamente na caixa. Enquanto eu me levantava e guardava a caixa de volta na prateleira, percebi que havia várias outras iguais: "JUSTINE, 3-5 ANOS", "JUSTINE, 5-7 ANOS", "JUSTINE, 8-10 ANOS".

Dei um passo para trás e olhei para cima. Como minha mãe não era do tipo que reutilizava o que poderia ser facilmente comprado novo, eu nunca herdara as roupinhas de Justine. Isso significava que eu devia ter minha própria coleção de caixas.

Encontrei-as na prateleira mais alta, mal dava para ver as etiquetas sob a pouca luz. Mas, enquanto as caixas de Justine começavam no nascimento, as minhas começavam com 1 ano de idade.

Estiquei os braços e apanhei a caixa que dizia "VANESSA, 1-3 ANOS".

Reconheci aquelas roupas também – eu as vira em inúmeras fotos e álbuns ao longo dos anos. Mas o menor tamanho era 12 a 18 meses.

De repente, eu me lembrei do que meus pais sempre haviam me dito a respeito das fotos desaparecidas do meu primeiro ano de vida. Enquanto o primeiro sorriso e os primeiros passos de Justine haviam sido registrados em um grosso álbum decorado, minhas recordações de infância só começaram quando eu já tinha 1 ano. Minha mãe explicara que era porque meu pai havia escolhido aqueles doze meses, entre todos os meses possíveis, para brincar de fotógrafo profissional, e que o meu primeiro sorriso e os meus primeiros passos se perderam numa série de experiências infelizes no quarto escuro. Eles tinham até uma caixa de imagens borradas para provar.

Mas qualquer coisa poderia ficar borrada se fosse mal revelada, não é?

A palma das minhas mãos ficaram suadas e minha garganta secou quando percorri novamente o corredor, mas o desconforto físico não era nada comparado com o que se passava dentro da minha cabeça.

– Olhe só o que eu achei.

Minha mãe ergueu os olhos de uma caixa plástica cheia de enfeites.

– Roupinhas de bebê – eu disse alegremente.

Ela se levantou e colocou as mãos no rosto.

– O seu macacãozinho amarelo favorito está aí? Aquele com as borboletinhas?

Peguei o macacãozinho e o ergui para que ela pudesse ver, então coloquei a caixa em uma cadeira metálica de dobrar entre nós.

– A Paige chegou do hospital no meio de uma nevasca – eu disse, enquanto ela examinava a caixa. – Mas era maio, e a mãe dela, pensando que o tempo estaria bom, só tinha colocado um vestidinho e um casaquinho na mala.

– Naquela região do norte, o tempo pode ficar feio até julho.

– É. – Eu a observei apanhar uma pequena saia *jeans* e meias turquesa. – De qualquer modo, as fotos são lindas. A Paige usando seu vestidinho de verão e enrolada no cobertor que o hospital deu à sua mãe, cercada de flocos de neve.

– Tenho certeza de que ela era adorável.

Até ali, tudo bem. Eu jamais vira fotos de Paige indo para casa ao deixar o hospital; nem sequer sabia se tinha alguma. Mas minha mãe acreditara em mim, e era isso que importava.

– Eu esqueci o que estava vestindo quando saí do hospital.

A mão dela congelou no ar.

– Sei que você deve ter me contado um milhão de vezes... Mas não consigo lembrar. – Dei um passo na direção da caixa. – A roupinha está aí?

A boca da minha mãe se abriu.

– Eu doei – ela disse, alguns segundos depois. – Para uma mulher que trabalhava no meu escritório. Ela teve filho alguns meses depois que você nasceu, e, quando fizemos o chá de bebê dela, ela insistiu para que lhe déssemos de presente apenas roupinhas de segunda mão.

Eu tinha que dar o crédito à minha mãe: ela era boa naquilo. Um ano antes, eu poderia ter acreditado.

– Como era? – perguntei.

– Como era o quê? – ela disse, já se afastando.

– A roupinha que usei para sair do hospital.

Ela colocou as roupas que segurava na caixa e olhou para mim. Seus lábios não tremiam e sua testa estava lisa. Pensei que ela poderia realmente confessar tudo e me preparei para ouvir a verdade. Mas então ela sorriu.

– Um macacãozinho cor-de-rosa. Da Ralph Lauren. – Ela estendeu a mão. – As enfermeiras disseram que nunca tinham visto um bebê tão lindo.

Segurei sua mão. Ela ergueu a minha e a beijou. E então voltou para as decorações natalinas.

– Você poderia pegar alguns sacos de lixo lá em cima? Eu gostaria de organizar as coisas, já que estou aqui. – Ela abriu outra caixa e retirou dela uma guirlanda prateada.

Um prateado lindo, mágico, como o daqueles enfeites escandalosos de Natal...

Foi assim que a garçonete descrevera os olhos de Zara, quando Simon e eu fomos ao Bad Moose Café procurar por Caleb. A lembrança me fez atravessar o porão e subir as escadas correndo.

Na sala de visitas, arrastei algumas caixas e corri por entre sacos. Minha boca e minha garganta ardiam como se eu tivesse engolido areia, mas, em vez de ir à cozinha me reidratar, fui na direção oposta.

Para o escritório do meu pai.

Eram três horas da tarde. Ele não voltaria de sua aula antes das cinco.

Ao chegar ao escritório, abri a porta com força e me atirei para dentro, ou pelo menos tentei. Meu corpo se enfraquecia mais e mais a cada segundo, como se eu estivesse funcionando com uma bateria prestes a descarregar. Enquanto atravessava o pequeno espaço, minhas pernas tremiam e meus pés tropeçavam. Em vez de saltar as pilhas de papéis ao redor da escrivaninha, reuni a energia que me restava e fui direto para a cadeira. Minhas pernas bateram nas pilhas e ali ficaram.

Peguei o *mouse* e liguei o computador. Observei o teclado enquanto digitava, sem confiar que meus dedos trêmulos encontrariam as letras certas por si mesmos. Quando terminei, apertei o Enter e olhei para a tela.

Prendi o fôlego enquanto a pequena ampulheta girava uma vez. Duas vezes. Três vezes.

Senha inválida.

Digitei as treze letras novamente. Quando a senha foi rejeitada, tentei de novo. E outra vez. E mais outra. Até que as pontas dos meus dedos ficaram dormentes, e eu não conseguia mais ver as teclas.

Meu corpo não estava totalmente exaurido de água, afinal. Quando finalmente me larguei no encosto da cadeira, exausta e derrotada, ainda havia água suficiente para encher meus olhos e escorrer pelas minhas faces.

9

O SCRAPBOOK DE RAINA estava errado. Charlotte Bleu não morrera durante o parto. Ela me dera à luz e me criara durante o meu primeiro ano de vida. Eu estava tão certa disso como de que meu pai havia trocado a senha do computador para me impedir de descobrir coisas que ele não queria que eu soubesse.

O que eu não conseguia entender era o motivo. Por que ela desistira de mim? Por que depois de um ano, e não antes, ou depois? O que acontecera? Ela teria morrido perto do meu primeiro aniversário? Teria Raina confundido as datas?

Essas eram as perguntas que eu fazia em silêncio, desde que encontrara as caixas de roupinhas de bebê. E, quando Paige e eu chegamos à marina de Winter Harbor para a festa de aniversário de Caleb, quase uma semana depois, eu ainda não tinha resposta alguma.

– Acho que não consigo fazer isso.

Arrancada subitamente de meus pensamentos, olhei para Paige, que vasculhou a sacola de compras a seus pés e pegou um CD.

– Você não consegue ouvir *grunge*?

– Não posso dar isso para o Caleb. – Ela abriu a janela e fez um gesto de cabeça em direção à festa.

– Parece Pearl Jam.

– É Pearl Jam. – Ela sacudiu o CD. – E este aqui também.

– E daí?

– E daí que é a banda favorita do Caleb. Descobri no ano passado, quando dava para ouvir a música saindo dos fones de ouvido dele a um quilômetro de distância. Ele deve ter todas as músicas que eles já gravaram.

– E foi por isso que você comprou a edição limitada do CD ao vivo que eles gravaram em um pequeno clube de Boston, dez anos atrás. O CD que você só consegue comprar no pequeno clube de Boston.

Segui a direção dos olhos de Paige quando ela olhou pelo para-brisa. A festa já estava animada. Dezenas de pessoas lotavam o estacionamento e as docas na marina, conversando, rindo e dançando. Atrás delas, os barcos flutuavam no porto.

– A água ao redor da marina é bem rasa – eu disse baixinho, imaginando que o verdadeiro problema não tinha nada a ver com o presente de Caleb. – É por isso que o gelo está começando a derreter ali. Mas o Simon disse que as partes mais profundas ainda estão congeladas.

Ela ergueu os olhos em direção aos meus.

– Como na base dos penhascos de Chione?

Minha cabeça latejou uma vez, e então a dor parou.

– É. Como na base dos penhascos de Chione.

– Bem-vindas a bordo, belas senhoritas.

Ambas demos um pulo quando Riley apareceu perto da janela aberta de Paige.

– Desculpem – ele disse. – Não quis assustar vocês. Mas recebi ordens para caminhar na prancha e queria dizer oi antes de saltar no mar.

– Certo – disse Simon, aparecendo ao lado dele. – Ordens, oferta. Dá na mesma.

– Você se ofereceu para caminhar na prancha? – perguntou Paige.

– E desafiei outros convidados a fazer o mesmo. É como a dança das cadeiras ou a brincadeira de colocar o rabo no burro, estilo praiano. – Ele abriu a porta para Paige. – Você está linda, aliás.

Sorri enquanto ela corava. Não importava se Paige queria ou não gostar de Riley, ele claramente exercia um efeito positivo sobre ela. Colocando o CD de volta na sacola, ela desceu do carro.

– Eu poderia dizer o mesmo sobre você – disse Simon, apoiando um braço no topo da porta aberta e abaixando a cabeça para olhar para o interior do carro –, mas "linda" não me parece suficiente.

Meu coração se alegrou.

– Oi.

– Oi – ele sorriu. – Está com fome?

– Pronta para provar o melhor cardápio *gourmet* de Winter Harbor.

– Mais conhecido como os *cheeseburgers* esturricados do meu pai.

– Com certeza.

Ele já estava do meu lado do carro antes que eu soltasse o cinto de segurança. Depois de abrir a porta, ele estendeu a mão para me ajudar a descer. Nossos dedos mal haviam se tocado quando dei um pulo e o abracei.

Entre pensamentos sobre Charlotte Bleu durante a viagem, eu resolvera dar um tempo e parar de tentar decidir como contar a verdade a Simon. Aquela era uma comemoração, afinal de contas, e eu não queria arruinar o dia dele, de Caleb ou de qualquer outra pessoa.

Além disso, como Paige, eu não estava muito animada com a ideia de ficar perto do porto enquanto a água descongelava. O que eu dissera a ela sobre a água mais profunda ainda estar congelada era verdade, mas não era totalmente reconfortante. Somando isso, o que eu acabara de descobrir sobre o primeiro ano da minha vida e o esforço para permanecer hidratada para não desmaiar na frente da cidade inteira, minha cabeça estava ocupada demais para discutir com meu coração.

Então, quando Simon passou o braço por meus ombros, eu passei o meu em volta de sua cintura.

– Você está quente – ele disse, enquanto me levava até a festa. – Quer que eu carregue o seu casaco?

– Estou bem – respondi rapidamente. – Mas obrigada.

Eu tivera dificuldade para me vestir naquela manhã. Ultimamente, quando não estava usando o uniforme da escola e um casaco largo com capuz, vestia calça *jeans* e um casaco largo com capuz, mas queria ficar bonita para Simon. E não tinha certeza de como fazer isso sem atrair a atenção de todos os outros garotos que olhassem na minha direção. Finalmente, eu havia escolhido calça *jeans*, camiseta escura de gola V e jaqueta de veludo marrom. Eu não podia me esconder naquelas roupas, mas esperava que as cores neutras ajudassem a me misturar na multidão.

Meu visual fazia um contraste gritante com o de Paige. Ela aproveitara a oportunidade para se arrumar e vestia uma minissaia laranja-escuro, jaqueta *jeans* e botas de vaqueira. As pernas e o pescoço estavam nus, e ela prendera os cabelos num alto rabo de cavalo.

Riley estava certo: Paige estava linda. E, enquanto eles caminhavam na nossa frente, ela deveria ter sido a responsável pela virada de cabeça de todos os garotos por quem passava.

Mas isso não aconteceu. Alguns olhavam para ela e sorriam, mas então os olhos se desviavam dela... e se fixavam em mim.

– Não se preocupe – disse Simon, notando que eu os percebera. – Quanto mais eles beberem, menos vão prestar atenção em qualquer pessoa que não seja eles mesmos. Vamos ficar praticamente invisíveis daqui a uns dez minutos.

Ele me dissera ao telefone, na noite anterior, que, se as coisas ficassem muito estranhas hoje, poderíamos fugir por algum tempo, talvez dar um passeio de carro. Ele pensou que as pessoas talvez ficassem surpresas por eu estar de volta à cidade fora da estação, percebendo que éramos mais que amigos. Eu não concordava necessariamente com isso, já que estivéramos juntos com tanta frequência, com Justine e Caleb, que poderíamos ser considerados um casal muito antes do último verão, mas guardei esse pensamento para mim. Preferia que Simon imaginasse que era esse o motivo pelo qual as pessoas me olhavam.

– Aí está ela! – uma voz familiar exclamou, quando nos aproximamos da área da cozinha.

– Oi, sra. Carmichael – eu disse com um sorriso.

Ela abriu os braços, e relutantemente me afastei de Simon para abraçá-la.

– Como você está, querida? – ela perguntou por entre os meus cabelos. – Como estão seus pais?

– Estamos bem. Superando.

– Você pode mandar lembranças a eles? E dizer que estamos cuidando bem da casa?

Abri a boca para responder, mas vi Caleb vindo em nossa direção com uma bandeja de cachorros-quentes.

– Não me diga que você já está quebrando sua promessa de aniversário – ele disse.

A sra. Carmichael me abraçou mais uma vez e então me soltou.

– Claro que não – disse fungando.

Caleb trocou a bandeja por uma espátula em uma mesa próxima. Juntando-se a nós, apontou-a como uma lanterna para os olhos marejados de sua mãe.

– Ela anda choramingando há dias, porque, como ela mesma diz, o garotinho dela cresceu... Mas eu disse que ela podia ficar com o carro novo se controlasse a choradeira hoje à noite.

– Ninguém gosta de chuva em dia de festa – o sr. Carmichael gritou por detrás da churrasqueira.

– Você deu um carro novo para ele? – Simon perguntou.

A sra. Carmichael enxugou os olhos e deu uma risada.

– Ele poderia soprar um milhão de velinhas e ainda assim esse desejo não se realizaria.

– Um homem pode ter seus sonhos – disse Caleb, olhando para mim. – Não pode?

Dessa vez, fui eu quem lhe deu um abraço. Por vários segundos, eu o apertei contra o peito, esperando que ele pudesse, de algum modo, sentir os braços de Justine nos meus. Ele ficou tenso no começo, e me perguntei se não estaria indo longe demais e se não deveria soltá-lo, mas ele relaxou e retribuiu meu gesto.

– Feliz aniversário – sussurrei.

– Obrigado por vir, Vanessa.

Fazia apenas algumas semanas que havíamos deixado Winter Harbor, mas parecia que uma eternidade havia se passado desde que eu vira Caleb pela última vez. Ele se isolara depois da noite em que o porto congelou, e durante o resto do verão eu só falara com ele quando saía e o encontrava indo ou voltando do trabalho. Acreditei que o isolamento fosse apenas seu jeito de superar e não o pressionei. Mas aquele quase parecia o velho Caleb. E aquilo me deixou feliz, como eu sabia que também deixaria Justine.

– Lá vai!

Nós nos separamos quando uma boia vermelha caiu a nossos pés.

– Acho que estão me chamando. – Ele apanhou a boia do chão e apontou com o queixo para a água, onde um grupo de garotos acenava e gritava para que ele se juntasse à turma.

– Divirta-se – eu disse. – A gente se fala mais tarde.

Enquanto ele ia para perto dos amigos e a sra. Carmichael se juntava ao marido ao lado da churrasqueira, Simon pegou minha mão. Encontramos Paige e Riley, que estavam reunindo outros competidores para andar na prancha, dissemos a eles que daríamos um passeio e fomos caminhar pela marina. A música e o barulho diminuíam enquanto seguíamos à beira-mar até o limite da propriedade, onde fileiras de barcos estavam atracados, esperando para ser cobertos para o inverno.

– Tudo parece diferente – eu disse.

– Geralmente você não está mais aqui nessa época – Simon respondeu. – Quando as folhas começam a cair e o porto fica praticamente vazio.

– Não é só isso. – Parei perto de uma doca e olhei na direção das luzes brilhantes da festa. – É o gelo. O modo como ele está derretendo em algumas partes e não em outras. É como se a cidade inteira estivesse presa no lugar, esperando para ser libertada.

Ele ficou atrás de mim e passou os braços pela minha cintura.

– Está chegando lá. Estamos chegando lá.

Eu me encostei nele e observei a superfície da água. Eu não sabia o que esperava ver. Feixes de luz subindo para o céu? Lindas mulheres de vestido branco vaporoso? Os amigos de Caleb andando em direção a elas, com o olhar vazio e o sorriso largo?

Eu sabia de uma coisa que não esperava ver: o barco que pertencia a mim e a Justine ali no porto, em vez de no quintal da casa do lago.

– Simon. – Dei um passo à frente, afastando-me dos braços dele. – Aquele é...? Será que o Caleb...?

Ele hesitou, aparentemente tentando entender do que eu estava falando, já que eu não conseguia encontrar as palavras.

– O barco a remo vermelho? – finalmente perguntou. – Sem chance. Se o Caleb quisesse pegar emprestado, teria lhe pedido.

– Mas tem uma mancha verde na popa, onde a tinta está descascando. E a proa está arredondada em vez de pontuda, como...

– A proa de todos os barcos a remo depois de anos de uso?

Olhei para ele. Sua expressão se suavizou.

– Desculpe. Aquele barco parece mesmo o seu... Mas estamos a trinta metros de distância. E está ficando escuro. Seria difícil distinguir um barco a remo de uma canoa, nestas condições.

Eu me virei e caminhei até a beira da doca, para olhar mais de perto.

– Está preso no gelo – Simon disse gentilmente, parado ao meu lado.

– Estava na água quando o porto congelou.

– Então, por que não foi trazido para terra? Todos os outros barcos que estavam na água aquela noite foram tirados do gelo e trazidos para terra.

– Os serviços de remoção do Monty não são baratos. Talvez o barco não fosse tão importante para os donos. Talvez eles não se importassem de esperar o gelo derreter.

Eu sabia que ele só queria me reconfortar, e o que dizia fazia sentido, mas eu não estava convencida.

– Podemos dar uma olhada? – perguntei.

– Como?

– Indo até lá. – Dei um pequeno sorriso. – Pode ser como andar na prancha, outra brincadeira à beira-mar.

Ele olhou para o barco e depois para o resto do porto, claramente calculando a espessura do gelo e avaliando as questões de segurança da área. Eu me senti mal por colocá-lo naquela posição; sabia que ele faria o possível para evitar dizer não para mim. Mas também sabia que eu não conseguiria relaxar até estar certa de que aquele não era o nosso barco.

– Mais para o norte, o gelo não derreteu nada – ele disse. – Acho que aguenta o meu peso.

– Eu sou mais leve – respondi rapidamente.

– E eu sou mais forte. Se o gelo ceder, consigo sair.

Se o gelo cedesse enquanto eu estivesse sobre ele, eu poderia respirar sob a água até ser resgatada. Mas Simon não sabia disso. Antes que eu pudesse inventar outro motivo para ir no lugar dele, ele se aproximou de mim e acariciou meu rosto com o polegar.

– Se isso é importante para você, é mais importante para mim – disse. – Vou e volto num instante.

– Espere...

Mas ele já tinha saído correndo pela doca. Eu o observei pular para a calçada e então correr pela vegetação ao longo da água. Ele estava diminuindo o passo, examinando o gelo para encontrar o melhor lugar, quando uma imagem percorreu minha mente como uma bala de revólver.

Um estacionamento. A luz fraca de um poste de rua. Simon com o rosto pálido, os braços imóveis. Indefeso contra a força poderosa que o atraía.

Zara.

Sacudi a cabeça com força e comecei a correr pela doca.

– Simon! – gritei. – Não!

Mas ele não me ouviu. Ou eu havia apenas sussurrado o alerta em vez de gritá-lo; era difícil dizer, com o som do meu coração martelando. Tentei de novo, mas ele nem sequer olhou na minha direção antes de descer para o gelo.

Corri mais depressa, ignorando minha garganta ressecada e minhas pernas fracas. Esfreguei os olhos quando pontos brancos começaram a surgir diante deles, detestando perder Simon de vista por um segundo que fosse. Ele se movia com facilidade, com determinação, como se tivesse total controle...

Mas e se estivéssemos errados, afinal?

Chegar até o barco não valia o risco de descobrir a verdade. Tentei gritar mais uma vez, porém o esforço pareceu arrebentar minhas cordas vocais já exaustas. Pressionado minha garganta para diminuir a dor, virei à direita, saindo da grama e descendo para o gelo.

O frio repentino sob meus pés me paralisou. O ar sobre a água era mais frio que ao redor, e minha respiração rápida formava pequenas nuvens. Eu queria olhar para baixo, para ver se alguém ou algo olhava para mim através do gelo, mas não consegui. Estava aterrorizada demais com o que poderia ver.

Em vez disso, mantive os olhos em Simon. Ele já percorrera metade do caminho até o barco, mas, correndo na diagonal, eu ainda poderia alcançá-lo. Precisando desesperadamente de combustível, mantive a cabeça erguida e dobrei os joelhos até estar agachada sobre o gelo. Baixei as mãos até a superfície congelada, que derreteu um pouco sob o calor da minha pele, e a água salgada encheu minhas palmas como uma corrente elétrica.

Aquilo foi o suficiente para fazer meus pés se moverem novamente. Comecei devagar, mas em segundos eu estava voando sobre o gelo, como se meus sapatos estivessem presos a finas lâminas de metal.

A distância entre mim e Simon diminuiu. Aparentemente ouvindo minha aproximação, ele parou e se virou para mim. Fiquei tão aliviada de poder alcançá-lo antes que algo acontecesse que, quando ele ergueu os braços, pensei que estava me chamando.

Mas então meus olhos encontraram os de Simon. E viram o medo.

– Vanessa – ele gritou, com a voz firme, mas alta. – Não se mexa.

Deslizei até parar.

– O gelo está cedendo – ele continuou. – Atrás de você.

E então eu ouvi. O som de estalos, como galhos cobertos de neve caindo das árvores.

– Fique imóvel. – Ele abaixou as mãos e começou a recuar, afastando-se de mim.

Simon continuou até chegar ao barco. Instintivamente, dei um passo à frente para segui-lo – e fiquei paralisada quando o gelo estalou atrás de mim. Enquanto estava ali parada, sem respirar, tive uma imagem clara de Simon se aproximando do barco e fazendo uma breve pausa antes de retirar algo do interior.

Um remo. Com uma fileira de âncoras vermelhas brilhantes ao longo do cabo.

Foi a última coisa que vi antes de o gelo se partir sob meus pés e eu mergulhar na água congelada sob ele.

10

– VOCÊ TEM CERTEZA de que não quer escapulir e ir até a sua casa? – perguntou Paige naquela noite. – A nossa tem tanta corrente de vento que ficaríamos mais aquecidas numa barraca.

– Tenho sim. – Eu não estava preocupada com correntes de vento. *Estava* preocupada com o que mais eu poderia descobrir na casa do lago, além de um barco a remo desaparecido. Eu tinha sido retirada do gelo rápido demais para inspecionar mais de perto, mas Simon admitira que o barco se parecia muito com o nosso, o qual deveria estar trancado na casa do lago, protegido do inverno. – Mas, se você estiver muito desconfortável, podemos voltar para Boston.

– Agora? – Ela olhou para mim por uma pequena abertura no cobertor em que estava enrolada. – Já é quase meia-noite.

– Eu posso dirigir. Estou bem.

– Você só parou de tremer há uns dez minutos.

Ela tinha razão, mas aquilo não tinha nada a ver com sentir frio.

– A propósito – ela continuou, esticando-se no sofá oposto ao meu –, que loucura foi aquela? A vovó Betty e o Oliver passando pela marina, com o carro cheio de cobertores e roupas secas, exatamente cinco minutos depois de você cair na água?

– Não foi tanta coincidência assim, considerando que ela é a super-heroína da terceira idade de Winter Harbor.

Paige sorriu.

– É verdade. É bem provável que ela tenha ouvido o gelo rachando antes de Simon.

Desde que saíra para nadar no meio de uma tempestade de raios dois anos antes, a avó de Paige desenvolvera poderes supersensoriais, com exceção da visão, que perdera. Aparentemente, conseguia ouvir flores desabrochando, baleias cantando e corações batendo a quilómetros de distância. Quando chegara à marina, ela dissera para a multidão que se aglomerara ao nosso redor que ela e Oliver (sua companhia masculina favorita, como ela o chamava) estavam a caminho do brechó para fazer uma doação quando perceberam a confusão. Mas os cobertores estavam quentes, como se tivessem sido tirados da secadora minutos antes, e as roupas eram exatamente do meu tamanho. Graças a ela, eu me aquecera rápido o suficiente para convencer Simon de que não precisava ir ao pronto-socorro.

– Você viu alguma coisa? – Paige perguntou baixinho, um instante depois.

Concentrei-me nas chamas que tremulavam na lareira.

– O que você quer dizer?

– Eu sei que o lugar onde você caiu fica a quilómetros de distância dos penhascos de Chione... Mas o que vive sob a água pode nadar abaixo da superfície, certo?

Olhei para ela e forcei um sorriso.

– Eu só fiquei submersa por alguns segundos. Vi gelo, escuridão e o Simon. Só isso.

Ela respirou fundo.

– Graças a Deus. Talvez eu consiga dormir esta noite.

Caímos em um confortável silêncio. Para me distrair de meus próprios pensamentos, concentrei-me nos sons da madeira estalando e do vento uivando, que logo se misturaram ao som suave da respiração profunda de Paige.

Fechei os olhos e esperei o sono chegar. Quando meu celular vibrou no bolso do casaco, dez minutos depois, eu estava olhando para o teto, e fiquei feliz em ter algo para fazer.

"Você está acordada? S."

"Claro", respondi.

"Você está bem?"

Ele já havia perguntado aquilo antes, mas eu não tinha tido a chance de lhe dar uma resposta sincera. Caleb estava lá quando Simon me retirara da água, e o capitão Monty, Riley, Paige e outros convidados da festa estavam observando e ouvindo em um barco de pesca próximo, que o capitão conseguira levar até nós, mesmo com todo aquele gelo.

"Um pouco confusa, mas bem." Fiz uma pausa, e meus polegares flutuaram um momento sobre o teclado, antes de completar: "Estou com saudade de você".

Eu mal acabara de apertar a tecla Enviar quando outra mensagem apareceu.

"Quer que eu vá até aí?"

Olhei fixamente para a tela. Não havia nada que eu quisesse mais do que vê-lo; antes do meu mergulho acidental naquela tarde, o plano era que Paige passaria a noite com a vovó Betty, enquanto eu iria à casa do lago, onde Simon me encontraria depois que seus pais fossem dormir. Mas, depois do que acontecera, a vovó Betty insistira para que eu ficasse com elas, e eu estava assustada demais para discutir.

"Já é tarde", escrevi. "Que tal um café da manhã bem cedo?"

"Harbor Homefries, 8h?"

Concordei com o encontro, desliguei o telefone e olhei para Paige. Eu não podia vê-la sob o cobertor, mas a pilha branca subia e descia a intervalos de poucos segundos. Contente por ela estar dormindo, afastei meu cobertor, levantei-me e comecei a atravessar a sala.

Paige não quisera dormir no seu quarto, ou em qualquer cômodo do segundo andar, e eu não a repreendia por isso. Em casa, eu me oferecera para ocupar o quarto de Justine para que Paige pudesse ficar com o meu, e, por mais estranho que às vezes isso fosse e por mais que eu sentisse que jamais conhecera Justine de verdade, eu sabia de uma coisa: ela não era uma assassina. A situação de Paige obviamente era muito diferente, e eu entendia que ela quisesse manter distância.

Mas isso não significava que eu tivesse de fazer o mesmo.

A única luz vinha da lareira, e ficava cada vez mais fraca conforme eu subia as escadas. Quando cheguei ao último degrau, estava tão escuro que eu não conseguia ver minha mão no corrimão. Tateei a parede, procurando um interruptor, mas não havia nenhum.

Aquele normalmente era o momento em que eu descia correndo as escadas, caso tivesse chegado tão longe. Mas, de forma surpreendente, eu estava bem. Calma. Forte. A sensação começara logo que eu caíra na água e se intensificara rapidamente. Eu ficara submersa por menos de um minuto, entretanto, quando voltei para terra firme e meu corpo teve a chance de absorver o sal natural, eu me senti melhor fisicamente do que me sentira desde que saltara dos penhascos de Chione.

Eu tinha dado apenas dois passos pelo corredor quando ouvi uma voz familiar.

– Não consegue dormir, Vanessa?

Congelei, então me virei lentamente e vi Betty parada na porta aberta de seu quarto.

– Você achou que aquele fosse o seu barco, não é? – ela perguntou.

Dei um passo na direção dela.

– Eu sei que era o meu barco.

– Mas elas estão mortas.

Nossos olhos se encontraram. Os dela geralmente estavam voltados para cima, mas agora se fixavam nos meus. Com a pouca luz, as órbitas cinzentas pareciam mudar e se mover, como nuvens no céu.

– Como você sabe? – perguntei.

Ela deu um passo para o lado e esperou. Quando entrei no quarto, respirei o ar salgado do oceano, que entrava pelas janelas abertas. Eu não entrava no quarto de Betty desde a manhã do Festival Anual do Esplendor do Norte, no último verão, e tudo parecia diferente. As paredes, antes repletas de imagens dos penhascos de Chione, agora estavam nuas. A lareira estava escura, apagada. O carpete fora substituído por piso de madeira. Além da própria Betty, o único detalhe que indicava que o quarto pertencia a ela era o maiô roxo pendurado num gancho na porta do banheiro.

E um homem mais velho, de aparência cansada, sentado numa cadeira de balanço perto das janelas.

– Oi, Oliver – eu disse.

Ele ergueu os olhos do *laptop* em seu colo. Eu me perguntei se ele estaria trabalhando em outro volume de *A história completa de Winter Harbor*. Afinal, ele escrevera vários livros durante os últimos trinta anos – principalmente, como dizia, para distrair Betty de seus próprios medos com histórias sobre a cidade adotiva que ela amava.

– Vanessa – ele disse e voltou os olhos para o *laptop*.

Aquilo era estranho. Quando eu conhecera Oliver, ele era um tanto distante, até mesmo rabugento. Mas se tornara, pouco a pouco, mais afável conforme nos ajudava a compreender o que estava acontecendo em Winter Harbor, e não poderia ter sido mais simpático depois que ele e Betty voltaram a ficar juntos, após uma separação de vários anos. Aquele cumprimento, sem um "oi" ou um sorriso, era do tipo que o velho Oliver teria me dado.

Antes que eu pudesse perguntar se estava interrompendo alguma coisa, Betty se sentou numa poltrona de veludo perto da lareira e continuou a falar.

– Eu as ouviria – disse. – Suas vozes se silenciaram no momento em que a água congelou, e elas nunca mais falaram novamente.

Sem querer perturbar Oliver, que agora estava escrevendo, fui até ela e baixei o tom de voz.

– Mas *era* o meu barco. Meu e de Justine. Estava desgastado nos mesmos pontos, e um dos remos tinha...

– Adesivos de âncoras vermelhas. – Betty inclinou a cabeça. – Iguais aos que a farmácia de Winter Harbor vende no caixa, e iguais aos que todas as crianças pedem que os pais comprem. Se você olhar com atenção, vai vê-los por toda a cidade, em latas de lixo, caixas de jornal, placas de rua.

Franzi a testa. Agora que ela mencionara aquilo, eu me dava conta de que era verdade. E fora mesmo na farmácia que Justine comprara os adesivos, no dia em que decidira decorar os remos.

– Se Raina e Zara estivessem vivas – ela continuou –, e se estivessem planejando algum tipo de vingança, eu saberia.

– Mas elas tentariam esconder isso de você, não tentariam? Saberiam que você pode ouvir os pensamentos delas e teriam cuidado.

– Ainda assim eu poderia ouvir os esforços delas para se concentrar em outras coisas. Todas as sereias são ligadas entre si, e é possível ouvir os pensamentos de um estranho se você se esforçar o suficiente, embora não seja fácil. Mas você sempre pode ouvir sua família. Mesmo que não queira.

Desviei o olhar, como se ela pudesse ver a dúvida no meu rosto. Meus olhos caíram sobre a cama, do outro lado do quarto; o móvel também parecia diferente, coberto com um fino lençol em vez de camadas de cobertores, como se Betty não tivesse dormido ali desde o dia em que eu a encontrara deitada, com a pele ressecada descamando, tão sedenta que não conseguia falar.

– Ela tinha um bom coração.

Olhei para Betty. Ela fez um gesto para que eu me sentasse na poltrona à sua frente.

– A sua mãe, Charlotte Bleu, era dona de uma pequena livraria no subúrbio. Ela deixava as pessoas lerem durante horas e não se importava quando elas terminavam os livros e não os compravam. Tinha uma coleção impressionante também, muitas edições raras, primeiras edições, que ela poderia ter vendido por muito dinheiro, mas dava de presente se o cliente estivesse interessado e não pudesse pagar.

Levei um segundo para encontrar as palavras para minhas próximas perguntas.

– Foi lá que ela conheceu o meu pai? Na livraria?

Betty fez uma pausa.

– Eu não sei.

– Você viu os dois juntos? Eles foram alguma vez ao restaurante?

– Não. Mas, até onde sei, eles não ficaram juntos por muito tempo.

Agora que estávamos finalmente conversando sobre ela, as perguntas me vinham mais rápido do que eu conseguia fazê-las.

– A Raina disse mais alguma coisa? Ela obviamente sabia sobre eles, pois tinha a fotografia dos dois. Ela tirou aquela foto? Se não foi ela, quem quer que tenha sido deve saber mais sobre...

– Vanessa, acho que eu já contei tudo que sei. Se a Raina sabia mais, bem...

Eu me recostei na poltrona. Se Raina sabia mais, nunca descobriríamos.

Ficamos em silêncio por um longo instante. Os únicos sons eram o leve farfalhar do tecido das cortinas, que se moviam com a brisa, e o barulho do papel conforme Oliver virava as páginas do livro que consultava. Eu tinha inúmeras perguntas sobre Charlotte, meu pai, o primeiro ano da minha vida, os efeitos inconsistentes das minhas habilidades, mas havia uma que precisava fazer, acima de todas as outras. E, naquela altura, apenas Betty poderia respondê-la.

Olhei para Oliver, que estava concentrado em seu trabalho e não parecia prestar atenção em nós. Mesmo assim me aproximei mais de Betty e baixei o tom de voz quase a um sussurro.

– Eu bebo água salgada – disse. – Direto. E tomo dois banhos de água salgada todos os dias. Isso ajuda, mas ainda sinto muita sede e calor. E agora comecei a ter dores de cabeça terríveis, que não passam não importa quanta aspirina eu tome.

Fiz uma pausa, dando a ela a chance de me dizer o que eu precisava saber sem ter de perguntar. Mas ela não o fez. Seu rosto permaneceu inexpressivo, como seus olhos.

– Betty – continuei, com a voz trêmula –, como você faz isso? Como *eu* posso fazer isso?

Houve uma batida forte e alta atrás de nós. Dei um pulo. Betty não se moveu.

– Já está tarde – disse Oliver, aparecendo de repente ao nosso lado. A cadeira de balanço, que aparentemente batera contra a parede quando ele se levantara, movia-se para frente e para trás, para frente e para trás, como se ainda estivesse ocupada. – É hora de todos nós irmos dormir.

A cabeça dele estava virada na minha direção, mas seus olhos miravam algo atrás do meu ombro.

– A Paige está acordando – Betty completou distraída. – Ela vai ficar preocupada se você não estiver lá.

Dividida entre querer saber mais e sair dali o mais rápido possível, finalmente me levantei e atravessei o quarto. Ao chegar à porta, virei-me para dizer algo – para agradecer a Betty, para lhe assegurar que Paige estava bem, ou para fazer qualquer coisa que impedisse aquela breve visita de terminar de modo constrangedor. Mas então eu a vi, totalmente imóvel na frente da janela aberta, o vento soprando seus longos cabelos grisalhos. Como se estivesse escutando atentamente, buscando algo que somente ela podia ouvir.

– Boa noite, Vanessa – Oliver disse calmamente.

Saí para o corredor e fechei a porta o mais rápido que podia sem batê-la. Eu tinha uma das mãos sobre o corrimão da escadaria e estava prestes a descer quando me ocorreu que eu não deveria ser capaz de enxergar o corrimão. O corredor estava mais iluminado agora do que estivera quando eu subira as escadas, e a nova fonte de luz parecia estar vindo de trás.

É uma lâmpada, ou uma vela, eu disse a mim mesma. *Você só não a notou antes...*

Mas não era uma lâmpada ou uma vela. Era um fio brilhante e prateado, serpenteando pelo chão, no fim do corredor.

Olhei para o quarto de Betty; a porta ainda estava fechada. Tentei ouvir algum barulho vindo de Paige, mas ela estava quieta, assim como o resto da casa – até mesmo o vento parecia ter parado de soprar. Tudo que eu podia ouvir, enquanto percorria lentamente o corredor, era o velho assoalho de madeira rangendo sob meus pés.

Chegando ao antigo quarto de Zara, parei e olhei para baixo. A luz fria e prateada passava por debaixo da porta e banhava meus pés descalços como água na praia. Da última vez em que estivera naquele mesmo ponto, Justine me encorajara a entrar. Esperei por um encorajamento semelhante agora, mas ele não veio.

Segurei a maçaneta brilhante e afastei a mão depressa quando o bronze queimou minha palma. Sentia como se tivesse tocado uma chama acesa, ainda que a maçaneta não estivesse quente. Estava congelada. Brilhava com uma luz azul e parecia pulsar no mesmo ritmo do meu coração acelerado.

Fechando os olhos, imaginei o interior do quarto como eu o vira pela última vez. Mobília branca. Frascos de perfume de cristal. Mil feixes de luz refletidos nos espelhos, que iam do chão ao teto.

Segurei a maçaneta, virei-a e empurrei a porta.

A luz prateada desapareceu.

Procurei o celular no bolso do casaco e o abri. Tentei dirigir a luz para dentro do quarto, mas o fraco feixe foi engolido pela escuridão.

Olhei para o corredor vazio. A fresta sob a porta do quarto de Betty, iluminada havia pouco, agora também estava escura.

Respirei fundo. A energia devia ter acabado. Devia haver lâmpadas acesas no quarto de Zara, e meus nervos hiperativos haviam transformado uma luz normal em algo diferente. O que era totalmente compreensível, levando em conta tudo que eu descobrira na casa das Marchand, e aquela era a primeira vez que retornava desde o dia em que Winter Harbor havia congelado.

Só para me certificar, entrei no quarto. O ar ficou mais pesado, mais espesso. Havia cheiro de mofo ali, como se a porta e as janelas não fossem abertas havia meses. A escuridão diminuiu levemente quando me aproximei das janelas, graças à lua cheia, alta no céu. Ao chegar à primeira janela, olhei para o oceano quebrando na costa, dezenas de metros lá embaixo, e então me virei para examinar o quarto.

Meus olhos haviam se ajustado o suficiente para que eu pudesse enxergar vários metros à minha frente, e não sabia se me sentia reconfortada ou decepcionada assim que vi o quarto vazio. Não havia nenhuma mobília, nenhuma penteadeira onde enfileirar vidros de perfume de cristal. Os espelhos haviam sido removidos das paredes, expondo um papel descascado. E, como no quarto de Betty, o carpete fora arrancado, revelando o assoalho de madeira.

Se Zara tivesse, de alguma maneira, voltado à vida, não era ali que estava se escondendo.

– Durma – eu disse baixinho, atravessando o quarto para sair dali. – Você precisa dormir. Agora.

Meus olhos estavam fixos na porta enquanto eu andava, e não vi a luminária no meio do quarto até o momento em que minha perna direita esbarrou nela, derrubando-a no chão com um estrondo. O súbito ruído quebrou o silêncio, e agarrei a luminária para evitar que rolasse e acordasse Paige, no andar de baixo. Meus dedos agarraram a base, e eu a virei delicadamente para cima, colocando-a no chão.

Meu corpo inteiro implorava para que eu corresse lá para baixo, mas me mantive firme o suficiente para puxar a fina e curta corrente que pendia da luminária.

A lâmpada acendeu com um brilho branco. No círculo iluminado, pude ver o fio que ia da base da luminária até uma tomada na parede mais próxima.

E no chão, perto de onde eu estava, um remo, com uma fileira de âncoras vermelhas brilhando como granadas sob a luz.

11

– Estão chovendo colheres.

Olhei para o para-brisa. Os limpadores voavam de um lado para o outro, mas a água corria pelo vidro como se estivessem desligados.

– Chovendo colheres? – Paige repetiu.

Meu pai sorriu para ela pelo retrovisor.

– Quando a Vanessa era pequena, não gostava da ideia de canivetes afiados caindo do céu. Mas era indiferente a colheres. Desde então, usamos essa frase para descrever chuva forte. – Ele fez uma pausa. – Não foi assim?

Percebi que ele queria que eu contasse a história sobre *como* finalmente nos decidíramos por colheres, uma longa discussão em família que envolvera um processo de eliminação com o uso de tabelas e listas, consumindo duas noites e muita comida chinesa. Mas eu não estava a fim. Estava cansada, dolorida e ainda tentava encontrar um sentido em tudo aquilo que acontecera durante o fim de semana.

– Foi – respondi.

– Bem – disse Paige –, essa é definitivamente uma descrição precisa do que está acontecendo lá fora. Obrigada mais uma vez pela carona, sr. Sands.

– Eu que agradeço por tomarem o caminho turístico comigo, enquanto eu deixava alguns livros para um colega. E, se o tempo ainda estiver ruim depois da escola, me liguem. Eu...

Ele pisou com força no freio. Fui lançada para frente, e o cinto de segurança travou, puxando-me de volta para o banco.

– Pai, o que...

O carro deslizou para a esquerda, me interrompendo. Depois para a direita, e então para a esquerda novamente. Enquanto meu pai girava o volante, lutando para recuperar o controle do veículo na estrada molhada, apoiei os pés no assoalho e agarrei a alça de segurança no teto. No banco de trás, Paige deu um gritinho; olhei pelo retrovisor enquanto ela cobria o rosto com as duas mãos. Um segundo depois, o pneu esquerdo dianteiro atingiu o meio-fio. O carro balançou e então parou.

– Ah, não – arfou Paige.

Meus dedos tremiam enquanto eu tentava soltar o cinto de segurança. Consegui na terceira tentativa e me virei no banco do passageiro para olhar para o banco de trás.

– Você está bem?

Ela também estava olhando para trás, pela janela traseira.

– Paige – chamei. – O que foi?

– A coisa foi feia – disse meu pai. – Ligue para a emergência. Já volto.

– Espere...

Mas ele já havia saído.

Os olhos de Paige estavam arregalados quando ela se virou para mim e escorregou pelo banco.

– Tem um ônibus lá fora. Capotado no píer. A frente parece uma sanfona gigante.

– Você viu o que aconteceu?

Ela sacudiu a cabeça.

– A chuva estava muito forte.

– Você poderia, por favor, vigiar o meu pai? – perguntei, vasculhando a mochila. Encontrei o celular e informei a polícia sobre o acidente.

Depois de desligar, pulei para trás e fiquei de joelhos no banco, ao lado de Paige.

A parte traseira do ônibus estava pendurada na beirada do píer, perto do aquário. Era difícil dizer o que teria causado o acidente, já que dúzias de carros lotavam a estrada na frente do píer naquele momento. Muitas pessoas se aproximaram do ônibus para tentar ajudar, e outras estavam ao lado de seus veículos, falando ao telefone e gesticulando freneticamente.

A polícia não levou muito tempo para chegar, e as ambulâncias vieram em seguida. E depois, os caminhões dos bombeiros. Meu pai conversou com vários oficiais, aparentemente dizendo-lhes o que havia testemunhado. Paige e eu continuamos olhando pela janela até as equipes de emergência saírem do ônibus com o primeiro passageiro numa maca. Da nossa posição, a uns quinze metros de distância, não dava para distinguir se era um homem ou uma mulher, mas uma coisa era certa: o passageiro não se movia.

Meu pai voltou alguns minutos depois, completamente ensopado, e percorremos um longo e lento desvio ao redor do acidente. Quando finalmente chegamos à escola, o primeiro período já estava na metade.

– Se a gente se apressar, podemos assistir à palestra dos ex-alunos – disse Paige, abrindo a porta e correndo pela chuva, usando uma cópia de *Conto de inverno* como proteção.

– Vanessa...

Eu tinha começado a deslizar pelo banco de trás, mas parei de me mover quando meu pai falou.

– Você vai tomar cuidado?

Olhei para ele.

– Com o quê?

– Com... – ele olhou para a escola através do para-brisa e de novo para mim. – Não sei. Deixe pra lá. Tenha um bom dia, está bem?

Saí do carro e fechei a porta. Parada na calçada, observei enquanto ele se afastava, mal sentindo a chuva encharcar meus cabelos, minhas roupas, meus sapatos.

Ele sabia de alguma coisa? Sabia que *eu* sabia de algo? Ou aquele pedido para que eu tomasse cuidado era apenas o resultado de ver um ônibus cheio de pessoas, mães, pais, famílias que se importavam com elas, abatidas pela tragédia?

– Vanessa! – gritou Paige. – Venha!

Esperei até o Volvo do meu pai virar a esquina, antes de correr pelas escadas. Paige segurou a porta para mim e saiu correndo pelo corredor. Eu quis lhe perguntar o motivo de toda aquela pressa, mas Paige era rápida demais. A distância entre nós cresceu quando nos aproximamos do auditório, e, assim que ela chegou à entrada, eu estava tão atrás que ela apontou para dentro, acenou e desapareceu.

Eu ainda estava a vários metros de distância, pensando em passar o resto do período escondida no banheiro das meninas, quando a srta. Mulligan esticou a cabeça pela porta do auditório.

– Vanessa – ela sussurrou ruidosamente. – Você chegou bem na hora!

Tentando evitar contato visual, apanhei um folheto na mesinha perto das portas do auditório.

– Mesa-Redonda Anual dos Ex-Alunos de Faculdades? – li em voz alta.

– O evento mais esperado da temporada de inscrições – disse a srta. Mulligan.

– Parece ótimo – respondi, recuando –, mas tenho um teste importante de cálculo mais tarde e preciso estudar. E tenho que manter minhas notas altas, se quiser entrar em uma boa universidade, certo?

– Posso ajudar.

Virei-me e vi um garoto que eu não conhecia, parado próximo a um bebedouro. Ele usou a ponta da gravata para enxugar a boca, antes de sorrir para mim.

– Tenho monitoria neste período, e sou um excelente monitor – disse ele. – Estudo cálculo desde a sexta série.

– E isso faz quanto tempo? – perguntei.

– Três anos.

Ele estava no primeiro ano. Não poderia ter conhecido Justine, então não estava oferecendo ajuda por pena. E eu nunca o vira, muito menos falara com ele, portanto havia poucas chances de ele estar me confundindo com outra pessoa.

– Também sou fluente em quatro idiomas – continuou ele, andando na minha direção. – Você estuda francês? Espanhol? Que tal...

– Obrigada, mas não precisa. E acho que devo assistir à mesa-redonda, pelo menos por alguns minutos.

Ele ficou claramente desapontado. Consolada pelo fato de que os alunos deveriam ficar em silêncio durante palestras, o que significava que eu poderia aproveitar aquele tempo para colocar meus pensamentos em ordem num caderno, segui a srta. Mulligan até o auditório.

– Guardei um lugar para você. – Ela me segurou pelo cotovelo e me levou até a área onde ficavam os professores e os funcionários.

Esperando ter uma alternativa, vasculhei a sala procurando Paige e finalmente a vi, parecendo muito concentrada, na primeira fila. Várias cadeiras vazias a rodeavam, mas eu não queria sentar tão perto do palco nem estar tão exposta ao resto da turma de veteranos. A fila de trás seria ideal, porém uma olhada rápida indicou apenas um lugar vazio.

Ao lado de Parker King.

– Vou me sentar com meus amigos – sussurrei, me afastando. – Mas obrigada.

Não esperei para ver se ela havia ficado desapontada, surpresa ou as duas coisas. Em vez disso, corri na direção da fila de trás antes que mudasse de ideia. Pedi licença ao pular uma dúzia de pares de pés e ignorei os olhares irritados das minhas colegas. Havia apenas garotas, o que era um ponto positivo para me sentar ao lado de Parker.

∽ 112 ∽

– Oi – eu disse, quando finalmente cheguei ao lugar vazio.

– Oi – ele respondeu, sem erguer os olhos de seu iPod.

– Você se importa...?

Ele olhou para mim e então para a cadeira vazia.

– Não – disse ele, dando de ombros. – Tanto faz.

Intrigada, eu me sentei. Parte de mim estava aliviada pelo fato de Parker não ficar instantaneamente apaixonado, como tantos outros garotos pareciam estar. Mas a maior parte estava confusa. Ele viera falar comigo no primeiro dia de aula, supostamente sem saber a respeito de Justine. Fizera questão de vir me procurar quando encontrara uma fotografia dela. E havíamos passado um bom tempo juntos, no parque, na semana anterior.

Não se jogar aos meus pés era uma coisa. Mas, depois de nossa recente interação, agora ele agia como se nem ao menos soubesse quem eu era.

Eu me recostei na cadeira e observei seu polegar se mover pelo pequeno mostrador branco do iPod, aumentando o volume. Caleb usara música para se desconectar de Zara e encorajara Simon a fazer o mesmo. Era aquilo que Parker estava fazendo? Tentando abafar algum tipo de sinal que eu não sabia que estava enviando nem como controlar?

Peguei um caderno e o abri numa página em branco. Enquanto eu fingia anotar o que os convidados estavam dizendo na mesa-redonda, lancei olhares rápidos para Parker. As mãos dele não estavam tremendo, nem seus joelhos. Sua testa não estava transpirando. Se estar perto de mim o deixava desconfortável o bastante para aumentar o volume até que eu pudesse ouvir a música que vinha dos fones em seus ouvidos, ele não deixou transparecer.

– No primeiro ano da faculdade, acontecem muitas coisas.

A voz familiar me chamou a atenção. Ergui os olhos e vi a amiga de Justine, Natalie Clark, que Paige e eu havíamos encontrado no Parque Common no primeiro dia de aula. Ela estava no púlpito.

– É divertido.

Eu me afundei na cadeira, enquanto ela sorria e falava para o público.

– Empolgante. Intelectualmente estimulante.

Levantei o caderno para cobrir o rosto.

– Também é muito difícil. Especialmente quando você está lidando com desafios externos.

Era tarde demais. Ela tinha me visto. Nossos olhos se encontraram, e ela inclinou a cabeça.

– A faculdade pode ser difícil por si só, mas quando você também está lutando contra problemas pessoais, além das aulas e dos trabalhos acadêmicos, como eu estive e como outras pessoas nesta sala certamente estão, e ainda continuarão por meses no futuro, pode ser insuportável.

Ela não olhou para nenhuma outra pessoa enquanto falava, então eu sabia que aquelas palavras eram dirigidas a mim. Olhei para o meu caderno e escrevi nele rapidamente, esperando que ela pensasse que eu estava transcrevendo cuidadosamente seu discurso tão útil.

– Ei.

Eu estava tão determinada a evitar o olhar cheio de simpatia de Natalie que não percebi que Parker estava falando comigo até que ele tocou a minha mão com o polegar. O gesto fez com que eu parasse de escrever imediatamente.

– Você quer sair daqui? – Ele removera um dos fones de ouvido e se inclinara na minha direção. Seu rosto não tinha expressão nenhuma.

– Quero.

Ele olhou para além de mim, para os professores e os funcionários sentados a algumas filas de distância. Quando eles pareceram suficientemente distraídos, subiu na cadeira, empurrando o encosto para trás. Hesitei antes de imitá-lo e segurei sua mão quando ele a ofereceu. Parker soltou minha mão assim que meus pés tocaram o chão, o que ajudou a diminuir meu nervosismo. Seu fã-clube feminino começou a cochichar logo que as meninas perceberam o que estávamos fazendo, mas, se a desaprovação delas chamou a atenção da srta. Mulligan ou de qualquer outro de seus colegas, deixamos o auditório rápido demais para descobrir.

No corredor, ele saiu andando na minha frente, sem se preocupar em checar se eu o seguia. E quase não o fiz; quando nos aproximamos da biblioteca, fiquei tentada a entrar sem dizer nada a ele, mas estava curiosa. Sobre aonde ele estaria indo, o motivo de ter me chamado e por que agia daquele jeito comigo. Então, eu o segui por vários outros corredores e para dentro de um par de portas largas e escuras de madeira.

– Sala de Descanso da Equipe de Polo Aquático Eric C. King? – perguntei, lendo a placa sobre as portas.

– Deve estar vazia agora. – Ele retirou uma chave do bolso da calça e destrancou a porta, abrindo-a. – Você primeiro.

Entrei no amplo salão. Estava cheio de sofás e poltronas de couro, belas mesas prateadas e um aparelho de tevê de tela plana tão grande que ocupava toda a extensão de uma das paredes. As janelas que iam do chão ao teto davam para as piscinas. Bandeiras, troféus e fotografias dos times estavam espalhados pelo salão.

– Seu pai deve estar orgulhoso – eu disse, aproximando-me de uma foto emoldurada de Eric C. King em pessoa. Na foto, ele estava cortando uma fita de cetim que fora colocada entre as portas pelas quais acabáramos de passar.

Parker ignorou a observação.

– Sabe, você é a segunda garota que eu trago aqui.

Lancei-lhe um olhar.

– Não foi isso que eu quis dizer, juro. Apesar da opinião popular, eu *não* passo todo o meu tempo livre namorando. – Ele fez uma pausa. – Você conhece a Felicia May?

– A ginasta?

– É. Depois que ela veio ver um jogo no ano passado, não me deixava em paz. Mandava vinte *e-mails* por dia e me seguia por toda a escola.

∽ 115 ∽

– Que saco.

– Obrigado. Poucas pessoas são tão compreensivas – ele sorriu. – Enfim, numa manhã em março, a Felicia me seguiu até aqui, um lugar que até então era um paraíso masculino. Tentei fazer com que fosse embora, mas ela não quis e, quando entramos, tive que pedir reforços. Ela não durou muito por aqui, com o resto da equipe de polo presente, observando e criticando a equipe de natação feminina treinando lá embaixo.

– Criticando?

– Depois de passar tanto tempo na água, viramos excelentes juízes de boa forma.

Revirei os olhos enquanto ele retirava duas garrafas de água de uma geladeira. Ele me entregou uma e, em seguida, atirou-se no sofá e ligou a televisão. Ainda não sabia por que ele tinha me levado até ali, mas Parker certamente não agia como se estivesse louco para ficarmos sozinhos.

-- Você está saindo com alguém? – A pergunta me escapou antes que eu soubesse que queria fazê-la.

Uma sombra percorreu o rosto dele – decepção ou arrependimento. Mas foi algo passageiro, e no momento seguinte ele estava piscando para mim.

– Por quê? Está interessada?

– Tenho namorado – lembrei a ele, corando.

– E daí?

– E o meu armário fica ao lado do da Sarah Tepper. Eu ouvi quando ela falou de você outro dia, e fiquei pensando se vocês estariam saindo.

– Não. – Ele ergueu o controle remoto para mudar de canal. – Não estou saindo com a Sarah Tepper nem com ninguém. E nem quero. Pode publicar isso no *site* da escola. Talvez elas me deixem em paz.

Ele disse aquilo de maneira casual, tranquila, e não como se estivesse escondendo sentimentos profundos por alguém. E estar apaixonado era a única razão pela qual ele poderia estar imune, ou seja lá qual fosse a palavra, aos sinais a que os outros garotos respondiam.

Lá se ia mais uma teoria.

– Uau.

Segui o olhar dele na direção da tevê e vi uma imagem ao vivo do ônibus capotado, a frente dobrada como uma sanfona.

– O motorista morreu – ele disse, lendo o texto que corria pelo pé da tela. – Quatro pessoas estão desaparecidas e oito, em estado grave. Nossa.

Ele ergueu o controle remoto e mudou de canal novamente.

– Espere – disse eu, com o coração acelerado. – Volte.

Ele olhou para mim com curiosidade, mas fez o que pedi. Atravessei a sala e o som do meu coração martelava em meus ouvidos.

– Vanessa? – perguntou ele, quando parei a centímetros da tela. – O que foi?

Era uma garota conversando com um policial. Uma garota de cabelos longos e escuros. De vestido branco.

E olhos prateados.

12

– O que você acha de Chicago? Ou Denver? Ou Honolulu?

Ergui os olhos do *Boston Globe*.

– Honolulu?

Paige apanhou um livreto da pilha sobre a mesa entre nós.

– Universidade do Havaí. Terra de palmeiras, arco-íris e água turquesa. – Ela abriu o panfleto e franziu a testa. – Na verdade, a proximidade do oceano, independentemente da cor, é um grande ponto negativo.

Desde que chegáramos à Beanery, eu lia e relia a cobertura que os jornais haviam feito do acidente de ônibus no dia anterior, examinando minuciosamente as fotografias que acompanhavam as matérias, procurando a garota do noticiário. Porém a menção à água me fez lembrar que eu estava com sede. De novo. Menos de uma semana depois, a força que sentira após cair na água em Winter Harbor estava desaparecendo rapidamente.

– A srta. Mulligan deve estar felicíssima por ter conseguido enfeitiçar você tão rápido – eu disse, antes de beber um grande gole do meu chá gelado.

– Eu nunca havia pensado realmente no assunto, sabe? Lá em casa, a universidade é uma opção. Aqueles que vão não chegam muito lon-

~ 118 ~

ge; normalmente voltam quando o curso acaba e terminam fazendo o que fariam se nunca tivessem partido.

– Como gerenciar restaurantes turísticos populares? – perguntei.

Ela deu de ombros.

– Só pensei que, se era isso que eu ia acabar fazendo, por que perder tempo fingindo que tinha escolha?

– Mas você tem escolha.

– Sim. Posso ser arquiteta. *Designer* gráfica. Médica. – Ela riu. – Tudo bem, talvez médica não. Isso envolveria muitos anos de curso... e muito sangue.

Tomei um longo gole pelo canudinho até que ouvi o barulho que indicava o copo vazio.

– Acho ótimo, Paige. Mesmo. Mas Honolulu não é meio longe?

– É só uma das opções. – Ela examinou os panfletos. – Também tem Phoenix, Des Moines e Houston, que são...

– Um pouco mais próximas, mas ainda assim bem distantes. – Inclinei-me para ela. – A Nova Inglaterra é a capital acadêmica dos Estados Unidos. Você não gostou de nenhuma das opções aqui?

O sorriso dela estremeceu.

– A competição é muito acirrada. Minhas notas servem para a Hawthorne, mas não sou agressiva o bastante para enfrentar quatro anos de pressão acadêmica brutal.

Eu sabia que as atuais preferências dela eram causadas por outros fatores, como querer estar a milhares de quilômetros de tudo que queria esquecer, mas a discussão teria de esperar até outro momento.

– Já está quase na hora – disse eu. – Já volto.

Ela ergueu a xícara.

– Vou reabastecer. Você quer?

– Por favor. Obrigada.

Enquanto ela se levantava e se dirigia ao balcão, apanhei minha mochila no chão e abri caminho por entre as pequenas mesas e cadeiras que atravancavam a pequena cafeteria. O único banheiro ficava nos fundos e estava ocupado quando cheguei lá.

Encostei-me na parede para esperar e me perguntei quanto teria de mentir na próxima meia hora. Pensei em tentar escapar da entrevista, mas sabia que a srta. Mulligan apenas a remarcaria para outra hora, quando ela também pudesse estar presente. E, por mais que eu não quisesse fingir entusiasmo e tentar me autopromover, queria menos ainda ser criticada depois.

Dois minutos se passaram, três, quatro. Depois de cinco minutos, bati levemente na porta. Quando não houve resposta, cheguei mais perto e encostei o ouvido nela. Era difícil ouvir alguma coisa, com o barulho das pessoas conversando e rindo, mas pensei ter escutado o ruído de água correndo.

Esperei mais alguns segundos e bati novamente, com mais força.

Nenhuma resposta.

Virei-me para chamar um garçom e perguntar se o banheiro tinha sido trancado por engano, quando ouvi uma torneira rangendo e o barulho de água cessou.

– Desculpe – disse um cara, abrindo a porta. Eu não o reconheci, mas ele estava vestindo o uniforme da Hawthorne, tão amarrotado quanto o meu. Seus olhos estavam vermelhos. Antes de sair do banheiro, ele voltou rapidamente e apanhou um maço de toalhas de papel.

– Sem problemas – respondi.

Ele assoou o nariz e passou por mim. Atirando-se em uma das cadeiras de uma mesa próxima à entrada da cafeteria, colocou a cabeça entre as mãos e olhou para a tela de um *laptop* aberto. As únicas vezes em que soltou a cabeça foram para enxugar os olhos e assoar o nariz. Sem querer me juntar ao grupo de clientes que poderiam fazê-lo se sentir pior ao observar curiosamente, entrei no banheiro e tranquei a porta.

O banheiro era minúsculo; mal havia espaço entre o vaso sanitário e a pia para os meus pés. Equilibrei minha mochila na beirada da pia, enquanto retirava dela as roupas que separara naquela manhã.

"Esta é a sua chance!", declarara um *e-mail* recente da srta. Mulligan. "Destaque-se dos outros candidatos e mostre a esse ex-aluno da Bates a pessoa maravilhosa e única que você é. Sugiro que vista algo maduro e memorável (ou seja, esqueça o uniforme da escola). Trucide-os!"

Outra mensagem se seguira um minuto depois.

"Peço desculpas pela bem-intencionada, mas muito inadequada, frase de encorajamento. Eu não estava pensando direito. Boa sorte! K.M."

Eu não precisava de sorte. Precisava era da vida de outra pessoa. Mas como aquilo não aconteceria, decidi tirar o melhor proveito de uma situação ruim e ao menos tentar parecer apresentável, senão memorável. Não estava fazendo aquilo com esperança de ser aceita pela Bates, mas de impressionar suficientemente o contato da srta. Mulligan para ele escrever um bom relatório e ela me deixar em paz. Depois, eu sempre poderia inventar uma razão para não me inscrever.

Troquei de roupa rapidamente, vestindo uma saia-lápis preta, camisa branca de abotoar e casaquinho de *cashmere* preto com botões de pérola. Coloquei o uniforme da escola e o casaco na mochila, refiz meu rabo de cavalo e me aproximei da pia.

"Eu sinto muito... Odeio estar escrevendo isso..."

Eu acabara de me inclinar para jogar água no rosto quando vi o que parecia ser um *e-mail* impresso. Estava dobrado em um canto da pia, o papel fino e amarrotado.

"Eu gostaria que as coisas pudessem ter sido diferentes... Nós simplesmente não fomos feitos para ficar juntos..."

O cara que havia usado o banheiro antes de mim. Aquele *e-mail* devia ser dele, e o motivo de estar tão chateado. Sentindo-me culpada por me intrometer sem querer na privacidade dele, desviei os olhos e enxuguei o rosto com um maço de toalhas de papel.

Houve uma batida na porta. Peguei a mochila e dobrei o bilhete novamente para que o lado em branco ficasse exposto, colocando-o atrás da saboneteira. Assim, seria mais difícil para uma pessoa que não

～ 121 ～

estivesse procurando por ele encontrá-lo, e mais fácil para alguém que estivesse.

Quando voltei para a cafeteria, meu coração se apertou assim que vi o homem sentado com uma pasta vermelha da Bates na mesa à sua frente. Enquanto checava as mensagens em seu BlackBerry, ele ergueu os olhos e examinou o local.

Meu entrevistador era um homem. Por algum motivo, quando eu praticara minhas respostas para as perguntas que previra, imaginara que uma mulher as faria. E pior ainda, ele era bem jovem. Conversar com um tipo paternal poderia ser tolerável, mas aquele cara, de calça *jeans* moderna e casaco de lã escuro, parecia ter pouco mais de 30 anos.

Ao me aproximar dele, tentei olhar para suas mãos. O melhor que podia esperar agora era que ele fosse casado e completamente, desesperadamente apaixonado pela esposa.

– Vanessa? – ele se levantou quando me aproximei e estendeu a mão. Não havia aliança.

– Matt Harrison. – Apertamos as mãos, e então ele puxou uma cadeira para mim, esbarrando no encosto da que estava atrás dela. A moça sentada ali olhou feio para ele antes de se mover para frente, mas ele não percebeu. – É um prazer conhecê-la.

– O prazer é meu – respondi, sentando e me sentindo ridícula nas minhas roupas maduras e memoráveis.

– Posso lhe oferecer alguma coisa? Um café? Um chá? Um *muffin*?

– Estou bem, obrigada. – Meu olhar cruzou com o de Paige, do outro lado da sala. Ela ainda estava parada perto do balcão, aguardando seu pedido. Quando me viu, fez um rápido gesto de aprovação, erguendo os polegares.

– Então – disse ele, se sentando e cruzando os braços sobre a mesa. – Último ano da escola. – Olhou para mim com expectativa, como se eu devesse falar sobre o assunto.

– Sim.

– A Kathryn disse que você é uma excelente aluna.

– Eu vou bem.

– E é modesta também. Isso é animador.

A mesa era pequena, e ele estava sentado tão perto de mim que eu podia sentir o cheiro de sua loção pós-barba. Tentei me afastar um pouco, mas as cadeiras e mesas estavam tão perto umas das outras que não tive espaço para me mover.

– Por que eu não lhe conto um pouco sobre a minha experiência na Bates? – perguntou. – Depois você pode me fazer a pergunta que quiser, e continuamos a partir daí.

– Parece ótimo, sr. Harrison.

– Matt, por favor. Sr. Harrison é o velhote que enche a casa dos meus pais com objetos da Guerra da Independência.

Eu mal o ouvi enquanto falava sobre as admissões, a duração das aulas, o corpo docente acessível e o índice de alunos empregados. Não que isso importasse, mas ele não me disse nada que eu já não tivesse ouvido de Simon. O monólogo, entretanto, poupava-me de ter de falar, o que eu apreciava.

– Do que você precisa? – perguntou ele, vinte minutos depois.

Concentrei-me novamente.

– Como?

– Pelo que me consta, seria um privilégio para a Bates ter você como aluna. Farei o possível para assegurar que todas as suas necessidades sejam satisfeitas se decidir ficar conosco. Assistência financeira, seu próprio quarto no dormitório, acomodação fora do *campus*... tudo é possível.

Ele falava como se eu já tivesse sido aceita, mas aquela decisão era tomada pelo departamento de admissões, e não por ele. Além disso, aquela entrevista era apenas uma pequena parte do processo, e eu não tinha dito mais do que dez palavras. O que significava que Matt Harrison pensava que Vanessa, a sereia, e não Vanessa, a aluna, seria uma grande aquisição para a Bates.

∿ 123 ∿

– A Paige – eu disse, olhando para ela do outro lado da sala.

– Como?

– Minha melhor amiga. – Dei a ele o melhor sorriso de que era capaz. – Ela também é veterana na Hawthorne. Se eu for para a Bates, preciso que ela vá também.

Ele se recostou na cadeira, enquanto Paige se aproximava da mesa e puxava uma cadeira vazia. Sentindo que eu não estava muito animada com a ideia da entrevista, ela me perguntara mais cedo se queria que ela interferisse caso eu precisasse de apoio ou de uma desculpa para interromper a reunião.

– A Paige é uma aluna excepcional – afirmei. – Ela acabou de ser transferida para a Hawthorne, da Escola de Winter Harbor, em Maine, e já conseguiu recuperar o conteúdo.

– Não foi nada demais – disse Paige, entrando facilmente na conversa, sem saber que rumo estava tomando ou o motivo. – O conteúdo não era tão diferente.

– Foi *muito* difícil. Harvard já está atrás dela. E Yale, e Brown. – Olhei para ela. – O que foi mesmo que eles ofereceram? Bolsa de estudos integral? Um apartamento mobiliado?

– Dois quartos – disse ela, assentindo – e uma banheira de hidromassagem.

Matt olhou para mim e eu sorri. Então, enquanto meu encanto o tornava mais interessado nas minhas necessidades do que nas de sua *alma mater*, ele apanhou o BlackBerry e começou a digitar.

– Não sei se a Bates alguma vez já ofereceu algo semelhante, mas vou ver o que podemos fazer.

Ele parou de digitar e olhou para a tela do telefone. Um segundo depois, se levantou e começou a recuar na direção da porta.

– Já volto – disse, com o telefone colado ao ouvido.

– Obrigada – falei para Paige, quando ele já estava lá fora.

– Ele devia estar realmente chateando você – ela comentou.

– Nem tanto. Eu só precisava sair um pouco dos holofotes.

– É por isso que você está suando como se tivesse corrido a Maratona de Boston?

Coloquei a mão na testa; estava quente e úmida. Assim como o restante do meu rosto e pescoço. Enxugar minha pele com guardanapos de papel só fez uma camada nova de transpiração aparecer.

– Por que você não vai tomar alguma coisa para se recuperar? – perguntou Paige. – Se precisar de mais tempo, peço um jatinho particular, ou um zoológico, ou algo impossível, e faço o sr. Bates voltar para o telefone. – Ela fez uma pausa. – A propósito... por que estou fazendo exigências que mais parecem coisa de terrorista maluco?

Improvisei rapidamente.

– Acho que o Simon, o sr. Nota Dez, escreveu uma recomendação magnífica, porque praticamente já fui aceita. E os alunos da Bates que vieram da Hawthorne devem fazer doações consideráveis, porque Matt parece muito determinado a me trazer a bordo e me manter feliz. Mas eu disse a ele que não havia modo de eu ir sem você.

– A Bates tem *campus* em, digamos, San Diego?

– Dois, na verdade. Você vai poder escolher.

– Fabuloso – disse ela, enquanto eu apanhava a mochila do chão e me levantava. – Ah, talvez você queira ir dizer oi para a sua amiga.

– Que amiga?

– A que trabalha aqui.

Olhei ao redor.

– Eu não conheço ninguém que trabalha aqui.

– Bem, alguém que trabalha aqui conhece você. Não perguntei o nome, mas ela fez todo tipo de pergunta, inclusive querendo saber como você estava se sentindo, como se pensasse que você está doente ou algo assim.

O balcão estava rodeado de banquinhos, todos eles ocupados. Eu só podia ver um funcionário no meio da multidão: um cara jovem que atendia o balcão entre viagens até a máquina de *cappuccino*.

– Vou dizer oi – respondi, querendo sair dali antes que Matt voltasse. Inclinei-me e dei um abraço rápido em Paige. – E obrigada, mais uma vez. Você é a melhor.

De volta à nossa mesa, tirei o casaco da mochila e o vesti por cima de minhas roupas, puxando o capuz sobre a cabeça. O agasalho extra só me fez suar mais, e tive de apertar o copo de chá gelado com as duas mãos para evitar que ele escorregasse. O líquido gelado tinha um sabor tão bom que eu tive de me controlar para não beber tudo de um só gole. Foi apenas quando engoli a última gota que percebi que aquele chá gelado era diferente do que eu havia bebido antes de me trocar no banheiro.

Era salgado. Minha última bebida não tinha sal, porque ele acabara naquele dia.

Mantendo o capuz na cabeça, olhei por sobre o ombro. Se Paige colocara sal na minha bebida depois de notar a frequência com que eu adicionava o ingrediente secreto a tudo que consumia, ela não estava esperando para ver minha reação. Continuava tagarelando, provavelmente fazendo mais exigências a Matt, que havia retornado e estava tomando notas em um bloquinho.

Eu me virei e examinei os pacotinhos na tigela de cerâmica no centro da mesa. Açúcar mascavo. Açúcar refinado. Adoçante.

Fui até o balcão e consegui me enfiar entre duas mulheres, acenando para chamar a atenção do barista. Precisei de algumas tentativas até que ele me visse, mas finalmente se aproximou.

– Chá gelado, por favor – pedi.

– Com ou sem açúcar?

Hesitei.

– Um de cada.

Ele abriu uma geladeira sob o balcão oposto e pegou duas jarras, enchendo dois copos e voltando para onde eu esperava.

– Quanto é? – perguntei, com a mão no bolso do casaco.

– Não se preocupe com isso.

– O quê? Mas...

Eu me detive quando ele se virou abruptamente e correu na direção da máquina de *cappuccino*, que sibilava. Depois, ele foi atender o próximo cliente e, assim que ficou claro que ele não voltaria, coloquei uma nota de dez dólares sobre o balcão e tomei um gole de cada copo.

Nenhum dos dois tinha sal.

– A sua amiga disse para ele não cobrar de você.

A voz baixa estava próxima do meu ouvido. Virei-me e me encostei no balcão, relaxando um pouco quando reconheci o aluno tristonho da Hawthorne, o rapaz do banheiro. Ele estava parado a alguns centímetros de distância, segurando um prato vazio com uma das mãos e enxugando os olhos com a outra.

– Que amiga? – perguntei.

– A mulher que trabalha aqui. Ela disse a ele que pagaria para você.

Examinei rapidamente a sala e estiquei o pescoço para dar uma olhada atrás do balcão e na cozinha. Além do barista, os únicos funcionários visíveis eram um rapaz que lavava os pratos e o cozinheiro.

– Ela disse o motivo?

Antes que ele pudesse responder, uma dor lancinante percorreu meu crânio de um ouvido a outro, como uma bala.

Tive de lutar para manter os olhos abertos. De algum modo, no reflexo da tampa de uma bandeja de bolo, eles se fixaram em outro par de olhos, que brilhava como a luz do sol sobre a superfície do oceano. Quando aqueles olhos encontraram os meus, uma nova onda de dor explodiu no centro da minha cabeça e ali permaneceu, pulsando.

Não precisei me virar para ver quem me observava.

– Zara – ofeguei.

E então desabei no chão.

13

Na manhã do sábado seguinte, eu estava deitada na cama, com o cobertor puxado sobre a cabeça, tentando ouvir. Ouvir Zara e Raina. Justine e Betty. Alguém que me dissesse alguma coisa, qualquer coisa sobre o que estava acontecendo.

Mas tudo que eu era capaz de ouvir era a música que vinha do meu antigo quarto. Meu pai cantando em algum lugar no andar de baixo. E minha mãe mexendo em panelas na cozinha.

Desistindo, atirei as cobertas para longe e apanhei a garrafa d'água na mesinha de cabeceira. Eu sentira mais sede do que o normal durante a noite e reabastecera a garrafa quatro vezes antes do amanhecer. Já estava quase vazia agora, e bebi o que sobrara, fui ao banheiro para enchê-la novamente e então segui a música *country* alta pelo corredor.

A porta do meu antigo quarto estava fechada. Bati, mas o som foi abafado pela música que vinha do lado de dentro. Tentei novamente, mais alto.

– Paige? – chamei. – Posso entrar?

Nenhuma resposta. E nenhuma mudança no volume da música.

Ainda batendo, entreabri a porta. Paige estava sentada à escrivaninha, de costas para mim. Chamei o nome dela de novo, mas sua cabeça continuou abaixada. Imaginando que ela estivesse concentrada nas inscrições para as universidades, embora não soubesse como ela conseguia se concentrar com a música tão alta, atravessei o quarto e toquei no ombro dela.

– Vanessa! – ela deu um pulo na cadeira. Uma das mãos voou para seu peito, e a outra cobriu o livro aberto à sua frente.

Apontei para as caixas de som do iPod na penteadeira. Quando ela assentiu, eu me aproximei e abaixei o volume.

– Desculpe – eu disse. – Eu bati, mas você não me ouviu.

– Não, eu é que peço desculpa. Não devia estar ouvindo música tão alta. – Ela olhou em volta rapidamente, como se tivesse colocado algo no lugar errado, e então apanhou sua bolsa tipo carteiro do chão ao lado da cadeira e a colocou sobre o livro. Antes que ela o cobrisse, eu percebi a letra pequena e regular, manuscrita, e algo branco. – O que é que está rolando?

Ela sorriu para mim, mas seus olhos continuaram fixos na bolsa, como se ela pudesse subitamente escorregar da mesa e expor o livro.

– Está tudo bem? – perguntei.

– Claro. – Ela acenou com a mão. – Eu só estava escrevendo no meu diário. Muita coisa na cabeça: a universidade, o Riley... Você sabe.

Sentindo que ela ficaria mais confortável com alguma distância entre seus pensamentos particulares e mim, fui para o outro lado do quarto e me sentei na cama.

– Por falar em muita coisa na cabeça – eu disse cuidadosamente –, não consigo parar de pensar no que você disse há algumas semanas. Sobre a Raina e a Zara.

Por meio segundo, o rosto dela ficou imóvel. No instante seguinte, ela se levantou e veio se sentar ao meu lado.

– Aquele dia no parque? Quando minha mente estava me pregando peças terríveis?

Assenti.

– É exatamente isso. Sei que elas não estavam lá de verdade, porque não tem como elas terem sobrevivido ao congelamento do porto... – Hesitei, pensando em quanto deveria dizer.

– Mas você não consegue parar de pensar... *e se?* – ela completou.

– Exatamente. – Talvez pudéssemos pensar sobre a possibilidade sem que eu revelasse o quê, ou quem, eu vira na cafeteria no dia anterior.

– Eu penso nisso também. – Ela se esticou, apertando um travesseiro contra o peito. – Às vezes tenho tanto medo que fico aqui deitada, acordada, esperando que elas apareçam na janela ou saltem de dentro do armário.

Franzi a testa, pensando nas inúmeras noites em que eu fizera o mesmo, naquele mesmo quarto. Embora na ocasião estivesse esperando o bicho-papão, e Justine estivesse ali para me ajudar a voltar a dormir.

– Mas você sabe o que eu digo a mim mesma? – disse Paige.

Sacudi a cabeça.

– Que a vovó B saberia. Que ela as ouviria, ou sentiria, ou algo assim, e me avisaria antes que alguma coisa pudesse acontecer. E ela disse que não as ouve desde...

– Desde que o porto congelou. – Vendo a surpresa no rosto dela, completei: – Conversamos um pouco sobre isso quando você e o Oliver saíram para buscar o café da manhã. Ela me disse exatamente isso.

– Ah. – Ela colocou o travesseiro no colo, acompanhando o contorno de uma flor bordada com a ponta do dedo. – Vocês conversaram sobre mais alguma coisa?

– Na verdade, não. – Aquela não era a hora de revelar o que mais eu esperara descobrir com Betty. – Para ser sincera, ela me pareceu um pouco... distante.

Os olhos de Paige encontraram os meus.

– Distante, como?

– Não sei... Cansada. Desligada. Não parecia ela mesma. Você não percebeu?

– Não. Mas dá para entender. Com a recuperação física e emocional, ela tem passado por muita coisa. – Paige completou em tom leve: – Talvez *ela* devesse escrever um diário.

Sorri.

– E o Oliver pareceu bem para você? Não estava muito tenso ou algo assim?

Ela pensou na pergunta.

– Ele parecia ainda mais protetor em relação a ela, mais que o normal, mas achei que isso era uma coisa boa, não estranha.

– Você está certa. Acho ótimo que estejam cuidando um do outro. E a Betty parece estar indo muito bem, fisicamente. Ela parecia um milhão de vezes mais forte no fim de semana passado do que no fim do verão.

– Bem, ela é a super-heroína da terceira idade mais popular de Winter Harbor.

Forcei-me a fazer a próxima pergunta antes de perder a coragem.

– Você sabe se ela está fazendo alguma coisa especial para recuperar as forças? Além de nadar?

– Oito vezes ao dia? Acho que não. Isso não lhe deixa muito tempo para ioga ou musculação.

– Nenhuma dieta especial? Vitaminas ou suplementos?

Eu esperava que ela me desse alguma dica de como eu podia trabalhar minha própria força, mas fui longe demais. As sobrancelhas de Paige se ergueram, e ela inclinou a cabeça.

– Não que eu saiba – disse. – Por quê?

Meu rosto se contraiu.

– Por nada. Eu só...

– Toc, toc!

Desta vez, Paige e eu demos um pulo. Eu devia ter me esquecido de fechar totalmente a porta, porque minha mãe enfiou a cabeça no quarto, sem bater ou esperar uma resposta.

– Bom dia, meninas! – ela cantarolou. – Eu só queria avisar que há guloseimas frescas e muita diversão esperando por vocês lá embaixo.

– Obrigada, mãe. Já vamos descer. – Esperei que ela começasse a descer as escadas antes de me voltar para Paige. Estava preparada para balbuciar algum tipo de explicação para querer saber o segredo da saúde de Betty, mas ela já estava descendo da cama e pegando seu robe.

– Estou morrendo de fome. Você se importa se comermos primeiro e conversarmos mais depois?

Engoli um suspiro de decepção.

– De jeito nenhum.

No corredor, ela correu para as escadas de trás, que levavam para a cozinha. Comecei a segui-la, mas alguma coisa na janela no lado oposto do corredor me fez parar.

Um vislumbre de prata.

– Vanessa? Você vem?

Dei um sorriso rápido para Paige e fiz um gesto na direção do banheiro.

– Só um minuto.

Enquanto o som dos passos dela diminuía pelas escadas, corri na direção da luz. Disse a mim mesma que era apenas o reflexo do sol em um carro que passava, mas não podia esquecer o que Paige acabara de dizer sobre esperar que Raina e Zara aparecessem nas janelas do quarto.

Chegando ao fim do corredor, prendi o fôlego, afastei lentamente a cortina branca... e relaxei ao ver balões prateados amarrados a um poste do outro lado da rua. Um vizinho organizando uma festa de aniversário não era motivo de pânico.

Simon, entretanto, era.

Ele estava parado na calçada, na frente da nossa casa, olhando ao redor como se não tivesse certeza de onde estava.

Meu coração disparou e meu corpo inteiro começou a arder, enquanto eu descia correndo a escadaria principal, atravessava a sala e abria a porta da frente. Ele estava examinando a fileira de casas e, de algum modo, parecia mais bonito do que eu jamais o vira, vestindo calça *jeans*, um suéter cinza e um casaco azul-marinho. Usava sapatos de verdade, de couro com cadarços, em vez dos tênis habituais, e seus cabelos escuros estavam mais curtos do que na última vez em que o vira. Estavam mais brilhantes também, como se tivessem gel.

Aquelas mudanças na aparência já eram coisa demais para processar, mas algo realmente me chamou atenção.

– Onde estão seus óculos? – perguntei.

Ele virou a cabeça na minha direção. Quando me viu, o alívio invadiu seu rosto. Colocou um pedaço de papel no bolso (indicações do caminho, imaginei, já que ele jamais me visitara em Boston) e veio em direção às escadas, parando antes do último degrau.

– Estou usando lente – ele disse.

– Por quê?

– Para poder chegar mais perto da lente do microscópio.

Sorri. Essa *tinha* de ser a razão.

– Recebi suas mensagens. Desculpe não ter respondido, mas eu estava trabalhando no laboratório e só vi ontem à noite, e imaginei que você já estivesse dormindo, então...

– Então, simplesmente decidiu entrar no carro e dirigir quase trezentos quilômetros?

Ele olhou para os próprios pés e depois para mim.

– Para ver você, Vanessa... eu dirigiria para muito mais longe, com muito menos planejamento.

Desci os degraus correndo e me atirei nos braços dele.

– Você me faz um favor? – disse contra seu pescoço. – Tem uma cafeteria na esquina das Ruas Newbury e Exeter. Você pode me encontrar lá em vinte minutos?

Os braços de Simon me apertaram com mais força, e eu soube que ele estava preocupado, pensando que havia algo errado.

– A casa está cheia hoje. E eu prefiro ter você só para mim.

Ele me deu um beijo na testa.

– Vinte minutos.

Ele me observou subir as escadas e acenei da porta. Então, espiei por entre as cortinas para me certificar de que ele estava indo na direção certa.

Eu nunca tomara um banho tão rápido na vida; nem sequer me importei com o sal. Levei algum tempo, entretanto, para passar o hidratante, secar os cabelos e encontrar as roupas certas. A última tarefa foi especialmente desafiadora, como sempre, porque queria ficar bonita para Simon sem parecer atraente demais para os outros. Procurei entre as roupas na mala vermelha, que já se espalhavam pelo tapete, mas estavam todas muito amassadas.

Meu coração bateu mais rápido quando olhei para o armário de Justine, que ainda estava cheio de *shorts* e camisetas modernos, e saias e vestidos de cores vibrantes. Se ela estivesse aqui, não hesitaria em me emprestar suas roupas; na verdade, provavelmente insistiria. Justine costumava me encorajar a usar cores vivas, em vez de os tons pastel que eu normalmente preferia. Mas ainda parecia estranho abrir a porta do armário dela, especialmente porque ninguém o fizera desde que havíamos partido para Winter Harbor no começo do verão passado.

Segurei o puxador e abri a porta delicadamente, depois com mais força. Fiquei olhando para o interior do armário, sem ter certeza do que estava vendo.

As roupas de verão de Justine haviam desaparecido. No lugar delas, havia saias de lã, calças de flanela e suéteres de *cashmere*. Estava tudo organizado por tipo e cor, desde os vermelhos e laranja, no lado esquerdo, até os tons escuros e brancos no lado direito.

Ninguém, a não ser eu, entrava naquele quarto. Minha mãe teria pedido que a empregada arrumasse as coisas de Justine sem dizer nada a ninguém? E, se fosse o caso, a empregada teria se confundido e acidentalmente arrumado as roupas de outono de Justine?

Ou minha mãe teria arrumado tudo ela mesma?

Eu estava me sentindo quente de novo. E suando. Fechei o armário, enxuguei o rosto e os braços com a toalha que usara depois do banho e refiz a maquiagem. Encontrei um par de *jeans* limpo e uma camiseta branca que não estavam amassados demais na mala, e um *blazer* de veludo vermelho justo que magicamente aparecera em uma sacola de compras da Nordstrom aos pés da minha cama, naquela semana. Imaginara que minha mãe o tivesse encontrado em uma de suas caixas de roupas velhas, mas pouco usadas, enquanto arrumava o porão.

– Você está linda – disse ela, quando entrei na cozinha um minuto depois. – Eu sabia que esse casaco ia ficar fabuloso em você.

– Por que elas não estão no porão? – perguntei.

O meu tom de voz fez o sorriso dela desaparecer.

– Por que o que não está no porão?

– As roupas de outono da Justine. Estão penduradas no armário dela.

Ela se virou para Paige.

– Esta faca está afiada o suficiente, querida?

– Você arrumou as roupas? – Caminhei até a mesa e fiquei parada bem ao lado dela. – Ou foi a empregada?

– Queijo? – Ela se levantou como se eu não estivesse ali. – Bolachas? Comprei um *brie* ótimo no supermercado outro dia...

Olhei para Paige, que estava sentada, segurando uma abóbora em miniatura em uma das mãos e uma faca na outra, claramente em dúvida sobre o que fazer. Tentei reconfortá-la com um sorriso rápido, antes de ir até a geladeira.

135

– Foi uma pergunta bem simples, mãe. Eu só queria saber...

Ela tirou a cabeça de dentro da geladeira e bateu a porta com força.

– Sim, eu arrumei as roupas de outono dela. Fui ao quarto dela para empacotar as roupas de verão, mas não consegui fazer isso sem substituí-las. Eu não podia deixar o armário dela daquele jeito... tão vazio, tão...

A voz dela foi sumindo, e sua respiração ficou mais rápida. Os olhos estavam arregalados e úmidos, e as mãos seguravam o pedaço de queijo com força. Ela o apertou tanto que a massa branca e macia escorreu por entre seus dedos.

– Está tudo bem. – Dei um passo na direção dela, abri os braços e a puxei para um abraço. – É difícil, eu sei. Eu não tive a intenção de...

– Couve-flor.

Fiquei paralisada. Minha mãe olhou para o meu pai.

– Para os cabelos. Para as abóboras. – Ele segurava uma couve-flor ao lado da cabeça, para que pudéssemos ver a semelhança. – O que vocês acham?

– Pai, este não é o melhor momento para...

– Genial.

Segurei-me ao balcão para não me agarrar à minha mãe. Ainda esmagando o queijo *brie*, ela se afastou de mim e se juntou ao meu pai perto da pia.

– Achamos genial. – Ela deu um sorriso radiante para ele. – Obrigada.

Ele beijou a ponta do nariz dela, colocou a couve-flor sobre a pia e gentilmente retirou o queijo das mãos dela.

Eu o observei guiando as mãos dela para debaixo da torneira e abrindo a água. Ele disse algo, baixinho, e ela riu. Meu olhar se desviou deles, fixando-se nas xícaras vazias de sidra sobre o balcão, e então nas abóboras na mesa, e finalmente em Paige, que ainda segurava a faca.

E eu percebi que sempre tinha sido assim. As férias, as noites de jogos, os jantares em família. Tudo fora para nos distrair, para evitar que lidássemos com algo real. Para nos fazer esquecer o fato de que mamãe trabalhava cem horas por semana e papai passava o mesmo tempo escrevendo, além de ensinar e ler os livros de outras pessoas, para que houvesse menos tempo para preencher com mentiras.

Todos aqueles anos, eu não tinha sido a única a fingir. A única diferença agora era que eu estava pronta para parar, e meus pais obviamente não.

– Vou sair – eu disse, me afastando. – Vou levar o celular, para o caso de vocês decidirem realmente conversar.

14

A CAMINHO DA BEANERY, decidi que precisava confrontar meu pai. Fora ele quem criara a situação desconfortável e embaraçosa que todos queriam ignorar. Obviamente, se ele nunca tivesse tido um caso, eu não existiria, mas, considerando tudo o que acontecera, acho que minha ausência seria um preço justo a pagar. Se eu nunca tivesse nascido, meus pais poderiam ter vivido um casamento normal e feliz. Justine estaria viva. E, se eles ainda entalhassem abóboras todos os outonos, seria por que, honestamente, queriam passar algum tempo juntos, e não porque sentiam a necessidade de fortalecer a ilusão de família feliz.

Assim, teríamos de colocar tudo em pratos limpos. Isso era o que nos restava fazer. Eu lhe diria o que sabia e o convenceria a falar sobre tudo que havíamos ignorado nos últimos dezessete anos.

Mas, em primeiro lugar, Simon.

Ele estava sentado numa mesinha de canto na cafeteria, de costas para mim. Corri para ele, aliviada ao ver que apenas algumas mesas estavam ocupadas. Quando o alcancei, passei os braços ao redor de seus ombros e apertei minha face contra a dele.

– Você não faz ideia de como estou feliz em te ver – eu disse.

Ele estava sorrindo quando me sentei, mas sua expressão se transformou rapidamente em preocupação.

– Está tudo bem? – perguntou, os olhos percorrendo meu rosto, de minha testa suada para meu queixo ainda mais úmido.

Constrangida, peguei um guardanapo de papel na mesa e enxuguei o rosto.

– Estou melhor agora. – Quando a expressão dele ficou ainda mais séria, completei: – Só mais dramas familiares. Minha mãe está tentando ressuscitar o passado com uma produção outonal, e meu pai a está encorajando em vez de ajudá-la a seguir em frente. Você sabe... um típico sábado na casa dos Sands.

Ele colocou a mão sobre a minha mão livre, que descansava na mesa entre nós. Seus dedos apertaram os meus e seu polegar acariciou minha palma.

– Você está quente.

Aquilo era o mínimo a dizer. Meu corpo parecia ter acabado de rolar sobre carvão em brasa.

– Eu estava tão animada para ver você que corri praticamente o caminho todo até aqui.

Os cantos dos lábios dele se ergueram levemente, mas o sorriso logo desapareceu.

– A Paige me contou o que aconteceu no outro dia.

– Que outro dia?

– Quando você desmaiou. – Os olhos dele encontraram os meus. – Imagino que não tenha me contado porque não queria que eu me preocupasse. Eu ia perguntar quando você fosse me encontrar no fim de semana, mas aí você cancelou a viagem e fiquei ainda mais preocupado do que se você tivesse me contado tudo no início. Por isso minha visita surpresa.

– Desculpe. – Olhei para nossas mãos unidas. – Não foi nada de mais. Eu acordei assim que caí no chão.

– As pessoas em geral não desmaiam sem motivo.

Eu estava vagamente consciente de um sininho tocando e da porta da cafeteria se abrindo.

– Eu só estava um pouco cansada – respondi, ainda olhando para nossas mãos. – As coisas andam movimentadas na escola, e esse negócio de universidade é...

– A maior moleza – completou uma voz masculina familiar.

– Parker. – Surpresa ao vê-lo parado bem ao lado da nossa mesa, eu me recostei na cadeira e afastei minha mão da de Simon. – O que você está fazendo aqui?

– Tomando uma dose de cafeína. – Ele fez um gesto de cabeça para Simon. – Oi. Parker King. Eu estudo com a Vanessa.

– Simon Carmichael. Namorado da Vanessa.

Parker nem sequer piscou ao se voltar para mim.

– O Matt disse que você arrasou na entrevista.

Novas gotas de suor apareceram no meu rosto, com o calor do olhar questionador de Simon.

– Como você conhece o Matt? – perguntei.

– Quem é Matt? – Simon perguntou, diretamente para mim. – Que entrevista?

– Matt Harrison – disse Parker. – Turma de 2000 da Bates. Ele se encontra com todos os candidatos da Hawthorne. Meu pai sabe de quase tudo que acontece na faculdade, e eu soube da entrevista da Vanessa por ele.

– Você está se candidatando a uma vaga na Bates? – Simon perguntou baixinho, como se Parker não pudesse ouvi-lo.

Comecei a sacudir a cabeça, mas parei quando senti a mão de Parker no meu ombro.

– A inscrição, na verdade, é uma formalidade – disse ele. – Pelo menos para alguns poucos sortudos, inclusive a nossa adorável Vanessa. O Matt disse que nunca ficou tão impressionado com uma candidata tão inteligente e linda.

– Tudo bem – disse Simon, os olhos fixos no meu ombro. – Em primeiro lugar, ela não é a *nossa* Vanessa. Em segundo lugar...

– Com licença. – Empurrei a cadeira para trás tão rápido que as pernas rangeram ao se arrastarem no chão. – Desculpem. Eu já volto.

Eu sabia que ambos me observavam enquanto eu caminhava, mas não me virei. Minha cabeça estava latejando, e minha garganta estava seca. Minhas pernas pareciam estar atravessando uma piscina de gelatina. Fiz o possível para chegar ao balcão sem cair no chão e convencer Simon de que algo estava seriamente errado.

– Água, por favor – pedi, minha voz soando como um sussurro. – E sal.

O barista hesitou, aparentemente confuso com o meu segundo pedido, mas colocou o copo no balcão e desapareceu na cozinha. Olhei para trás e vi que Parker estava conversando com algumas adolescentes em uma mesa próxima, enquanto Simon brincava distraidamente com pacotinhos de açúcar.

Virei-me de novo para o balcão quando o barista voltou com dois copos: um alto e outro menor, do tipo que se usa para beber uma dose de algum destilado.

– Você está com sorte – disse ele. – A Willa disse que sabia exatamente do que você precisava.

– Willa? – balbuciei.

– Sua amiga. Minha gerente. – Ele colocou os copos no balcão, na minha frente. – Acho que o verde é erva de trigo.

Ele foi atender os clientes na outra ponta do balcão, antes que eu pudesse perguntar mais alguma coisa. Não que eu fosse capaz disso se ele tivesse ficado por perto. Do queixo para baixo, eu me sentia como se todo o líquido do meu corpo tivesse sido substituído por areia. Falar era impossível.

Bebi a água salgada em três goles. Meus olhos se encheram de lágrimas, enquanto a sensação gelada percorria minha garganta e chegava ao estômago. Sentindo-me imediatamente mais forte, apanhei o copo menor. Eu não fazia a menor ideia de quem seria Willa, mas ela obviamente me conhecia, ou pelo menos sabia algo a meu respeito. Se ela me desejasse mal, não teria adicionado sal ao meu chá gelado sem que eu pedisse, no outro dia.

Então, peguei o copinho, joguei a cabeça para trás e virei o líquido verde. O gosto foi tão inesperado, tão diferente do sabor fresco e suave que eu imaginava que a erva de trigo tivesse, que quase cuspi. Mas então percebi o que era.

Alga marinha.

Eu só provara isso uma vez, quando Paige insistira para que eu experimentasse o famoso sanduíche Bruxa do Mar, do Betty. Pensando que o ingrediente verde fosse espinafre, eu engolira uma garfada sem hesitar – e engasgara tão seriamente com a planta amarga que Louis, o *chef*, teve de bater nas minhas costas com uma espátula. Aquele líquido verde tinha o mesmo gosto da alga, só que mais forte e mais salgado.

Como Willa poderia saber? Seria ela uma delas – uma de nós? Seria aquilo algum tipo de armadilha, para que eu baixasse a guarda?

Meu coração disparou e minhas mãos começaram a tremer. Eu estava dividida entre saltar para o outro lado do balcão e sair correndo da cafeteria.

– A Willa está lá atrás? – perguntei ao barista. – Posso falar com ela?

– Ela já saiu – ele respondeu, apanhando uma vassoura num armário.

– Ela volta amanhã?

Enquanto ele varria o chão, apontou com a cabeça para um pote quase vazio no balcão. Havia uma etiqueta dizendo "GORJETAS PARA UNIVERSITÁRIO POBRE".

– Isso deve ser suficiente.

Olhei para baixo e vi uma mão puxando a manga da minha blusa e dois dedos gorduchos segurando uma nota de cinquenta dólares.

– Boas gorjetas garantem bons resultados – disse o homem sentado no banquinho ao meu lado, enquanto batia de leve no meu braço. Ele era mais velho, provavelmente beirando os 50 anos, e sua testa brilhava sob a aba de um boné manchado do Red Sox. Quando nossos olhos se encontraram, ele piscou.

Meu estômago revirou. Olhei para o barista, que deu de ombros, como se não se importasse com o que eu decidisse fazer, e se afastou.

– Obrigada... mas acho que vou passar por aqui mais tarde e checar.

Qualquer que fosse a razão, a água salgada e as algas marinhas deviam estar tendo um efeito rápido, porque minha cabeça estava surpreendentemente clara quando corri de volta para Simon. Quando me sentei na frente dele e vi todas as emoções – preocupação, ciúme, amor – atravessarem seu rosto, comecei a falar antes que o medo da reação dele me impedisse.

– Eu vi aquela mulher.

– Aquela mulher? – Ele ergueu as sobrancelhas. – Quem?

– A Zara.

Ele afundou o queixo no pescoço.

– Vanessa...

– Eu sei que você acha impossível – eu disse, me inclinando na direção dele –, que você tem certeza de que elas estão mortas e que nunca mais teremos de nos preocupar com elas. Mas, Simon... eu vi. Bem aqui, nesta cafeteria. Foi por isso que eu desmaiei. Porque num instante ela não estava ali e, no próximo, estava.

Estendi a mão para segurar a dele. Ele não se afastou, mas seus dedos estavam imóveis quando os meus se entrelaçaram a eles.

– Eu a vi em outra ocasião também. Houve um acidente de ônibus, e, quando assisti à cobertura do noticiário, juro que vi a Zara conversando com um policial. E ainda tem o barco a remo no porto e o remo no antigo quarto dela e...

Eu me detive quando Simon afastou sua mão da minha. Ele apanhou uma bolsa de couro que eu não notara antes e retirou dela um jornal dobrado. Assim que colocou o jornal entre nós, reconheci imediatamente o *W* em forma de âncora.

– O *Herald*? – perguntei, com o coração disparado. Com medo do que poderia descobrir, eu não checava o *site* do jornal havia dias.

O jornal era como uma parede entre nós. Ele não fez nenhum movimento para atravessá-la, nem eu. E eu não poderia, nem que tentasse – estava tão paralisada quanto os corpos cobertos por mantas na fotografia em preto e branco na primeira página.

– Segundo o artigo – disse Simon, parecendo cansado e resignado –, dois mergulhadores amadores encontraram uma rachadura no gelo perto dos penhascos de Chione e a seguiram até uma "jaula submarina". Palavras do repórter, não minhas.

– Uma jaula para o quê? – perguntei, ou ao menos pensei ter perguntado. Meus pensamentos estavam começando a girar novamente, e eu não tinha certeza se a pergunta atravessara o redemoinho na minha cabeça e saíra pela minha boca.

– Pelo menos oito mulheres mortas que estavam presas no gelo, e provavelmente mais. O oxigênio no tanque dos mergulhadores começou a acabar, e eles tiveram que voltar para a superfície.

– E elas... as mulheres... são...? Elas eram...?

– Eu não sei. Elas não foram identificadas. Não publicamente, pelo menos.

Fechei os olhos, tentando processar a nova informação. Quando os abri de novo, o jornal desaparecera e as mãos de Simon estavam no lugar dele, com as palmas viradas para cima. Coloquei minhas mãos sobre as dele, e dessa vez seus dedos se entrelaçaram automaticamente aos meus.

– Eu amo você.

As palavras eram como adagas atravessando meu coração.

– Simon...

– Por favor. – Um dos cantos da boca de Simon se ergueu num sorriso rápido, mas triste. – Esperei tanto tempo para dizer isso de novo. Você não tem que me dizer nada em troca... Mas podemos deixar as coisas assim só por um segundo? Sem colocá-las de lado automaticamente?

Eu não queria colocar nada de lado. Queria dizer aquelas palavras de volta, porque também o amava, mais do que jamais pensara que poderia amar alguém. Queria que pudéssemos ir para algum lugar onde ninguém nos encontrasse, para conversar e rir e nos beijar o dia todo, todos os dias, pelo resto da vida. Mas eu não podia. Nós não podíamos. O que ele sentia, o que ele *achava* que sentia... não era real. E eu me importava demais com ele para deixar que desperdiçasse sua vida daquele jeito.

– Tem mais uma coisa que eu queria discutir com você neste fim de semana – disse ele.

Ergui os olhos de nossas mãos entrelaçadas. Sem os óculos, os olhos castanhos de Simon eram mais escuros e mais ternos.

– A Universidade de Boston tem um departamento de ciências excelente.

Eu não sabia o que estava esperando, mas definitivamente não era aquilo.

– Certo...

– Os professores são excelentes, e a pesquisa deles é impressionante.

Aquilo soava como algo que ele diria em uma de nossas falsas excursões pelo *campus*.

– Você quer que eu me candidate a uma vaga na UB?

– Só se você quiser. – Ele fez uma pausa. – Eu já me candidatei.

Os dedos dele apertaram os meus antes de soltá-los. Simon tirou uma pasta vermelha da bolsa e a colocou onde o *Winter Harbor Herald* estivera momentos antes. Procurou por entre algumas brochuras e panfletos até encontrar uma folha de papel branca.

– É um pedido de transferência. – Ele me observou atentamente. – O *meu* pedido de transferência.

As gotas de suor reapareceram, escorrendo em fios salgados pelo meu rosto. Sob as roupas, minha pele ficou quente e úmida. E a garganta começou a se fechar.

– Você adora a Bates – eu disse, tentando erguer a voz, mas falando num sussurro.

– Eu adoro *você* – ele corrigiu. Inclinou-se para frente e tomou minhas mãos, que pareciam se mover por vontade própria, se afastando das dele. – Eu nunca fui tão feliz como quando estou com você. Penso em você o tempo todo. Sinto tanta saudade quando você está longe que não consigo me concentrar. Cheguei a perder uma prova importante na semana passada porque esqueci. Simplesmente sumiu da minha cabeça. Isso nunca tinha me acontecido.

– Então você quer a transferência para aumentar a sua média geral? – Tentei brincar. Era tudo que eu podia fazer.

– Quero a transferência para poder encontrar você depois das aulas. E caminhar com você até sua casa. E ver você nos fins de semana, sem que um de nós tenha que dirigir quase trezentos quilômetros. Quero estar *com você*, Vanessa, tanto quanto possível, pelo tempo que for possível. Depois de tudo que aconteceu no verão passado... Só não quero perder mais nenhum segundo, se puder evitar. E posso. Se me mudar para Boston.

Uma avalanche de "se ao menos" invadiu minha mente. Se ao menos eu fosse normal. Se ao menos os sentimentos dele fossem genuínos. Se ao menos pudéssemos planejar o futuro, como qualquer outro jovem casal feliz.

Se ao menos, se ao menos, se ao menos.

– Sei que é muita coisa para assimilar – ele continuou, quando eu não disse nada – e que provavelmente parece ter surgido do nada. Me desculpe por isso. Você sabe que eu não vou fazer nada que você não queira que eu faça.

Assenti, piscando para controlar as lágrimas.

– E você não precisa me dar uma resposta definitiva agora... mas talvez possa me dar uma pista? Uma pequena e inocente pista sobre o que você acha?

Lágrimas quentes escorreram pelo meu rosto. Eu as enxuguei, mas aquilo só fez com que caíssem com mais força. Incapaz de encarar o olhar cheio de esperança de Simon, olhei na direção das janelas. Três pares de olhos pareciam queimar minhas costas, atravessando minhas roupas – eu não precisava olhar para saber que, além de Simon, o fã do Red Sox no balcão e Parker King observavam a cena, esperando minha resposta.

Concentrando-me nas folhas alaranjadas que caíam das árvores sobre a calçada, respirei fundo e respondi à pergunta de Simon.

– Acho que devíamos terminar.

15

– "EMILY DICKINSON É SINISTRA."

Ergui os olhos do meu livro de história. Meu pai estava sentado à mesa de piquenique, do outro lado do nosso pequeno jardim, apertando os olhos para enxergar melhor a tela do *laptop*.

– O que você acha que isso significa? – ele perguntou.

– Essa aluna é das redondezas?

– Eu dou aula na Newton Community College – ele me lembrou.

– Então "sinistra" significa horrível.

Ele quase engasgou.

– Horrível? Como ela pode falar isso de uma das maiores escritoras americanas de todos os tempos?

– Qual é a próxima frase?

Ele voltou os olhos novamente para a tela.

– "As palavras dela fluem como *mantega* quente." M-a-n-t-e-g-a. Seja lá o que isso signifique.

– Manteiga – expliquei. – Então "sinistra", na primeira frase, significa uma coisa boa. Ela gosta da Emily Dickinson.

Ele se recostou na cadeira, com os olhos arregalados, como se as palavras na tela tivessem formado um pequeno exército e ameaçassem atacar seu vocabulário acadêmico.

– E por que ela simplesmente não disse isso, então?

Escondi um rápido sorriso por trás do meu livro. Eu viera me juntar ao meu pai do lado de fora porque minha mãe estava assando biscoitos de novo, e o forno aceso deixava a casa quente demais para que eu pudesse fazer meus deveres lá dentro. Isso, entretanto, não nos tornava colegas de estudos.

– Vou pegar uma xícara de chá. – Ele se levantou e se espreguiçou. – Você quer alguma coisa? Talvez um casaco?

A pergunta fazia sentido. Não estava fazendo mais de dez graus, e, enquanto ele estava agasalhado, com um suéter grosso de lã e calças de veludo, eu usava uma camiseta fina e calça *jeans*, com as barras dobradas até os joelhos.

Eu ia recusar, mas algo me ocorreu subitamente.

O *laptop* dele. Meu pai ia buscar uma xícara de chá, o que não deveria demorar mais do que cinco minutos, incluindo o tempo de fervura – e ele fechara o computador.

– O meu casaco de flanela azul seria ótimo. – Abaixei o livro e dei um sorriso mais largo. – Deve estar no meu... no armário da Paige.

Ele ficou radiante, como se tivesse acabado de conseguir um cargo vitalício em Harvard. O fato de eu ter lhe pedido algo o deixou tão feliz que quase me senti culpada, principalmente porque o meu casaco de flanela azul estava na lavanderia, esperando para ser lavado, e não no armário de Paige, e eu sabia que ele não ia querer voltar de mãos vazias.

Mas, àquela altura, o que era mais uma mentira?

Eu o observei subir as escadas e abrir a porta. Vários segundos depois, a janela da escadaria dos fundos se iluminou. Fingi que estava lendo enquanto ele passava por ela e esperei mais um minuto para lhe dar tempo de chegar ao segundo andar e atravessar o corredor.

E, então, saltei da rede e corri para a mesa de piquenique.

O computador do meu pai era velho, e levou algum tempo para que a área de trabalho aparecesse, sem pedir a senha. Guiei o cursor para a barra de início e olhei por sobre o ombro para me certificar de que minha mãe não estava me observando da cozinha. Ela estava de costas para mim, trabalhando no fogão, e eu me virei para o *laptop* para acessar os documentos recentes.

Era uma lista curta. Havia apenas um documento, com o nome "W1011". Cliquei nele, antes que perdesse a coragem.

Por causa da tentativa do meu pai de esconder qualquer coisa em que estivesse trabalhando, eu não esperava que "W1011" fosse um trabalho acadêmico sobre Emily Dickinson. Mas nunca teria imaginado o que realmente era.

Um diário. Com mais de vinte páginas, com registros datados que começavam várias semanas antes. Algumas seções consistiam de poucas frases, e outras, de vários parágrafos.

Todas eram sobre mim.

Chequei as janelas mais uma vez. Minha mãe vasculhava um dos armários da cozinha, e a luz da escadaria dos fundos ainda estava acesa, o que significava que meu pai ainda não havia descido.

Examinei rapidamente o registro mais recente.

Acho que meu relacionamento com Vanessa ainda está em fase de recuperação. Continuo dando espaço a ela, tentando assegurar que saiba que estou disponível se precisar de mim, mas tudo que recebo em troca são conversas rápidas e um sorriso ocasional. E na expressão dela, que no passado poderia iluminar a cidade de Boston inteira durante um blecaute, vejo apenas decepção. Tristeza. Ressentimento. Sei que ela está sofrendo, e como não estaria? No breve tempo que passaram juntas, ela e Justine eram mais próximas do que irmãs com décadas de experiências compartilhadas.

Meus oihos se fixaram naquela última frase. Ele não compreendia. Se Justine e eu tivéssemos mesmo sido tão próximas, ela ainda estaria aqui.

Em algum lugar lá em cima, ouvi meu pai chamando minha mãe. A voz dele foi seguida de passos leves e abafados correndo pelas escadas. Imaginando que ainda tinha alguns minutos antes que eles desistissem de procurar o casaco, continuei a ler.

Só queria que ela deixasse eu me aproximar. Gostaria que conversasse comigo, como costumava fazer. Se ela pudesse fazer isso, acho que nosso processo de cura melhoraria muito. E, infelizmente, não posso tocar nesse assunto com Jacqueline. Ela mal está se aguentando, afogando a tristeza em tarefas sem sentido, e tenho medo de piorar a situação. Só Deus sabe como ela reagiria se percebesse que estamos perdendo nossa outra filha.

Sou um pai desesperado, e minhas ideias estão se esgotando. Se você tiver algum conselho para me dar, sou todo ouvidos – ou olhos, neste caso.

Aquilo me provocou inúmeras perguntas, como: Por que meu pai estaria escrevendo aquele diário, ou registro, ou o que quer que fosse? Estaria escrevendo para uma pessoa real, como seu pedido de conselhos sugeria, e divulgando os nossos – os meus – problemas particulares para alguém que não fazia a menor ideia de quem eu era ou do que estava realmente acontecendo? Não me parecia que minha mãe soubesse o que ele estava fazendo, quando dizia estar corrigindo provas ou trabalhando em seu livro – e por que estaria mentindo? Se aquele era apenas seu modo de organizar os pensamentos – a única explicação lógica que eu podia imaginar que ele nos daria –, por que tanto segredo? Por que ter tanto trabalho para esconder o que ele deveria ser capaz de dizer em voz alta, se realmente se importasse com a nossa família?

E será que ele não sabia mesmo por que eu olhava para ele com decepção? Mágoa? Ressentimento?

As respostas teriam de esperar. Um rápido olhar por sobre os ombros me mostrou que a luz da escadaria dos fundos estava apagada, e a da lavanderia, acesa.

– Vai logo – sussurrei, clicando no ícone do Internet Explorer. O *e* azul girou como se estivesse despertando de um longo sono. – Vai, vai, vai.

Finalmente, uma nova janela preencheu a tela. Cliquei na barra de navegação e comecei a digitar o endereço eletrônico da Hawthorne. Eu tinha cerca de trinta segundos para entrar no servidor da escola, acessar minha conta de *e-mail*, enviar o diário do meu pai para mim mesma e apagar o histórico do navegador. Isso seria uma tarefa fácil num *laptop* novinho em folha e super-rápido, mas quase impossível naquele computador.

Eu teria arriscado – mas então percebi qual era a página inicial da internet.

Gmail. Não era a página inicial comum, em que você precisa realizar o acesso com seu nome de usuário e senha. Era a caixa postal, como se meu pai tivesse se esquecido de desconectá-la, ou então não se preocupara com isso, já que planejava voltar logo.

Olhei para a tela. Ele nunca me dissera que tinha uma conta de *e-mail* pessoal, o que poderia ter sido uma informação útil nos momentos em que o servidor da Newton Community College saía do ar.

Mas talvez eu não devesse ficar chateada. Não era como se ele tivesse fornecido seu *e-mail* a todo o mundo, *exceto a mim*. Na verdade, a julgar pela longa lista de *e-mails* enchendo a caixa de entrada, ele contara a apenas uma pessoa. Uma pessoa que parecia escrever para ele todos os dias. Que escrevera para ele vinte minutos atrás.

Alguém com as iniciais W.B.D.

– O que você não está me contando?

Fechei o *laptop* com força.

– Paige – levei a mão ao peito enquanto ela contornava a mesa e se sentava na minha frente. – Não me assuste desse jeito.

– Desculpe. Não vou fazer isso de novo, desde que você me conte o que está acontecendo.

Estou bisbilhotando. Meu pai está revelando segredos de família a estranhos. Minha mãe não faz a menor ideia. Ah, e a propósito, minha mãe não é minha mãe de verdade, e você e eu somos mais irmãs do que imaginávamos.

– O que você quer dizer? – eu disse, empurrando o *laptop* para longe.

Ela me mostrou seu celular aberto. Meus olhos se fixaram no número familiar, antes de examinar a pequena tela.

"V não está respondendo chamadas nem mensagens. Ela está bem?"

– Ele também deixou três recados na caixa postal, perguntando a mesma coisa. – Ela fechou o telefone e colocou as mãos no bolso da calça *jeans*. – Eu não quis responder sem falar com você antes, e então, quando fui ao seu quarto, ouvi um barulho esquisito. Levei algum tempo para perceber de onde vinha, mas finalmente encontrei: um tênis no fundo da sua mala.

Ela segurava o meu celular. A luz vermelha piscante, indicando que havia novas mensagens, parecia o giroflex de um carro de polícia.

– Desde sábado, o Simon telefonou para você vinte e quatro vezes e mandou trinta e uma mensagens. Mas você não poderia saber disso, porque de alguma maneira conseguiu perder o celular dentro de um sapato velho. – Ela colocou o telefone na mesa, quando ficou claro que eu não o pegaria. – O que aconteceu? Vocês brigaram?

– Mais ou menos. – Olhei para minhas mãos, imaginando-as nas dele.

– Mais ou menos? O que isso significa? Ele tentou bater em você e você desviou do tapa?

Fechei os olhos e respirei fundo. Eu havia repetido aquelas palavras para mim mesma inúmeras vezes durante os últimos três dias, me prepa-

∼ 153 ∼

rando para o momento em que teria de dizê-las em voz alta. Mas isso não tornava as coisas mais fáceis.

– A gente terminou.

O rosto de Paige empalideceu.

– Vocês *o quê*? Por quê?

– Estava muito difícil. Essa coisa de namoro a distância, quero dizer.

– Essa coisa de namoro a distância? – ela repetiu, irritada. – Isso não é difícil.

– Claro que é. Relacionamentos acabam por causa disso o tempo todo.

– Para algumas pessoas, sim. Aquelas que não nasceram para ficar juntas. Mas você e o Simon não são assim. Chame de destino, de almas gêmeas, de intervenção divina, do que for, mas você foi colocada neste planeta para ele e vice-versa. Alguns quilômetros não podem mudar isso.

Não respondi. Tive medo de cair no choro se fizesse isso.

– Não posso acreditar numa coisa dessas – Paige disse finalmente, descansando os cotovelos na mesa, com a testa apoiada nas mãos. – Vocês dois eram tão perfeitos juntos. Quando eu estava com o Jonathan... quando penso no tempo que passamos juntos... acho que é o mais perto que poderei chegar do que você e o Simon têm. – Ela fez uma pausa. – Do que vocês... tinham.

O que nós tínhamos. Tempo passado. Passado e acabado.

– Talvez seja só temporário – ela sugeriu. – Talvez seja uma loucura passageira. Assim ele pode se concentrar em moscas de frutas e ratos de laboratório, e você pode aproveitar o último ano da escola, e no próximo verão, quando estiverem de volta a Winter Harbor, podem ter um reencontro apaixonado e ficar juntos, tipo, para sempre.

Eu estava feliz por ter a luz externa acesa atrás de mim, de modo que ela não podia ver as lágrimas se formando. Meus olhos ficavam cheios de lágrimas todas as manhãs e todas as noites, e às vezes mesmo durante a tarde, normalmente quando eu passava pelos laboratórios de ciências na escola. Elas nunca transbordavam, portanto eu nunca chorava realmente, e me senti feliz, talvez pela primeira vez, por meu corpo depender de cada gota de água salgada disponível para funcionar.

– É uma ótima ideia – eu disse delicadamente. – Mas acho que não.

Ela fungou e enxugou os olhos úmidos com as mãos.

– Vamos para Winter Harbor neste fim de semana.

– O quê?

– A vovó B me pediu para ir visitá-la. Vou pegar o ônibus até Portland e encontrar o Riley lá, e ele vai me levar de carro o resto do caminho. – Ela fez uma pausa. – Se você vier comigo, pode telefonar para o Simon, e talvez ele vá te encontrar. E então vocês podem conversar e tentar encontrar uma alternativa para o rompimento.

Se eu tirasse Simon da equação, sair da cidade era algo tentador – se eu ficasse sozinha ali naquele fim de semana, sabia que minha mente relembraria mil vezes tudo que acontecera no fim de semana anterior.

– Sucesso!

Dei um pulo ao ouvir a voz do meu pai. Ao me virar na cadeira, eu o vi de pé no alto das escadas, segurando triunfantemente meu casaco azul sobre a cabeça, como se fosse um troféu.

– Foi um desafio – disse ele, começando a descer os degraus. – Um desafio que teria transformado você num picolé humano, se eu o tivesse encarado sozinho.

Olhei para Paige. Ela olhou para o celular.

– Mas sua mãe, com toda a sabedoria dela, encontrou bem rápido o seu casaco de flanela favorito enterrado sob uma montanha de roupas limpas.

Ele chegou à mesa de piquenique e me estendeu o casaco. Olhei para ele, para seu rosto orgulhoso e sorridente, e então para minha mãe. Eu podia vê-la pela janela da cozinha, lavando pratos como se tudo estivesse normal. Como se aquela fosse uma noite como outra qualquer.

~ 155 ~

Como se seu marido não tivesse arruinado sua família dezessete anos antes e não falasse a respeito dela com completos estranhos.

– Para falar a verdade – eu disse, virando-me para Paige –, acho que uma viagem a Winter Harbor é exatamente o que eu preciso.

16

NA MANHÃ SEGUINTE, chegamos cedo à escola. Paige queria conversar com a srta. Mulligan sobre um novo programa de gerenciamento de restaurantes que ela encontrara *online* na noite anterior, e eu queria passar algum tempo examinando o *site* do *Winter Harbor Herald* na privacidade de uma biblioteca quase vazia.

Logo que chegamos ao saguão principal da escola, ficou bem claro que não éramos as únicas pessoas a começar o dia cedo.

– Eles estão tramando alguma coisa – disse Paige, quando dois professores passaram apressados por nós como se não estivéssemos ali. Eles andavam rápido, sussurrando. – A Hawthorne já organizou alguma prova surpresa para a escola toda?

– Nunca. – Mas ela estava certa. Se o corpo docente não estava tramando alguma coisa, algo definitivamente estava acontecendo. Numa questão de segundos, mais uma dúzia de professores passou por nós, e nenhum parou para perguntar o que estávamos fazendo ali tão cedo. E todos corriam na mesma direção.

– Vou tentar encontrar a srta. Mulligan antes que evacuem o departamento de orientação – disse Paige. – A gente se encontra do lado de fora do portão, se houver uma emergência real?

Enquanto ela virava à esquerda, eu ia para a direita, evitando por pouco um engavetamento de quatro pessoas, quando um trio de professores de história saiu de repente de uma sala de aula, juntando-se ao tráfego no corredor. Tentei decifrar os sussurros, mas havia muitos professores e eles se moviam muito rápido. Quando consegui entender algumas palavras soltas – "de repente", "triste", "danos" –, os professores já estavam a dois metros de distância de mim e fora do meu campo de audição.

Quando as portas da biblioteca apareceram, deslizei para dentro, notando que o movimento diminuíra e havia agora uma fila de pessoas no fim do corredor, entrando lentamente no auditório.

Encontrei um computador desocupado atrás de uma alta estante cheia de livros de referência e acessei minha conta de *e-mail*.

"ALERTA!!!"

A mensagem no topo da minha caixa de entrada me recebeu como um bloqueio na estrada. O assunto estava em letras maiúsculas, a fonte em negrito e vermelho. A Hawthorne tinha orgulho de sua etiqueta apropriada em relação ao uso de *e-mails*, e aquela única palavra quebrava todas as regras. Eu teria achado que era *spam* e deletado a mensagem, mas ela tinha sido enviada da diretoria menos de dez minutos antes. Em todos os meus anos na Hawthorne, houvera apenas outra situação em que um importante *e-mail* em massa viera da sala do diretor, e não do vice-diretor. Aquele *e-mail*, que eu apagara sem ler logo que percebera o que era, comunicava a morte de Justine.

Prendendo o fôlego, abri a mensagem.

Aos membros da comunidade Hawthorne:

É com grande pesar que comunico o falecimento de nosso querido amigo, e aluno do segundo ano da Escola Preparatória Hawthorne, Colin Milton Cooper.

Aqueles que tiveram a felicidade de conviver com Colin sabem que ele era um dos indivíduos mais inteligentes e gentis que passaram por nossos corredores. Os que não o conheceram, sinto muito em dizer, perderam uma chance única na vida.

Espero que, como representantes de uma instituição de ensino com séculos de existência e reputação mundial, vocês se comportem de modo apropriado durante este período de transição. Se tiverem alguma pergunta ou preocupação, minha porta está sempre aberta.

Uma observação final: na era digital de hoje, as notícias viajam rápido e frequentemente são errôneas. Por isso, peço a vocês que evitem discutir esse acontecimento com pessoas de fora de nossa comunidade. Todas as perguntas da imprensa devem ser dirigidas ao sr. Harold Lawder, gerente de relações públicas.

Com minhas condolências e meus melhores votos,

Dr. Martin O'Hare

Diretor

Colin Cooper era um aluno atual, não um ex-aluno. Devia ser por isso que a escola estava em pânico. A morte dele, por si só, já seria motivo para *e-mails* em massa e reuniões de funcionários, mas Justine não estudava mais lá havia pouco mais de uma semana quando morrera, o que significava que a Hawthorne havia, basicamente, perdido dois alunos em questão de meses.

Li a mensagem mais uma vez, tentando me lembrar de Colin. Eu não conhecia muitos alunos mais novos que eu e não conseguia ligar o nome à pessoa.

Mantendo o *e-mail* aberto, abri outra janela e procurei por "Colin Cooper" no Google. Quando a busca gerou milhares de respostas, adicionei "Milton" e "Escola Preparatória Hawthorne". Eu ia apertar a tecla Enter quando meus olhos se fixaram no último resultado da primeira página.

"Conheça COLIN MILTON COOPER e outros profissionais solteiros no IVY TRAILS, seu primeiro passo no caminho de um relacionamento inteligente!"

Relacionamento inteligente? Aquele era um serviço de namoro *online*? Aquele Colin Milton Cooper não podia ser a mesma pessoa – se Colin era aluno do segundo ano, devia ter 16 anos no máximo, novo demais para procurar uma namorada na internet. E aquilo também parecia muito arriscado. Se alguém na escola descobrisse, não o deixaria esquecer tão cedo. Os alunos da Hawthorne podiam ter mais dinheiro do que a maioria dos adolescentes, mas isso não os tornava mais maduros.

Decidida a descartar essa hipótese, cliquei no *link*.

– Ah, não – eu disse, quase sem conseguir respirar.

Segundo o histórico educacional em seu perfil, o Colin Milton Cooper registrado no Ivy Trails era aluno da Hawthorne. Mas não foi isso que me chamou atenção.

Foi a fotografia dele. Porque então eu soube que estava entre aqueles que haviam conhecido um dos alunos mais inteligentes e gentis que tinham passado pelos corredores de nossa escola. Não muito, mas o suficiente para reconhecer seus cabelos castanhos cacheados e os olhos verdes.

Colin Milton Cooper era o cara que eu encontrara no banheiro da Beanery. O que estava chorando, e cujo *e-mail* eu lera.

– Ele pulou de uma ponte.

De um salto, me levantei da cadeira.

– Desculpe – disse Parker, encostado numa estante, segurando uma xícara de café. – Você parecia curiosa.

Com o coração disparado, desabei novamente na cadeira e apanhei o *mouse*.

– Então você está vendo coisas.

– Imagino que você tenha recebido a cartinha do diretor.

Desconectei meu *e-mail* e fechei a janela de resultados da busca.

– É ridículo como eles ficam assustados com algumas coisas.

Eu ia sair do *site* da Ivy Trails, mas algo no tom de voz de Parker me fez parar.

– Como o quê?

Ele se aproximou e se sentou na beirada da mesa.

– Você sabe o que dizem sobre publicidade ruim?

– Que isso não existe, porque qualquer publicidade é boa?

Ele assentiu.

– E você sabe o que dizem na Hawthorne?

Subitamente, fiquei muito consciente dos olhos dele nos meus. Não podia pensar em mais nada, inclusive numa resposta para a pergunta.

– Mate ou morra. Daí o *e-mail* em massa e a reunião dos funcionários logo cedo. Eles querem tratar dessa história da maneira mais discreta possível, antes que a imprensa faça a festa.

– E qual seria essa história? – perguntei, querendo e ao mesmo tempo não querendo saber.

Ele fez um gesto de cabeça na direção da tela do computador, onde Colin Milton Cooper ainda sorria.

– A equipe de remo do MIT estava treinando hoje de manhã e viu o pobre do Colin na margem do rio Charles.

Olhei para meu colo, mexi na manga do meu casaco e imaginei Simon remando no lago Kantaka.

– Como eles sabem que ele pulou? – perguntei. – Alguém viu? Talvez ele tenha caído, ou tenha sido...

– Tinha uma carta. Na Ponte Longfellow. Amarrada a um balão branco e presa com um peso de papel de vidro.

Pela milésima vez naquela semana, meus olhos se encheram de lágrimas.

– Parece que ele deixou uma garota se aproveitar dele. – Parker se sentou na cadeira ao lado da minha e cruzou os braços atrás da cabeça. – Isso é bem comum.

– Como você sabe de tudo isso?

– Meu pai. Contatos. O de sempre. – Ele tirou o celular do bolso do casaco. – Quer saber o que é mais assustador?

～ 161 ～

Eu não queria, mas ele já estava se inclinando na minha direção, apertando botões.

– Quando encontraram o Colin, a boca dele estava toda contorcida. – Ele me mostrou a tela do celular. – Como se estivesse sorrindo.

Olhei fixamente para a fotografia, lutando para encontrar as palavras. Não era um sorriso largo, como o das vítimas do verão passado, mas era bem parecido.

– Onde você... como você...?

– A polícia mandou a foto para o diretor, que mandou para o meu pai, que deixou o celular em cima da mesa enquanto tomava banho de manhã.

Desviando os olhos, voltei-me para o computador.

– Ei.

Ele estava ao meu lado agora. Nossos cotovelos se tocaram quando apanhei o *mouse*. Nossas peles estavam separadas por quatro camadas de roupas, mas mesmo assim o toque fez com que uma descarga elétrica percorresse meu braço e minha espinha. Minha mão tremia tanto que eu não conseguia mover o cursor para fechar a janela.

– Desculpe. – A voz dele era mais gentil, mais suave. – Eu sou um idiota. Não sei por que lhe mostrei aquilo.

– Tudo bem. Eu só queria... Não estou conseguindo...

A mão dele cobriu a minha. O *mouse* ficou imóvel. Quase sem respirar, observei o cursor se mover diretamente para o canto da tela. O dedo indicador de Parker deslizou sobre o meu e ficou ali por um instante, antes de pressionar o botão.

Colin Milton Cooper desapareceu.

Olhei da tela para nossas mãos. Ele não moveu a dele. E, o que era pior, eu não movi a minha.

– Preciso ir – murmurei.

– O quê? – Ele apertou minha mão, despertando-a de sua hipnose.

– Para onde?

Afastei o braço e levantei de um salto.

Ele tentou me segurar, mas me desvencilhei. Senti que ele me observava enquanto eu apanhava a bolsa no chão.

Eu não sabia para onde estava indo. Não no começo. Simplesmente corri para fora da biblioteca, atravessando o corredor e passando pelas portas da frente. Chegando à calçada, virei à esquerda e continuei a correr, minhas pernas se movendo mais rápido, com mais força. Passei por entre pessoas, atravessei ruas sem olhar para os semáforos. Folhas vermelhas e alaranjadas giravam ao meu redor, mas eu mal as via, mal sentia suas bordas secas contra a minha pele. Com o barulho do meu coração acelerado, eu quase não ouvia as buzinas, o vento uivando em meus ouvidos – e, finalmente, as águas do rio Charles batendo contra as margens.

Não parei até sentir a água fria molhar meus tornozelos. Então ergui os olhos, surpresa ao ver onde meu corpo me levara sem que meu cérebro o guiasse conscientemente.

A Ponte Longfellow. Ela atravessava toda a extensão do rio, ligando Boston a Cambridge, a menos de um quilômetro de distância. A cento e cinquenta metros de altura, as pessoas passavam em direção ao trabalho, sem saber o que acontecera poucas horas antes.

Uma equipe de remo passou. As canções dos remadores me trouxeram de volta ao presente.

O que eu estava fazendo? E por quê? Sim, Colin Milton Cooper se afogara depois de pular no rio. Sim, ele tivera o coração partido poucos dias antes. Mas aquilo não significava necessariamente que Raina e Zara... que elas tivessem alguma coisa a ver com...

Simon. Procurei o celular freneticamente na mochila. Eu ainda não respondera a nenhuma de suas mensagens ou ligações, mas precisava ouvir sua voz e seu bom-senso agora, mais do que nunca. Precisava ouvi-lo dizer que era impossível, que não havia como elas estarem envolvidas, porque estavam completamente, totalmente, cem por cento...

Nada. A bateria dele devia estar descarregada, porque a ligação caiu direto na caixa postal.

163

Desliguei o celular e examinei a superfície do rio, procurando, esperando algum sinal. Um clarão de luz, um ruído súbito na água, um par de olhos azul-prateados. Qualquer coisa para indicar que o que eu estava pensando era possível, que eu não estava louca.

Sem pensar, e mal sentindo a água gelada molhando minhas meias, dei outro passo, e então mais outro. A água subiu até meus joelhos e chegou às minhas coxas.

Eu podia fazer aquilo. Já as impedira e podia fazê-lo de novo.

Eu não havia chegado muito longe quando um golpe duro e súbito atingiu meu estômago, arrancando o ar dos meus pulmões. Tentei me defender, lançando os braços para frente e enterrando os calcanhares na lama, mas era forte demais.

– Pare! – ofeguei. – Por favor, me deixe...

Minhas panturrilhas colidiram com alguma coisa e eu caí para trás, aterrissando sobre meu ombro esquerdo. A dor me fez ver tudo branco, e me esqueci temporariamente do que pretendia fazer.

– Está tudo bem – disse uma voz masculina reconfortante.

A luz branca diminuiu quando a dor se abrandou, e o rio voltou lentamente ao foco. Minha cabeça estava girando, e levei um segundo para perceber os braços ao meu redor e as pernas vestidas com algo cáqui, protegendo as minhas como uma fortaleza.

– Você está bem...

Meu coração se alegrou.

Simon. Apesar de tudo que eu dissera, apesar de não ter respondido às suas mensagens e ligações... ele estava ali. Ficara tão preocupado ao não ter notícias minhas que viera da Bates para ver como eu estava.

Fechando os olhos para controlar as lágrimas, eu me ajoelhei, virei-me e atirei os braços em volta do pescoço dele.

– Obrigada – sussurrei contra seu pescoço.

Suas mãos apertaram minhas costas de maneira protetora, e, ignorando a pequena voz de alerta em minha mente, afastei-me um pouco e o beijei.

Os lábios dele ficaram tensos.

– Está tudo bem – murmurei. – Estou bem.

Os lábios de Simon ainda hesitavam, mas responderam, relaxando cada vez mais a cada toque dos meus. De repente, os beijos se tornaram mais apaixonados, mais rápidos, mais profundos, até que eu me esqueci de onde estávamos e porquê. Quando ele se deitou, me puxando gentilmente contra si, nem sequer abri os olhos para ver se havia alguém observando. Eu não me importava.

– Desculpe. – Minha boca percorria seu rosto, em direção ao seu ouvido. – Não sei o que eu estava pensando.

Ele me puxou para mais perto, e suas mãos se moveram da minha cintura para os meus quadris.

– Senti tanta saudade de você... tanta.

As mãos dele ficaram imóveis.

– Você o quê?

Prendi o fôlego. Abri os olhos. Levantei-me lentamente. Vi o colarinho da camisa branca. O *blazer* azul-marinho. O brasão bordado a ouro.

– Acabei de ver você na escola, há dez minutos.

As lágrimas escorreram pelo meu rosto quando meus olhos encontraram os dele. Não eram castanhos, ou ternos, ou reconfortantes.

Porque não eram os olhos de Simon.

Eram os de Parker.

17

– E EU PENSAVA QUE Z FOSSE exibicionista.

A referência a Zara fez com que eu subitamente virasse o volante, que segurava com força desde que saíra de Boston, em direção a Maine, uma hora antes.

– Desculpe – disse Paige. – Mas isso deve ser um bom sinal, certo? O fato de eu poder me referir às DPAs da minha irmã morta em uma conversa casual?

Concentrei-me em respirar e dirigir em linha reta. Sem querer preocupar Paige desnecessariamente, eu não havia lhe contado o que acontecera. Era a coisa certa a fazer, mas guardar aquilo para mim estava se tornando mais difícil a cada dia.

– DPAs? – perguntei.

– Demonstrações públicas de afeto. – Ela examinou a tela do celular. – Eu poderia contar nos dedos das mãos e dos pés de um time inteiro de futebol as vezes em que flagrei minha irmã se agarrando com um cara qualquer. Mas até a Zara tinha seus limites. – Ela me lançou um olhar rápido. – Em relação às DPAs. Não quando se tratava de vida ou morte. Obviamente.

– E quem não tem limites? – Apanhei a garrafa de água no porta-copo entre os bancos.

– O Parker King.

Girei bruscamente o volante mais uma vez – agora porque a garrafa de água aberta estava no meu colo.

Paige me passou um maço de guardanapos, que restara de nossa última parada, e segurou o volante.

– Quer que eu dirija?

– Não. – Enxuguei a água, joguei os guardanapos molhados em uma sacola plástica e assumi o volante novamente. – Por que você disse isso? Sobre o Parker, quero dizer?

Ela me mostrou o celular. Olhei rapidamente para a tela, engoli em seco e mantive os olhos fixos na estrada.

– Eu sei. – Ela virou o aparelho para si mesma e deu outra olhada. – Nojento, não é?

Tentei concordar, mas o melhor que pude fazer foi assentir com a cabeça. Considerando que as provas fotográficas em questão mostravam Parker deitado na grama e eu por cima dele, pensei já ter feito demais.

– E quem é a garota? – Ela apertou os olhos, trazendo o celular para mais perto do rosto. – O rosto dele está totalmente claro, mas o dela está escondido pelos cabelos.

Agradeço a Deus por pequenos milagres. Eu deixara o casaco de Simon em casa naquele dia, para que a empregada lavasse. Se eu o estivesse vestindo, Paige e todos os alunos de Hawthorne teriam me identificado imediatamente.

– Não sei – respondi. – Quem tirou a foto?

Ela fechou o celular, atirando-o na bolsa.

– Não faço a menor ideia. Mas a foto foi publicada no PrepSetters, aquele *site* de fofocas das escolas particulares. Eu me cadastrei para receber mensagens de texto. Pensei que seria um bom modo de conhecer melhor meus novos colegas.

Eu já ouvira falar do PrepSetters, mas nunca tinha acessado o *site*.

– E esse *site* cita nomes?

– Normalmente, sim. Mas essa foto não tem nenhum. A legenda se refere apenas ao "casal mais feliz da Hawthorne", portanto a pessoa que publicou provavelmente não frequenta a Hawthorne, já que todo mundo lá conhece o Parker. Mas aposto que é só uma questão de tempo antes que alguém reconheça o casal e escreva um comentário com os nomes. – Ela fez uma pausa. – Hum, Vanessa?

– Sim?

– Se eu quisesse voar, teria tomado um avião.

Dei uma olhada no velocímetro, e o ponteiro passava dos cento e trinta quilômetros por hora.

– Desculpe – eu disse, tirando o pé do acelerador. – Acho que estou um pouco distraída.

– Você tem certeza de que quer dirigir até Winter Harbor sozinha? Posso telefonar para o Riley e avisar que vou viajar com você o resto do caminho.

– Estou bem. Prometo.

Ela estendeu a mão e apertou o meu joelho. Enquanto viajávamos em silêncio, concentrei-me nas placas da estrada e tentei ignorar meu coração, que acelerava mais a cada curva. Sabia que Paige me alertaria se Riley tivesse dito qualquer coisa sobre *ele* vir a Portland, mas e se ele tivesse mudado de ideia? E se tivesse decidido, no último instante, me confrontar pessoalmente? O que eu diria? Principalmente quando tudo que eu realmente queria fazer era retirar o que dissera antes?

Eu mal tivera tempo para pensar nas perguntas, imagine nas respostas. O restaurante onde havíamos combinado de encontrar Riley era mais perto da estrada do que eu pensara, e logo estávamos parando o carro no estacionamento quase vazio. Quando nos viu, Riley pulou do capô de seu jipe e acenou.

– Você acha que isso é errado? – Paige perguntou delicadamente.

– O que você quer dizer?

Ela olhou para mim com os olhos subitamente tristes, preocupados.

– Sair com outro cara? Mesmo só como amigos? – Ela fez uma pausa. – Sou uma pessoa horrível por estar ansiosa para ver o Riley hoje?

Parei o carro, inclinei-me em direção a ela e a abracei.

– Você nunca poderia ser uma pessoa horrível.

Ainda estávamos nos abraçando quando Riley bateu no vidro da janela dela.

– Oi, linda – disse ele, quando ela abriu a porta. Riley se inclinou e a beijou rapidamente no rosto, então me deu um sorriso mais rápido ainda. – Vanessa.

– Oi – eu disse.

Ele olhou para baixo. Paige franziu a testa para mim. Olhei para além deles, sentindo-me aliviada e decepcionada ao mesmo tempo, quando vi que ninguém mais desceu do jipe.

– Divirtam-se – eu disse, tentando manter a voz alegre. – Paige, vejo você em Winter Harbor hoje à noite.

A preocupação tornou seu rosto sombrio, mas ela apanhou suas coisas no chão do carro e desceu.

– Pelo menos tente manter a velocidade abaixo dos três dígitos.

– Prometo.

Eu os observei atravessando o estacionamento. Ele segurou a mão dela casualmente, distraidamente, e ela ficou tensa e olhou para mim. Acenei uma vez, fiz um gesto para que ela se virasse e saí dirigindo antes que fizesse um dos dois se sentir mais desconfortável.

Afinal de contas, não era culpa deles que Simon me odiava.

A culpa era minha.

O termômetro antigo do Volvo indicava uma temperatura de quinze graus, o que significava que devia estar fazendo cinco graus lá fora, mas abri completamente a janela e liguei o ar-condicionado. Quanto mais dirigia, mais calor sentia, até que o suor começou a escorrer pelo meu pescoço e minhas roupas se colaram à pele. Mas eu não parei para comprar mais água. Tinha medo de que, se fizesse isso, parasse de viajar em direção ao norte, para Winter Harbor, e seguisse para oeste, na direção da Bates.

O que deveria ter sido uma viagem de três horas durou apenas duas. Passei pela placa em formato de barco que marcava a entrada de Winter Harbor e acelerei pela rua principal. Foi só quando cheguei ao restaurante de Betty que finalmente desacelerei o carro, até parar no estacionamento.

Peguei o celular na bolsa e meu coração se apertou quando vi que não havia mensagens.

"Você provavelmente me odeia. E não te culpo."

Eu mal havia terminado de escrever a mensagem quando comecei a apagá-la.

"Desculpe por não ter respondido antes."

Apaguei a mensagem de novo e olhei a tela em branco. Depois da nossa última conversa, que terminara quando eu saíra correndo da Beanery, deixando Simon sentado à mesa, atônito, as palavras me faltavam.

"Oi. Como você está?"

Apertei a tecla Enviar antes que pudesse mudar de ideia, então observei a tela, esperando que uma nova mensagem aparecesse. Depois de alguns segundos, chequei a caixa de saída e o correio de voz. Tudo parecia estar funcionando corretamente.

Coloquei o telefone no bolso da calça *jeans*, saí do carro e abotoei a jaqueta. Estava muito mais frio em Winter Harbor do que em Portland, e o vento parecia neve contra minha pele suada. Chegando à entrada dos funcionários do restaurante, refiz o rabo de cavalo e enxuguei o rosto, esperando que as pessoas imaginassem que minha pele estava vermelha por causa do frio.

– Menina da cidade! – declarou Louis, o *chef*, quando entrei na cozinha. – Estudando muito e se divertindo mais ainda?

– Algo assim. – Sorri ao me lembrar da primeira vez que visitara o Betty no último verão, depois de uma noite passada praticamente em claro na casa do lago. O funeral de Justine acontecera dois dias antes, e aquele era o meu primeiro dia sozinha em Winter Harbor. Eu fora ao restaurante para tomar café da manhã, procurando o anonimato entre estranhos. Quando eu dissera a Garrett, o manobrista, que tivera uma noite difícil, ele imaginara que eu falava de uma ressaca e pedira a Louis que me preparasse sua receita especial. A suposta razão da minha primeira visita era uma constante fonte de piadas até hoje.

– Você está com sorte. Acabei de aprimorar a receita de panqueca de abóbora. Um remédio instantâneo para todos os males. – Ele apanhou um garfo, espetou um pedaço de panqueca da frigideira e colocou a mão em concha sob ela enquanto caminhava até mim.

– Incrível – eu disse, saboreando a guloseima doce e quente. – Já me sinto melhor.

– Claro que sim. – Louis colocou o garfo no bolso do avental e cruzou os braços sobre o peito. – Agora me diga: o que há de errado? De verdade?

Coloquei a mão no rosto.

– O que você quer dizer?

– Quero dizer que estamos em outubro e você deveria estar aconchegada na sua elegante casa, lendo livros sofisticados, preparando-se para a sua universidade chique. – Ele olhou ao redor e então se aproximou de mim, abaixando a voz. – É a Betty, não é?

Meu coração pulou.

– Você está preocupada com ela – ele continuou. – Todos nós estamos. Ela não vem ao restaurante há semanas, e todas as vezes que aquele namorado dela vem... Qual é o nome dele? Mortimer? Lúcifer?

– Oliver.

– Isso. Todas as vezes que ele vem aqui, está branco como um fantasma e tremendo como se tivesse acabado de ver um. E, assim que perguntamos como a Betty está e quando vem nos visitar, ele fecha a cara e vai embora.

– Por quê?

– Se eu soubesse, querida, trocaria minha espátula por uma bola de cristal. Deus sabe o dinheiro que eu poderia ganhar contando aos turistas ricos as poucas coisas que eles não podem controlar.

– Bem – eu disse, fazendo uma anotação mental para falar sobre Oliver com Paige mais tarde –, quando eu vir a Betty, direi a ela que o pessoal do restaurante sente saudade.

Depois que Louis me contou as fofocas sobre os funcionários (inclusive sobre Garrett, que voltara para a faculdade, mas aparentemente ainda falava de mim sempre que mandava um *e-mail*) e me obrigou a comer alguns *bagels* e a tomar suco de laranja fresquinho, respirei fundo e fiz a pergunta que motivara minha ida até ali.

– Ei, Louis? Por falar em livros sofisticados... você se lembra de uma pequena livraria que existia no subúrbio?

Ele não ergueu os olhos da panela que mexia.

– Você está falando da Cather Country?

– Talvez. – Betty não havia mencionado um nome.

– É a única livraria de que ouvi falar. Eu não morava em Winter Harbor quando ela estava aberta, e só soube a respeito porque os habitantes daqui ainda comentam. As pessoas ficaram tão chateadas quando a livraria pegou fogo que não leram nada durante semanas.

Quando a livraria se incendiara? Betty também omitira aquele detalhe importante. Ela vivera em Winter Harbor por mais de sessenta anos, tinha de saber a respeito. E se, de alguma forma, estava longe quando tudo aconteceu, certamente teria ouvido a história dos habitantes locais, ou de Oliver, que era o historiador da cidade.

Então, por que não me contara nada? Nem Oliver, que estava no quarto quando ela falara sobre isso?

– Você tem ideia do que aconteceu com a proprietária? – perguntei.

~ 172 ~

– Parece que ela estava arquivando alguns documentos no porão quando o fogo começou e não conseguiu sair. A livraria era tão longe da cidade que ninguém ficou sabendo até que já fosse tarde demais. Quando as pessoas descobriram, não existia mais um corpo para encontrar.

Comecei a perguntar se ele sabia quando aquilo tudo acontecera, mas a porta do salão se abriu e um garçom rabugento entrou na cozinha. Enquanto ele e Louis começavam uma discussão sobre o prato especial daquela manhã, acenei e deixei o restaurante.

O ar estava ainda mais frio agora. Coloquei as mãos nos bolsos da jaqueta e abaixei a cabeça para me proteger do vento. Correndo na direção do carro, fiz um esforço para processar tudo que acabara de ouvir e pensei em quem poderia procurar para tentar descobrir mais.

Se Betty sabia além do que dizia saber, obviamente não queria revelar. Aquilo significava que Paige provavelmente não poderia ajudar. Oliver nunca me contaria nada que Betty não quisesse que eu ficasse sabendo. O sr. e a sra. Carmichael poderiam preencher algumas lacunas, mas eu não me sentia confortável para conversar com eles agora. E o mesmo se aplicava a Caleb, que provavelmente bateria a porta na minha cara assim que me visse. Simon pesquisaria até poder me contar o que eu queria saber, mas eu não poderia pedir nada a ele sem explicar o motivo – e pedir desculpas até perder a voz.

Ou talvez não. Uma checada rápida no meu celular revelou que ele ainda não respondera à minha mensagem, então era provável que não quisesse conversar sobre nada.

Eu havia acabado de colocar o celular no bolso da calça quando duas portas de carro bateram perto de mim.

– Você está brincando? – perguntou uma voz masculina. – Por favor, me diga que essa é a sua ideia distorcida de uma brincadeira, de uma palhaçada de Halloween para acelerar o coração do seu velho.

Chegando ao meu carro, segurei a maçaneta e espiei sobre o teto. Um homem de meia-idade, vestindo calças cáqui, casaco de veludo marrom e boné do Red Sox, estava atrás de um Land Rover preto e brilhante alguns metros à minha frente, balançando os braços como se o carro fosse um avião se preparando para aterrissar. A pessoa com quem ele estava tão aborrecido estava de pé do lado do passageiro, fora do meu campo de visão.

– Bem, meus parabéns. Você acaba de bater o seu próprio recorde de estupidez.

O homem se virou. Abri a porta do carro e me atirei no banco do motorista. Pelo retrovisor, eu o observei berrando ao celular, enquanto se dirigia para a entrada do restaurante. Um rapaz o seguia vários passos atrás, com a cabeça baixa, e pequenos fones brancos nos ouvidos. Meus olhos seguiram o fio do iPod até uma bolsa familiar, estilo carteiro.

– Parker?

Ele ergueu a cabeça. Eu me afundei no banco do carro. Apertando os olhos, esperei e me perguntei o que ele estaria fazendo ali. O verão já acabara, e metade do porto ainda estava congelada; os únicos turistas que visitavam Winter Harbor nessa época eram biólogos amadores estudando as folhas de outono, e Parker não parecia desse tipo.

Esperei mais alguns segundos antes de olhar em volta. Aliviada ao não ver ninguém parado ao lado da porta do motorista, ou próximo ao carro, me endireitei no banco, liguei o motor e pisei no acelerador.

A biblioteca de Winter Harbor ficava do outro lado da cidade. Enquanto percorria o caminho familiar, pensava na última vez em que estivera ali, e no motivo. Simon, Caleb e eu tínhamos ido conversar com Oliver, que era um frequentador assíduo, no dia em que eu descobrira que ele era o amor da vida de Betty. Esperávamos que ele fosse capaz de nos dar alguma informação sobre o restante da família Marchand, inclusive Raina e Zara, que suspeitávamos que estivessem envolvidas na morte de Justine e em outros afogamentos misteriosos. Ele respondera a muitas das nossas perguntas e provocara inúmeras outras que jamais teríamos pensado em fazer, quando nos revelou que a família delas era de sereias.

Considerando o recente comportamento estranho de Oliver, eu estava relutante em iniciar outra conversa frente a frente. Mas, o que estava receosa de tentar perguntar diretamente a ele, esperava encontrar nos vários volumes de seu livro, *A história completa de Winter Harbor*.

Havia só mais um carro no estacionamento da biblioteca e deduzi que pertencesse a Mary, a bibliotecária. Estacionei numa vaga perto da entrada principal, ajustei meu celular no modo vibrar e entrei. Depois de acenar para Mary, que não pareceu me reconhecer das visitas nos verões, encontrei a pequena seção de interesse local – e quatro livros de autoria de Oliver Savage. Antigamente, Mary os mantinha na prateleira da frente, para que Oliver parasse de perguntar por que as pessoas não os procuravam, mas parece que ele tinha coisas mais importantes com que se preocupar no momento.

Levei os livros para a área de leitura perto da velha lareira de pedra. Passara bastante tempo com eles durante o verão, procurando informações sobre tempestades passageiras e mortes relacionadas a elas, e não me lembrava de ter lido nada a respeito de Cather Country. Mas talvez isso tivesse acontecido porque eu não sabia o que procurar.

Não havia nada nos três primeiros volumes. No quarto, descobri um pequeno parágrafo em um capítulo sobre negócios de sucesso locais, o mesmo capítulo em que o Betty Chowder House fora mencionado. O parágrafo sobre a livraria, no entanto, era ainda menos revelador que o do restaurante.

A Cather Country, uma pequena e aconchegante livraria, localizada perto de Lawlor Trail, foi inaugurada em maio de 1990 e teve excelente recepção. A proprietária e moradora recente de Winter Harbor, Charlotte Bleu, oferecia aos clientes obras novas, usadas e raras, num ambiente acolhedor e convidativo. A livraria, que rapidamente se tornou ponto de encontro obrigatório de moradores e turistas, pegou fogo em novembro de 1993. A causa do incêndio nunca foi determinada, e a Cather Country não foi reconstruída.

Meus olhos se fixaram na penúltima frase. Outra coisa acontecera em novembro de 1993.

Meu nascimento.

– Ei, estranha.

Fechei o livro com força.

– Caleb. Oi.

Ele viera da seção de DVDs. Enquanto se aproximava, me preparei para uma avalanche de perguntas sobre o rompimento, mas ele apenas sorriu e me deu um beijo no rosto.

– O Simon não me disse que você viria para cá este fim de semana.

Aquilo obviamente não era a única coisa que Simon não lhe contara. Caleb teria me cumprimentado de forma muito diferente se soubesse que seu irmão e eu não estávamos mais juntos.

– Decidi viajar de última hora – respondi. – A Paige queria ver a Betty, e eu vim junto.

– Legal. – Ele fez um gesto na direção do meu colo. – A essa altura, você já não poderia ter escrito seu próprio livro sobre Winter Harbor?

– Não um livro que alguém quisesse ler – brinquei.

Ele olhou para baixo, e seu sorriso falhou.

– E você? – perguntei. – O que está fazendo na biblioteca num dia ensolarado de outono?

– Hoje é a noite de filmes com os caras. O acervo de DVDs daqui é incrivelmente bom.

Assenti, incerta sobre o que dizer. Sabia que Caleb e eu sempre estaríamos ligados por causa do vínculo dele com Justine, mas, como as coisas com Simon estavam diferentes, conversar com ele parecia diferente também.

– Quanto tempo você vai ficar por aqui? – ele perguntou, depois de uma longa pausa. – Quer tomar café comigo amanhã?

– Acho que vamos pegar a estrada bem cedo. Quem sabe na próxima vez?

– Claro. – Ele olhou para o relógio. – Odeio interromper nossa conversa, mas eu já devia estar na marina há dez minutos. Agora que o porto descongelou totalmente, os clientes estão ansiosos para colocar os barcos na água.

– Aposto que sim. – Enquanto eu me levantava para lhe dar um abraço de despedida, meu cérebro registrou o que ele acabara de dizer. Notando que eu ficara imóvel e meu rosto enrubescera, ele se aproximou de mim.

– Você não sabia? – perguntou baixinho.

Tentei sacudir a cabeça, mas não consegui me mover.

– Teve uma onda de calor maluca no fim de semana passado. O que restava do gelo derreteu.

– Você... – sussurrei. – Elas...

– Ninguém viu nada. Porque não tem nada para ver.

– Claro – consegui assentir. – Eu sei.

– Vanessa, você sabe o que a Zara sentia por mim. Se de alguma forma ela tivesse sobrevivido, você não acha que eu seria o primeiro que ela tentaria encontrar?

Meus olhos se encheram de água, em parte porque ele estava certo, mas também porque ele soava tão calmo, tão confiante, que me fazia lembrar Simon.

Ele estendeu os braços e eu me aninhei neles. Nós nos abraçamos por vários segundos, antes de eu recuar. Enquanto ele se afastava, lançou-me um rápido sorriso e gritou, por sobre o ombro:

– É melhor que o meu irmão esteja cuidando bem de você!

O que provavelmente teria feito com que eu irrompesse em lágrimas, se o meu celular não tivesse vibrado bem naquele momento. Meus dedos, úmidos de transpiração, escorregaram duas vezes antes que eu conseguisse apanhar o telefone e tirá-lo do bolso da calça.

"V, a vovó B telefonou. Ela está chateada e quer passar a noite comigo, para conversarmos a sós. Eu me sinto péssima, mas você se importa??? Bjos, P."

P. Não S.

Afundando na cadeira, respondi à mensagem.

"Claro que não. Espero que ela esteja bem. Vou ficar na casa do lago. Nos falamos mais tarde. V."

Um segundo depois, o telefone vibrou de novo.

"Eu vi você na cidade. Estou preso aqui hoje à noite. Quer sair?"

18

CONCORDEI EM SAIR COM PARKER por três motivos. O primeiro era bem simples: não queria ficar sozinha. Paige estava com Betty, e, mesmo que eu fosse para a casa delas e tentasse ficar fora do caminho para que pudessem ter alguma privacidade, eu sabia que Paige insistiria em me incluir na conversa.

Aquilo significava que teria de sair, o que levava ao segundo motivo: eu não afetava Parker da mesma maneira que afetava outros caras. Sim, nós havíamos nos beijado na margem do rio, mas só porque eu pensei que ele fosse Simon, e porque, como todos no circuito das escolas preparatórias da Nova Inglaterra sabiam, Parker não rejeitava nenhuma garota que se atirasse nele. Desde que eu mantivesse os olhos abertos, seríamos capazes de sair sem enfrentar outra situação embaraçosa, e eu não teria de lidar com o tipo de atenção indesejada que despertava em público.

Claro que isso não significava que eu poderia simplesmente fingir que nossa sessão de beijos não acontecera. E daí o motivo número três: explicar o mal-entendido e pedir que ele fizesse com que o PrepSetters tirasse aquela fotografia do ar antes que mais danos fossem causados.

～179～

Aqueles eram motivos bons e honestos. Infelizmente, enquanto eu esperava no estacionamento do Lighthouse Resort, eles não impediram que eu me sentisse culpada.

– Estão vindo buscar você.

Ergui os olhos. Parker estava de pé no convés superior do iate de dois andares, segurando uma garrafa de vinho e duas taças.

– Estou falando sério – disse ele. – Você está aqui fora há tanto tempo que o pessoal da segurança acabou de ligar e perguntou se eu precisava deles.

Olhei para trás. Dois homens, de jaqueta com o nome Lighthouse Resort e Spa, estavam me observando de um carrinho de golfe próximo.

– Eu não bebo – eu disse, dando as costas.

– Nem eu.

Esperei que ele desse um sorriso ou uma gargalhada, mas ele não o fez. Lembrando a mim mesma que aquela era a melhor das minhas opções, forcei meus pés a descerem pela doca e subirem a rampa que levava ao convés principal. Ele me encontrou lá em cima. Com as mãos agora vazias, ele estendeu uma para mim.

– Isso não é um encontro romântico – eu disse.

– Você tem namorado.

Isso também foi dito sem o menor sinal de um sorriso. Um pouco mais tranquila, e sem pensar em corrigi-lo, tomei a mão dele e subi ao convés. No segundo em que meus pés tocaram o chão, ele soltou a minha mão e começou a andar na direção da cabine. Eu o segui, principalmente porque ele não parecia se importar com o que eu fazia.

– Fechando para o inverno? – perguntei quando entramos. A cabine, que tinha vários cômodos e mais parecia um apartamento, estava cheia de móveis cobertos. As únicas peças que não estavam escondidas por lençóis brancos eram o bar, dois banquinhos e a televisão.

– Nunca abrimos. – Ele tirou duas garrafas de água de uma geladeira e me entregou uma.

– Por que a viagem agora? – perguntei.

Ele se aproximou de uma lata de lixo perto do bar e pegou um moletom vermelho.

– Festival Anual Viva como um REI?* – eu disse, lendo a inscrição na frente.

– Também conhecido como os dois dias do ano que meu pai reserva em sua agenda para passar um tempo comigo. Ou pelo menos ajusta o calendário para poder realizar todas as suas reuniões por *e-mail* ou celular. A assistente dele manda fazer umas lembrancinhas especialmente para a data, para parecer um grande evento.

Ele jogou o moletom de volta na lata de lixo. A peça de roupa caiu sobre várias garrafas de vinho.

– Ele está lá fora? – perguntei. – Lá em cima?

– Não está mais. Está jantando no *resort*. Depois de se empanturrar de lagosta, ele vai para a casa de praia, assistir à ESPN até cair num sono profundo, induzido pelo álcool.

– Por que você não foi com ele?

Parker olhou para mim e estreitou levemente os olhos.

– Desculpe. Isso não é da minha conta. Não sei por que...

Fui interrompida pelo barulho de um telefone tocando. Parker tirou o celular do bolso da calça, disse a quem quer que estivesse ligando para vir a bordo e desligou. Antes que eu pudesse pensar no que dizer, a porta do convés se abriu e um entregador entrou.

– Pedi metade muçarela, metade *pepperoni*. Espero que goste. – Ele pagou o entregador e sorriu rapidamente para mim. – Você pode pagar sua parte, se quiser, já que isso não é um encontro.

Alguns minutos antes, aquela combinação de sorriso e provocação faria com que eu saísse correndo na direção do meu Volvo. Mas, agora, era relaxante. Reconfortante. Considerando o pouco que ele dissera so-

---

* Referência ao sobrenome da família de Parker, King – rei em português. (N. da T.)

bre seu pai e o fim de semana, era óbvio que só queria companhia – não especificamente a *minha*.

Decidimos comer do lado de fora, e eu o segui pela cabine para o longo convés principal. Ao chegarmos à extremidade, Parker saltou por cima de uma corrente branca e foi até a proa. Não ofereceu a mão para me ajudar, nem sequer olhou para trás para se certificar de que eu o seguia. Assim, saltei a corrente sem hesitação.

– Linda vista – eu disse, juntando-me a ele na proa. Do outro lado do porto, as luzes do centro de Winter Harbor brilhavam.

Ele colocou a pizza no chão, apanhou uma fatia e se sentou na beirada da proa, deixando as pernas balançarem.

– Por que foi mesmo que você disse que veio para cá? – perguntou.

Sentei-me a poucos metros de distância, de costas para a grade, com os joelhos encostados no peito.

– Eu não disse. Vim ver como está a casa da minha família.

Ele assentiu. Comemos em silêncio; ele olhava fixamente para o horizonte escuro, e eu imaginava o que ele estaria pensando. Parker parecia distraído, distante. O que quer que tivesse acontecido entre ele e o pai mais cedo, devia ter sido bem sério. Pensei em falar sobre o incidente no rio, mas não me pareceu certo. Não queria fazê-lo se sentir pior, e esclarecer a situação não me parecia tão urgente agora, já que me beijar era obviamente a última coisa que passava pela cabeça dele. Na verdade, em vez de me preocupar em colocá-lo em seu devido lugar, quanto mais tempo passávamos sentados ali, mais eu queria ajudá-lo a se sentir melhor.

– Então – eu disse, meu coração acelerando –, as inscrições para as universidades terminam em breve.

– Ouvi falar.

– Você já tem uma primeira opção?

– Você quer dizer, além de pegar um barco, um barco de verdade, não uma mansão flutuante, e velejar pela costa leste e depois pela oeste, depois da formatura? Parando em portos aleatórios, conhecendo pessoas que não sabem nada sobre a minha família ou sobre mim? Por um ano, talvez mais?

Fiz uma pausa.

– Sim?

– Então não. Mas provavelmente vou parar em Princeton. Não tenho nota, mas meu pai tem contatos.

– Ouvi dizer que o *campus* é lindo.

Ele riu.

– Certo, srta. Mulligan.

Uma onda de calor se espalhou pelo meu rosto. Fiquei feliz por estar escuro e ele não poder ver.

– E você? – ele perguntou. – Vai se juntar à maré vermelha? Latir como um buldogue? Rugir como um leão?

Enquanto ele se referia às mascotes das universidades que pertenciam à Ivy League, eu olhava para o outro lado do porto, lembrando-me das outras luzes que haviam quebrado aquela escuridão alguns meses antes.

– Nenhuma das opções.

– Ah, uma universidade de artes liberais. Intelectualmente estimulante, mas sem nenhuma aplicação prática – disse ele, baixando a voz como se estivesse repetindo algo que ouvira muitas vezes. – Então, Williams? Amherst? Ou você vai realizar os sonhos de Matt Harrison e escolher a Bates?

– Não vou fazer faculdade. – Era a primeira vez que eu dizia isso em voz alta, a primeira vez que admitia isso para alguém além de mim mesma. Quase esperei que a srta. Mulligan invadisse o iate e, agarrando-me pelos ombros, começasse a me sacudir até eu recuperar o bom-senso.

– Mas você estuda na Hawthorne – disse Parker.

– E daí?

– E daí que todo mundo que estuda na Hawthorne vai para a universidade. É por isso que nossos pais gastam fortunas, para assegurar nosso futuro antes de sequer pensarmos nele.

– Bom, então acho que estou rompendo a tradição.

Ele olhou para mim, realmente olhou para mim, pela primeira vez desde que eu chegara.

– É por causa do que aconteceu? Com a sua irmã?

Ele estava errado, mas eu tive de lhe dar o crédito por fazer a pergunta que outras pessoas teriam guardado para si.

– É porque não vejo um motivo – respondi.

– O que seus pais disseram quando você contou a eles?

– Que a vida é minha. E que eles respeitam e apoiam qualquer decisão que eu tomar. – Aquilo, eu sabia, era o que Justine teria querido ouvir, se tivesse tido a coragem de lhes contar a verdade. – Que eles me amam, não importa o que aconteça.

Minha voz falhou na última palavra. Felizmente, se Parker percebeu, não disse nada. Desviando o olhar para o horizonte invisível, ele me deu espaço para que o momento passasse.

– Hoje – ele disse algum tempo depois –, quando meu pai recebeu um *e-mail* do meu treinador contando que eu tinha deixado a equipe de polo aquático, ele disse que eu não tinha a *permissão* de transformá-lo em uma piada. Disse que, além do meu sobrenome, o polo era uma das poucas coisas que contavam a meu favor, e a razão pela qual ele sentia orgulho de mim.

A surpresa que tive ao saber que ele abandonara o time foi superada pela reação do pai com a notícia. Meus pais ficariam tristes quando eu finalmente contasse que não iria para a universidade – mas pelo que pensavam que aquilo significaria para mim, não para si mesmos.

– Você sabe o que ele diria se eu lhe contasse que não tenho certeza sobre a universidade? Que não sei se é a coisa certa para mim?

Nossos olhos se encontraram. Esperei que os dele estivessem cheios de raiva, mas pareciam tristes.

– Ele me diria para ir embora e nem pensar em voltar antes que eu tivesse provas de que me inscrevi em todas as universidades que ele escolheu, e que fui aceito em pelo menos uma. – Ele olhou para a água. – Não sei o que é pior: ser expulso de casa ou ter medo demais para dizer o que ele não quer ouvir. – Ele hesitou. – Você deve ser a pessoa mais corajosa que já conheci, Vanessa Sands.

– Na verdade...

Fui interrompida por uma onda súbita, que fez o barco subir e descer. O movimento foi tão repentino que agarrei a grade para não escorregar pela proa. No instante seguinte, um barco, longo e estreito, passou rápido por nós e saiu do porto. Estreitando os olhos na escuridão, consegui ler o nome pintado no casco do barco: *Mar Profundo ou Morte*.

Ainda estava segurando o metal frio quando ouvi um ruído seco e a fibra de vidro vibrou sob mim. Forçando meus olhos a se desviarem das águas inquietas, olhei na direção do barulho e vi Parker de pé, vestindo apenas calças cargo. Meus olhos examinaram seu peito nu, a camisa, os sapatos e as meias no chão, e se fixaram nas luzes que brilhavam na cidade.

– O que você está fazendo? – perguntei, agarrando a grade com mais força.

– Vou nadar.

– A água está congelante.

Ele deu um passo para a esquerda e entrou no meu campo de visão.

– Não nado desde que abandonei o time. É a única coisa de que sinto falta.

Olhei para a pele bronzeada dele. Pontos brancos apareciam na minha frente, a cada batida do meu coração.

Felizmente, já que eu não conseguia desviar os olhos, Parker saiu do meu campo de visão. Paralisada, soltei a grade, levantei-me e comecei a andar para trás, meus tênis rangendo no chão de fibra de vidro.

– Tenho que ir – eu disse, observando o torso dele, quando ele se virou para mim. – Já está tarde.

– São oito horas.

– O Simon, meu namorado, vai telefonar a qualquer minuto. Não quero perder a ligação.

– Bem, então espere – disse Parker, me seguindo. – Vou acompanhar você até o carro.

– Não!

Ele parou. Meu olhar finalmente se fixou no rosto dele, em sua expressão confusa.

– Estou bem – continuei, tentando soar casual. – Obrigada pela pizza. Vejo você na escola.

Virei-me, caminhei rapidamente pela proa e saltei a corrente. Esperei até chegar à metade do convés e ter certeza de que Parker não podia me ver, antes de percorrer correndo o resto do percurso. Quando alcancei o topo da rampa que levava ao convés, ouvi um barulho de água espirrando na frente do barco.

Prendi o fôlego e prestei atenção. Tentei ouvir a água se movendo, braçadas, o movimento de pernas.

Nada. Até mesmo a trilha deixada pelo outro barco desaparecera, e a água, que momentos antes batia contra o casco do barco, estava imóvel.

Imaginei o *Mar Profundo ou Morte*, aquele nome em letras grandes e negras, como um dedo curvado convidando nadadores desavisados a chegar mais perto. Pensei nos mergulhadores que haviam acidentalmente descoberto a tumba de gelo. Senti uma pressão no abdômen, do mesmo tipo que sentira quando Parker me tirara do rio.

– Não faça isso – disse a mim mesma baixinho, afastando-me da rampa. – Ele está bem. Deixe o Parker, e tudo o mais, em paz.

Mas não fiz isso. Não consegui. E, em menos tempo do que levara para alcançar a rampa, eu estava na beirada da proa novamente.

– Parker? – sussurrei, examinando a superfície escura da água. – Parker? – tentei novamente, mais alto.

Eu ia correr para a cabine e procurar uma lanterna quando vislumbrei alguma coisa longa e estreita pelo canto dos olhos. A coisa flutuou, se afastando do barco na direção do centro do porto, como um pedaço de madeira à deriva.

Fui até a lateral da proa e me debrucei sobre a grade para enxergar melhor. Mal conseguindo distinguir o perfil de Parker, corri para o convés, arranquei a boia salva-vidas com a inscrição *S. S. Bostonian* da parede e corri de volta para a grade lateral. A água estava escura como o céu, mas a imaginei brilhando; imaginei feixes altos de luz vindos das profundezas, como acontecera durante o último ataque das sereias no verão passado. Então, desejando ter as habilidades atléticas de Justine e reunindo todas as minhas forças, lancei a boia para trás, o mais longe que meu braço podia alcançar, e a atirei na água.

Ela caiu com um ruído abafado a alguns metros de Parker. Ele não se moveu.

Sabe quando você está boiando de costas e a água bate em seus ouvidos? Por um segundo você consegue ouvir tudo à sua volta e então tudo fica quieto? É mais ou menos assim.

Simon. Fora assim que ele descrevera o efeito de Zara sobre ele, quando estavam sozinhos nas montanhas – e era exatamente o que Parker parecia estar experimentando agora. Na água gelada. Que podia matá-lo, se alguém ou algo não o fizesse primeiro.

– Parker – sibilei.

Nada.

Agarrando a grade, examinei a água, tentando encontrar feixes de luz, sinais de vida sob a superfície suave. Se ele estivesse sob o encanto de uma sereia, o que aconteceria se eu pulasse atrás dele? Eu era uma boa nadadora e poderia escapar de uma única sereia, mas estaria indefesa se houvesse outras.

Os seguranças. Eles provavelmente ainda estavam no estacionamento, monitorando as atividades a bordo do *S. S. Bostonian* e assegurando que tudo estivesse bem. Eu poderia ir procurá-los, contar-lhes a verdade – que Parker decidira nadar e poderia estar ferido – e deixar que resol-

~ 187 ~

vessem o problema. Claro que, se eles não fossem rápidos o suficiente, ou se as sereias fossem muito poderosas, os três homens iriam...

Meus olhos se fixaram em um trecho de água espumante.

Ele se fora. Estava ali, imóvel como um cadáver, e então desapareceu, mergulhando de cabeça.

– Não. – Eu não desviei os olhos enquanto chutava os tênis para longe, tirava o casaco e o suéter. – Não, não, *não*.

Hesitei apenas por um instante, antes de tirar o *jeans* e jogá-lo para o lado. Vestindo apenas uma camiseta, o sutiã e a calcinha, escalei a grade e escorreguei para o outro lado. Meus dedos do pé estavam presos na lateral do barco, e minhas mãos estavam escorregadias, segurando-se na grade, agora atrás de mim. Fechando os olhos, respirei o ar úmido e salgado e me lembrei de Parker fazendo um curativo no meu joelho no parque Boston Common.

E pulei.

A infusão instantânea de sal foi deliciosa, mas a água estava totalmente escura. Eu era capaz de nadar durante horas, mas, se não conseguia ver minhas próprias mãos, como poderia encontrar Parker?

Estava prestes a subir para a superfície quando algo agarrou meu tornozelo.

Soltei um grito que criou uma nuvem ofuscante de bolhas. Chutei e tentei me desvencilhar, mas a coisa não me largou, deixando que eu a arrastasse por vários metros antes de se soltar. Quando me libertei, ergui as pernas e nadei com o rosto virado para baixo, procurando na escuridão por Raina, Zara ou qualquer outra sereia de Winter Harbor.

Estava tão concentrada na água sob mim que não vi o corpo à minha frente até minha cabeça colidir contra seu peito e seus braços envolverem meus ombros. Lutei e empurrei, mas não adiantou. Em questão de segundos, minha cabeça estava novamente fora da água.

– Parker! – Tentei empurrar o peito dele. Dessa vez, ele me soltou.

– O que há de errado com você?

– O que há de errado comigo? – Ele cuspiu água, enxugou os olhos e empurrou os cabelos para trás. – O que há de errado com *você*? Você sai correndo como se alguém estivesse te perseguindo, depois volta, se joga na água e praticamente se afoga. Se eu não estivesse aqui...

– Eu não estava me afogando – retruquei, antes de perceber por que ele pensara assim. Ao contrário de outros nadadores, eu não precisava voltar à superfície para respirar. E não tinha feito isso, até ele me agarrar. Ele devia ter pensado que eu passara tempo demais debaixo d'água. – E eu pulei na água porque *você* desapareceu.

Enquanto eu falava, ele sacudia a cabeça, de boca aberta, se preparando para argumentar – e então ficou imóvel.

– Você achou que eu estava correndo perigo?

Comecei a nadar na direção do iate.

– Esqueça.

Ele estava ao meu lado num instante.

– Não quero esquecer. Quer dizer, eu estava bem... Senti um pouco de frio boiando de costas e dei um mergulho para aquecer os músculos, mas...

Ele continuou a falar, porém eu não o ouvia mais. Parei de nadar para segurar minha cabeça, que subitamente parecia ter batido contra uma hélice e estava afundando. A dor era tão intensa que eu não conseguia nadar e respirar ao mesmo tempo.

Se não fosse Parker, que finalmente me alcançou, nadando ao meu lado e depois atrás de mim, passando um braço por meu peito e apoiando meu ombro com a mão, eu teria descido até o fundo.

– Posso subir sozinha – ofeguei, quando alcançamos a escada lateral do barco.

Eu estava errada. Ele permaneceu na água enquanto eu tentava subir, mas estava ao meu lado para me ajudar no instante em que meu pé escorregou no primeiro degrau. Subimos a escada do mesmo modo como nadáramos até lá, com o braço dele ao meu redor, me apoiando e suportando o meu peso para que eu pudesse passar de um degrau para outro.

No convés, ele mudou de posição, passando um braço pelas minhas costas e o outro sob meus joelhos, erguendo-me facilmente.

– Estou bem – eu disse enquanto ele me carregava pelo convés, sabendo que não soava convincente. – Mesmo. É só uma dor de cabeça.

– Você só precisa ficar quieta. E me deixe fazer isso.

Eu estava cansada demais para discutir. Além disso, descontando a dor que latejava entre meus ouvidos, aquilo não era totalmente desagradável. Parker estava preocupado e tentava me proteger. Como outra pessoa que eu conhecia.

Foi isso que eu disse a mim mesma mais tarde, quando me perguntei por que não protestara quando ele me carregou para a cabine e me deitou com gentileza em uma cama. Embora estivéssemos em um quarto. Em um barco, à noite, e sozinhos.

– Vou buscar uma aspirina – ele disse baixinho.

Fechei os olhos e tentei clarear a mente. Gradualmente, a dor diminuiu. Quando ele voltou, alguns minutos depois, consegui me sentar o suficiente para tomar a aspirina com um pouco de água.

– Acho melhor você trocar de roupa – ele disse, assim que lhe devolvi o copo. Evitando me olhar nos olhos, fez um gesto indicando minha camiseta ensopada e colocou uma pilha de roupas secas na mesa de cabeceira ao lado da cama.

– Obrigada – disse eu. – Você se importa...?

Não precisei terminar a pergunta para ele entender o que eu estava pedindo. Saiu do quarto rapidamente, fechando com delicadeza a porta atrás de si.

Enquanto a minha dor de cabeça continuava diminuindo, tirei as roupas molhadas e coloquei a calça *jeans*, que Parker fora buscar no convés, e um moletom do Boston Red Sox. Deslizei para debaixo das cobertas e disse a Parker para entrar, quando ele bateu à porta.

~ 190 ~

Ele a abriu lentamente, como se estivesse nervoso com o que encontraria ali dentro. Relaxando ao me ver vestida, apanhou uma toalha na pilha que colocara numa mesa próxima e se sentou cuidadosamente na beira da cama.

– Está meio fria – disse.

– Tudo bem.

Ele pressionou a toalha contra minha testa, minhas têmporas, minhas faces. Quando chegou ao meu queixo, eu o ergui um pouco e ele enxugou as laterais do meu pescoço. A sensação da toalha fria era tão boa que fechei os olhos e tentei ignorar a culpa que se acumulava na boca do meu estômago.

Porque eu não estava fazendo nada de errado. Parker só estava sendo meu amigo. Mesmo que as coisas estivessem perfeitas entre Simon e mim, eu ainda podia ter amigos, principalmente se eles fossem imunes às minhas habilidades.

– Por que você não descansa um pouco enquanto coloco suas roupas na secadora – disse Parker, apontando para as minhas roupas molhadas no chão –, e depois levo você para casa?

– Não.

Ele ergueu os olhos, surpreso.

E não era o único.

– Você pode ficar aqui um pouco? – Eu mal acreditava nas palavras que saíam da minha boca. – As roupas vão secar sozinhas.

Eu estava apostando na ideia de que ele, como eu, preferiria não ficar sozinho. E parecia que eu estava certa. Ele pendurou minhas roupas molhadas na maçaneta e nas costas de uma cadeira e então se sentou ao meu lado, depois que me afastei para lhe dar espaço.

Ele também trocara de roupa, mas eu ainda conseguia sentir a frieza de sua pele a centímetros de distância. Ele não disse nada, nem eu, e logo eu estava relaxada, respirando melhor, sem me preocupar se o que estava fazendo era errado.

∽ 191 ∽

Quando dei por mim, a luz da manhã atravessava as cortinas e chegava até a cama. Parker continuava exatamente no mesmo lugar em que se deitara horas antes, mas eu estava encolhida ao seu lado, meu braço sobre sua barriga. O dele estava em torno da minha cintura, e sua mão descansava no meu quadril.

Levantei a cabeça e olhei sobre ele para a mesinha de cabeceira, onde pude ver meu celular dentro da bolsa e a luzinha vermelha piscando. Com cuidado para não acordar Parker, que respirava profundamente, estiquei a mão devagar, apanhei o telefone e o abri.

"V, estou na casa do lago. Cadê você?? Por favor, escreva ou ligue. Simon."

19

– ELE VAI CAIR EM SI – disse Paige, abrindo a porta da Beanery, na segunda-feira seguinte.

– Ele caiu em si – respondi. – Duas vezes pessoalmente e dezoito vezes pelo telefone. E eu o perdi.

– Ainda não consigo acreditar que você dormiu e não percebeu nada. Você devia estar exausta.

E estava, mas ela não sabia os reais motivos do meu cansaço – ou onde eu estava dormindo quando Simon tentara me encontrar. Ela suspeitara que algo estava acontecendo quando a encontrei em sua casa, depois de deixar Parker naquela manhã; então, contei a ela sobre as visitas, as mensagens de voz e de texto. Mas eu disse que não percebera nada porque fora dormir cedo na casa do lago – não porque estava nadando e dormindo aconchegada ao conquistador mais notório da Hawthorne.

Meus motivos para encontrar Parker eram, de certa forma, compreensíveis, mas, além do estranho e simples fato de que eu quisera fazer aquilo, não havia nenhuma razão para ter passado a noite com ele.

– Ele se desculpou, não foi? – perguntou Paige. – Por não ter respondido logo às suas mensagens?

– Sim, mas, quando eu não atendi, as mensagens dele passaram de preocupadas para desesperadas. E depois ele não atendeu quando eu liguei de volta, e não tentou ligar desde então.

– Bem, quando ele atender, você vai pedir desculpas e explicar o que aconteceu. Não é nada demais. – Paige deu um passo para o lado para me deixar passar. – Almas gêmeas de verdade não podem ser separadas.

Tentei retribuir o sorriso dela ao entrar na cafeteria, mas minha boca não quis cooperar. Porque eu *já pedira* desculpas. Dera a ele a minha explicação um-tanto-mas-não-completamente verdadeira. Tentara entrar em contato com ele dezenas de vezes desde que lera sua primeira mensagem ao acordar, dois dias antes. Mas, quando telefonei, a ligação caiu diretamente na caixa postal. Quando mandei mensagens, elas permaneceram sem resposta. Então, ao que parecia, almas gêmeas *podiam* ser separadas, por pura estupidez.

– Estou morrendo de fome. – Paige deixou a mochila cair sobre uma mesa vazia e foi direto para o balcão. – Quer alguma coisa?

– Hoje é por minha conta – eu disse rapidamente. – Já que você dirigiu todo o caminho de volta ontem.

– Eu teria feito isso de graça, mas, já que você está oferecendo, uma canja de galinha parece uma compensação apropriada.

Ela voltou para a mesa enquanto me dirigi até o balcão. Eu sugerira a Beanery para almoçarmos, mas ainda eram onze horas – depois da correria da manhã e antes da confusão da tarde. Nunca estivéramos ali naquele horário, e fiquei feliz ao ver a cafeteria quase vazia e os funcionários ocupados enchendo os açucareiros e reabastecendo os porta--guardanapos.

Era a oportunidade perfeita para confrontar a minha misteriosa fornecedora de algas marinhas.

– Com licença? – eu disse para a única funcionária atrás do balcão, que estava de costas para mim. – A Willa está?

– O sol já apareceu? – disse a mulher educadamente, virando-se. – O que posso fazer por você?

Os olhos dela estavam fixos no porta-guardanapos que segurava, e eu me aproveitei da distração para examiná-la rapidamente. Era magra, mais ou menos da minha altura, e vestia um avental marrom sobre calças cáqui e uma camisa branca folgada. Os cabelos estavam presos sob um boné de beisebol marrom com o logotipo da Beanery. As mãos eram pálidas, enrugadas e mostravam os primeiros sinais de manchas de idade. E tremiam, enquanto ela tentava arrumar os guardanapos.

– Posso ajudar? – perguntei.

– Está tudo bem, acho que já... – Ela ergueu o rosto. Nossos olhos se encontraram. O porta-guardanapos escorregou de seus dedos e caiu no chão.

Com o coração acelerado, contornei rapidamente o balcão para ajudar a arrumar a bagunça. Outro funcionário a alcançou primeiro, e eles se abaixaram para apanhar os guardanapos. Tentei decifrar o que estavam cochichando enquanto me afastava, mas um terceiro funcionário escolheu aquele momento para aumentar o volume do *jazz* que tocava na cafeteria.

– Desculpe – Willa se levantou e limpou as mãos no avental. – Excesso de cafeína. Essa é a minha recompensa por beber muito café de graça.

– Não tem problema – respondi.

Ela respirou fundo e sorriu para mim. O rosto confirmou o que suas mãos haviam sugerido: ela era mais velha. Tinha pelo menos três vezes a idade dos outros funcionários da Beanery, na maioria universitários. As faces eram flácidas, e linhas de expressão finas marcavam a testa. Os olhos castanhos me observavam sob as pálpebras pálidas e caídas.

– O que você deseja? – ela perguntou, enxugando o balcão. – *Cappuccino*? Expresso? Temos uma quiche fantástica hoje, que acabou de sair do forno.

– Parece ótimo. Vou querer a quiche, uma canja de galinha e dois chás gelados.

– É pra já.

Eu a observei enquanto ela entrava na cozinha, então olhei para trás. Paige estava sentada à mesa, lendo um jornal. Esperei que erguesse os olhos para avisá-la que sua sopa estava a caminho, mas ela estava muito concentrada.

– Você é modelo? – perguntou um cara sentado três bancos ao lado, quando me virei.

– Não – respondi, nervosa demais para decidir ignorá-lo.

– É mesmo? – Ele apoiou um cotovelo no balcão e o rosto na palma da mão. –Tenho a impressão de que já vi você. Tipo, em algum *outdoor*. Com um vestido bonito. Generosamente compartilhando sua beleza com toda a cidade de Boston.

Inclinei-me sobre o balcão, tentando enxergar dentro da cozinha.

– Você é linda demais para fotos de catálogo. Por que não desfila na passarela?

– Eu não sou modelo – disse, virando-me para ele. – Sou estudante. Só isso.

Ele franziu a testa e se recostou no banquinho.

– Bom, é uma pena.

Eu estava prestes a me desculpar, afinal ele não tinha culpa de se sentir atraído por mim. Mas parei ao ouvir vozes vindas da cozinha. Vozes altas, nada contentes, acompanhadas do que pareciam ser portas batendo.

Dois minutos depois, um funcionário apareceu, com o rosto corado e os punhos cerrados. Um minuto mais tarde, Willa emergiu da cozinha, carregando uma bandeja redonda. Se ela estivera envolvida na confusão, não demonstrou nada.

– Aqui está – colocou a bandeja à minha frente. – Posso lhe trazer mais alguma coisa?

Tomei um gole rápido de um dos copos de chá gelado. Quando percebi que estava amargo, experimentei o outro.

– Não tem sal.

– Como?

– No meu chá. – Inclinei-me na direção dela e abaixei o tom de voz. – Da última vez, você colocou sal no meu chá.

Ela ergueu as sobrancelhas brancas.

– Coloquei? Me desculpe, devo ter confundido com o açúcar. Tome. – Ela se abaixou e apanhou algo sob o balcão. – Seu próximo chá é por conta da casa.

Olhei para o cartão que oferecia uma bebida de cortesia, sem aceitá-lo.

– E quanto às algas marinhas?

– Como? – Ela colocou a mão junto ao ouvido.

Meu coração estava batendo a mil quilômetros por minuto agora – mas por causa da confusão, não do nervosismo.

– Da última vez que estive aqui, seu colega me serviu uma bebida verde em um copinho. Ele disse que você tinha mandado e que ele achava que era erva de trigo. – Fiz uma pausa para deixar que a informação fosse absorvida. – Mas era amargo. E salgado. Como uma vitamina de algas marinhas.

O rosto dela não esboçava expressão alguma enquanto eu relatava o episódio. Foi só quando acabei de falar que os olhos se arregalaram um pouco.

– Agora eu me lembro. Às vezes, os representantes nos mandam novos produtos para ser testados e nós os oferecemos aos fregueses. Na semana passada, recebemos uma caixa de bebidas energéticas naturais. Deve ter sido isso que você bebeu.

– Mas o barista disse que você tinha mandado a bebida especificamente para mim. Da minha *amiga*, Willa.

– Ei, Marty – ela chamou.

O cara a três banquinhos de distância ergueu os olhos.

– Quem é a sua melhor amiga aqui na Beanery?

– Ora, a Willa, obviamente – disse ele, com um sorriso.

Ela se virou novamente para mim.

– Trabalho aqui há muito tempo. Tenho muitos amigos.

Abri a boca para fazer mais perguntas, mas a única em que consegui pensar foi se seria possível que eu estivesse enganada. A posição de Willa sobre o assunto era óbvia, portanto não havia motivo para perguntar.

– Obrigada – balbuciei em vez disso, deixando o cartão de cortesia no balcão, mas apanhando a bandeja.

– Vanessa.

Meu coração quase parou. Olhei para a mão pálida e enrugada que segurava a minha manga.

– Você está bem? – Willa perguntou baixinho.

Meus olhos se ergueram para os dela.

– Como é que você...

– *Está*?

Assenti uma vez.

– Acho que sim.

Os dedos dela pressionaram meu braço antes de soltá-lo. Fiquei ali, paralisada, até que ela desapareceu na cozinha.

– Ah, meu Deus – Paige gemeu baixinho, quando me juntei a ela. – Lembra daquele acidente? Com o ônibus?

– Claro – respondi, mal ouvindo o que dizia.

– Lembra da confusão sobre alguns garotos que deviam estar no ônibus e ninguém sabia se estavam? Porque nem todos que constavam da lista de passageiros foram encontrados?

– Sei. – Olhei para o balcão e para a porta da cozinha.

– Parece que não há mais confusão.

Paige me mostrou o *Globe*. Era impossível ignorar a manchete em letras garrafais: "Encontrados em Logan os corpos de quatro alunos desaparecidos da Universidade de Boston".

– O aeroporto? – perguntei.

– Eles estavam flutuando na baía, na extremidade de uma das pistas. Dois pilotos os viram na noite passada.

Apanhei o jornal e virei as páginas rapidamente.

– O jornal diz alguma coisa sobre como eles eram? Quando foram encontrados? Se estavam...

– Não – disse Paige. – Não diz nada.

Deixei escapar um breve suspiro de alívio. Se eles estivessem sorrindo, o artigo certamente mencionaria. Aquela era uma imagem grotesca demais, e um detalhe valioso demais para omitir. Dobrei o jornal e o coloquei sob a bandeja, fora de vista.

– Quando você esteve com a Betty no fim de semana, ela mencionou se...?

Paige apanhou um chá gelado e brincou com a fatia de limão na borda do copo.

– Ela mencionou se alguma coisa... estranha... estava acontecendo? Ou se estava ouvindo coisas que não deveria ouvir?

Ela apanhou o açucareiro, virou-o sobre o copo e examinou o pó branco que caía no líquido.

– Desculpe – eu disse. – Sei que isso é desconfortável. Eu só...

– Você não acha que eu lhe contaria se houvesse algo que você precisasse saber?

Recostei-me na cadeira. Paige nunca tinha falado daquele jeito comigo.

O rosto dela se contraiu imediatamente.

– Desculpe. Sou uma idiota. Foi só um fim de semana difícil. Como eu lhe disse no carro ontem, na viagem de volta, a Betty estava muito sentimental, o que me deixou sentimental também... E acho que ainda não estou pronta para falar sobre isso.

– Você não tem que falar sobre nada. E a idiota sou eu. Acontece que a minha mente é automaticamente atraída para o assunto, sempre que algo assim acontece. – Fiz um gesto de cabeça indicando o jornal debaixo da bandeja. – Mesmo que seja algo bobo e ilógico, não consigo evitar.

O som de vidro quebrando fez com que déssemos um pulo na cadeira. Lembrando-me do excesso de cafeína consumido por Willa e de como aquilo a fizera derrubar o porta-guardanapos, eu me levantei, pronta para ir ajudá-la a apanhar o que quer que ela tivesse derrubado dessa vez e perguntar como ela sabia quem eu era.

Mas não era Willa. Era o barista, o mesmo que me servira a bebida com algas marinhas.

– É claro – ele disse, levantando as mãos para o ar –, é claro que *isso* tinha que acontecer, além de as pessoas dizerem que têm uma emergência de família e saírem no meio do expediente.

Resmungando, ele apanhou uma vassoura e começou a limpar o chão. Olhei ao redor no salão principal da cafeteria, fui até o balcão e espiei a cozinha.

Willa não estava lá. Mas todos os outros funcionários que eu vira desde que chegáramos estavam.

– Vanessa? – chamou Paige, quando me virei para a porta. – Aonde você está indo?

– Volto em um segundo – gritei por sobre o ombro.

Do lado de fora, olhei para os dois lados da calçada. Quando não vi Willa em frente à cafeteria, notei uma viela estreita no fim do quarteirão e saí correndo por entre os muros de tijolos sujos. Uma faixa de asfalto separava as lojas dessa rua daquelas da rua de trás, mas as cercas altas tornavam impossível ver os fundos da Beanery. Segui em frente, desviando das latas de lixo, e cheguei à outra calçada. Ignorando o sorriso de admiração de um homem de meia-idade que limpava as janelas de uma pizzaria, virei à esquerda e quase esbarrei com outro homem.

Ele estava de costas para mim, mas reconheci os cabelos grisalhos e arrepiados e a lã vermelha por debaixo do casaco.

Meu pai estava no centro da cidade. No meio do dia. Embora tivesse nos falado, durante o café da manhã, da aula fantástica sobre Thoreau que daria às dez horas. As aulas dele duravam no mínimo uma hora, e passava pouco das onze. Mesmo que tivesse reduzido a apresentação, não havia como ele ter chegado tão rápido da Newton.

Eu estava prestes a chamá-lo quando ele ergueu um braço e acenou para alguém à sua frente. Eu o segui, vários metros atrás, permanecendo perto dos prédios para poder me esconder se ele se virasse.

Ele está só se encontrando com a minha mãe, eu disse a mim mesma. *Ou com algum colega, para um almoço inesperado.*

Quando ele parou de andar, eu estava na frente de um brechó. Uma longa arara cheia de casacos de inverno havia sido colocada na calçada; apanhei um casaco rosa, ergui-o de modo a esconder o rosto e espiei ao redor. Um grupo de pessoas esperando o ônibus me impedia de ter uma visão clara, mas, por entre as cabeças e ombros, consegui enxergar.

Um abraço. Um beijo no rosto. Dois copos de café da Beanery.

Um para o meu pai.

E o outro para Willa.

20

Eu QUERIA GRITAR. Queria correr, separá-los, exigir saber o que estava acontecendo. Mas, no momento em que percebi com quem ele estava se encontrando, minha boca secou. Minhas pernas tremeram. Agarrei-me à arara para me equilibrar e, quando ergui os olhos de novo, eles haviam desaparecido.

Pensei no *e-mail* do meu pai, nas iniciais da pessoa com quem ele vinha se correspondendo diariamente.

W.B.D. Será que o *W* significava Willa?

Como eles foram embora rápido, fiquei com o resto do dia para planejar o que diria. E depois da escola, quando Paige ficou para trás para ter uma aula extra de matemática, fui para casa determinada a descobrir o que ninguém me contara em dezessete anos – o que eles talvez *nunca* me contassem se eu não tivesse descoberto parte da verdade.

– Meu pai está no escritório? – Bati a porta da frente e joguei a mochila no sofá. Através da porta aberta da sala de jantar, eu via minha mãe sentada na cabeceira da mesa. – Preciso falar com ele.

Nenhuma resposta.

– Mãe?

Eu estava pronta para disparar na direção oposta, mas algo na postura dela me impediu. Suas costas estavam retas como uma tábua; a cabeça perfeitamente imóvel.

Fui em direção a ela, a calma que eu conquistara ao longo do dia desmoronando lentamente. Ela sabia que meu pai mentira sobre onde estivera aquela manhã – e, a esta altura, quem sabe sobre o que mais?

– Mãe? – perguntei de novo, parando ao seu lado.

Nada ainda. Ela estava paralisada diante das imagens na pequena tela da televisão à sua frente. Inclinando-me para frente para enxergá-la melhor, pus a mão em seu ombro.

– Vanessa! – Ela deu um pulo. – Não chegue assim sem avisar!

Levantei-me, colocando a mão sobre meu coração acelerado.

– Não cheguei sem avisar. Bati a porta. Chamei você duas vezes. Você não me ouviu.

– Ah.

A perplexidade passou pelo seu rosto. Sumiu num instante, então ela sorriu para mim.

– Fiz a coisa mais maravilhosa hoje. Olhe. – Ela ergueu a tela, que agora eu via que na verdade era um DVD *player* portátil. – Você reconhece alguém?

– George Clooney?

– Você devia guardar os elogios para quando seu pai estiver presente.

– Esse é o papai?

O homem de cabelos escuros parecia muito jovem para ser meu pai. Ele estava vestindo uma capa e presas de vampiro.

– E eu. E você. E vários amigos nossos.

Um vídeo caseiro. Que, segundo parecia – e parecíamos –, tinha pelo menos quinze anos.

Minha mãe recolocou o DVD *player* na mesa.

– Tem uma loja em Cambridge que converte fitas de vídeo em DVDs. Encontrei uma porção dos nossos velhos vídeos caseiros escondidos no porão e mandei convertê-los.

~ 203 ~

– Que ótimo – respondi, pensando que este era um passo adiante. Talvez assistir a vídeos antigos de Justine a ajudasse a confrontar a perda e, eventualmente, se sentir confortável para falar sobre isso.

– Você era bebê, então provavelmente não lembra, mas por muitos anos seu pai e eu demos a melhor festa de Halloween deste lado de Boston.

– Por que vocês pararam?

– Comecei a trabalhar mais. Vocês, crianças, cresceram. Mas sua irmã sempre adorou essas festas. Ela sentiu falta quando paramos.

Ela fez uma pausa, então sorriu para mim.

– Pensei que seria divertido dar uma festa dessas este ano de novo. Você pode convidar o Simon, claro, e quem mais quiser. O mesmo vale para a Paige.

E era isso. Minha mãe não estava revisitando o passado para encarar o presente. Estava revisitando o passado na esperança de recriá-lo.

Eu estava preocupada demais para me perturbar com a referência a Simon.

– Não me parece uma boa ideia.

Ela olhou para mim.

– O que você quer dizer?

– Quero dizer que é bem óbvio do que se trata. E se você acha que vai se sentir melhor fazendo coisas que deixavam a Justine feliz...

– Seu pai está no escritório – retrucou. – Você estava procurando por *ele* quando entrou, não estava? Não a mim.

Recuei lentamente, reparando agora na caixa de lenços perto do braço da minha mãe, as bolas de papel úmidas espalhadas pela mesa.

– Certo. Desculpe.

Minha preocupação rapidamente deu lugar à raiva, conforme eu me aproximava do escritório do meu pai. O que quer que estivesse acontecendo com a minha mãe, era culpa dela. Aquele comportamento podia ter sido disparado pela morte de Justine, mas também, se não fosse pelo relacionamento do meu pai com Charlotte Bleu, eu não estaria aqui, Justine sim, e minha mãe estaria bem. E para completar, depois de estragar tudo, ele ainda não estava fazendo nada para ajudá-la a melhorar.

Todas essas coisas lançaram pela janela a linha de questionamentos calma e contida que eu havia preparado.

– Quem é Willa?

Atrás do computador, meu pai engasgou com o que quer que tivesse acabado de engolir.

Fechei a porta e caminhei em direção à escrivaninha.

– Vi você na cidade hoje. Quando você deveria estar na aula.

– Vanessa – disse ele, o rosto vermelho como um tomate enquanto secava o chá com um monte de papel –, por que você não se senta, respira fundo e se acalma? Então, podemos tentar classificar aquilo que você acha que viu.

Eu me sentei. Era isso ou estrangulá-lo.

– Sua mãe está planejando uma festa de Halloween espetacular. Como as que vocês costumavam fazer. Você sabe por quê?

Suas mãos tremiam enquanto ele jogava os papéis encharcados no cesto de lixo.

– Porque ela está tentando se sentir mais próxima de sua filha morta. – Fiz uma pausa, esperei que ele tomasse outro gole de chá. – De sua *única* filha.

Dessa vez, ele deixou a caneca cair. Ela bateu na quina da escrivaninha e caiu no chão.

– Que engraçado. A Willa também é estabanada. Provavelmente, essa é apenas uma das muitas coisas que vocês têm em comum.

Ele suspirou.

– Quem contou a você?

– Quem *não* me contou?

Ele pegou a caneca calmamente, então se recostou na cadeira e pôs as mãos sobre a barriga.

– Entendo que esteja brava... Mas, por favor, saiba que é uma situação muito complicada.

– Por favor, saiba que isso é subestimar a situação.

Ele levantou as mãos, como se estivesse me dando razão naquele ponto.

– É uma confusão. E lhe peço minhas mais sinceras desculpas.

– Por qual parte? Por magoar minha mãe? Por mentir para a Justine e para mim? Por contar a história da minha vida em parcelas diárias para uma completa estranha?

Seus olhos se arregalaram.

– Como você...

– Ou por sair com mais uma mulher? Agora? Depois de tudo que aconteceu?

– Vanessa – disse ele severamente, como se eu tivesse ido longe demais. Retesou-se na cadeira e se inclinou em minha direção. – Não estou saindo com a Willa nem com ninguém. Eu amo a sua mãe. Eu a amo com todo o meu ser há mais de vinte anos. Se não a amasse, você teria descoberto a verdade há muito tempo.

Senti um aperto no peito.

– O que isso quer dizer?

– Quer dizer que a sua mãe... – A voz dele foi desaparecendo, e sua cabeça pendeu para frente. Um segundo depois, ele a ergueu novamente. – Quer dizer que ela quis proteger você. Não quis que você sofresse por saber de uma coisa que não era culpa sua e que você não poderia mudar.

– E daí? Você não ia mesmo me contar? Nunca? Porque seria tão melhor para mim não saber quem eu sou de verdade?

– Não foi minha intenção. Pensei... desejei... que o momento certo fosse chegar mais cedo ou mais tarde. E quando chegasse... todos concordariam que você merecia conhecer a verdade.

Desviei o olhar, tentei imaginar como eu reagiria se Simon quisesse fazer alguma coisa com a qual eu não concordasse. Será que eu iria em frente, mesmo se achasse aquilo errado? Porque eu o amava acima de qualquer coisa que pudesse acontecer?

Sim, provavelmente.

– Quem é ela? – perguntei um instante depois.

– Uma amiga. Ela conhecia a Charlotte.

Ergui os olhos até encontrar os dele. Era a primeira vez que eu o ouvia mencionar o nome dela. Ele nem piscou.

– Você a vê sempre?

– Não. Hoje foi a primeira vez em muitos anos.

– Você acabou de dizer que ela é uma amiga.

– Mantemos contato – disse ele. – Mas não nos visitamos.

– É para ela que você manda *e-mails* todos os dias?

– Sim.

Se ele estava bravo por eu ter acessado sua conta de *e-mail*, não demonstrou.

– E você fala de mim para ela?

– Falo. Ela e Charlotte eram próximas. Mantenho a Willa informada por cortesia.

– A cortesia de um cartão de Natal.

– Não significa nada – disse ele.

Obviamente significava alguma coisa, senão ele não faria aquilo.

– Minha mãe sabe? – perguntei.

– Não. Ela não compreenderia.

– E isso não é motivo suficiente para parar?

Ele suspirou e fechou os olhos.

– Fizemos um trato.

Minha respiração parou. Finalmente ele ia me dizer algo que eu ainda não sabia – e agora eu não tinha tanta certeza se queria ouvir.

Ele me olhou e aproximou sua mão da minha. Depois de pensar melhor, reclinou-se e repousou a mão no braço da cadeira.

– Antes de prosseguir, você precisa saber que é amada, Vanessa. A cada minuto, desde que nasceu, você é adorada. E, quando a Charlotte e eu tomamos nossa decisão, ela foi tomada tendo somente sua felicidade em vista.

– Hum, certo...

Seus lábios abriram e fecharam. Abriram de novo. Depois de todo esse tempo, ele não sabia como explicar.

– A Charlotte não me contou que estava grávida. Descobri porque a encontrei por acaso no supermercado quando estive em Winter Harbor, num fim de semana de outono, trabalhando no meu livro.

Seu livro. Naquela época, provavelmente houvera um livro.

– Primeiro, ela tentou fugir do mercado sem falar comigo. Então, quando a alcancei no estacionamento, ela disse que outra pessoa era o pai. Mas os olhos dela a denunciaram. – Ele fez uma pausa, desviando o olhar para algo do outro lado da sala. – Os olhos dela eram... especiais.

Isso eu sabia muito bem.

– O que aconteceu depois? – perguntei, sem querer que aquilo demorasse.

– Ela tentou se livrar de mim. Não deixei. Eu disse que, embora nossa... situação... não fosse algo de que eu me orgulhasse, e embora odiasse cada segundo de dor que aquilo havia causado à minha esposa, não podia trazer uma criança ao mundo e depois desaparecer. Exigi me envolver, ajudar, mesmo que tudo se resumisse a notícias anuais e ajuda financeira.

Aquilo me abalou. Por mais que estivesse decepcionada com ele, ainda não queria imaginar a vida sem meu Paizão.

– Se dependesse de mim – disse ele serenamente, vendo minha reação –, teria visitado você mais vezes. Teríamos dado um jeito. Mas não era o que ela queria.

– E o que ela queria?

– No começo, não muito. Pelo restante da gravidez, ela me enviou mensagens ocasionais no trabalho, contando como estava se sentindo. Então, quando você nasceu, enviou outra mensagem. Voltei para Win-

ter Harbor no dia em que recebi a notícia e vi você pela primeira vez.
– Ele sorriu. – Você era o bebê mais lindo que eu já tinha visto.

– E a mamãe ainda não sabia? – perguntei, deixando rapidamente para trás o momento especial que Charlotte e ele haviam compartilhado.

Sua cabeça pendeu para frente, seu sorriso esvaneceu.

– Naquele momento, não. Ela só veio a descobrir um ano depois.

Lembrei-me das caixas no porão; da explicação da minha mãe de que doara minhas roupas de recém-nascida.

– O que aconteceu depois?

Movendo-se lentamente, como se ganhando tempo para decidir se estava fazendo a coisa certa, ele se virou em direção à estante de livros ao lado da escrivaninha. Afastou uma pilha de dicionários velhos, revelando uma caixa de madeira. Retirou uma pequena chave de seu suéter, destrancou a caixa e pôs a mão lá dentro.

– Recebi isto – disse ele.

Mal conseguindo respirar, peguei o cartão-postal. Era uma tomada panorâmica de Winter Harbor no outono, quando as folhas cintilam tons brilhantes de vermelho, laranja e amarelo. O Betty estava em primeiro plano. Atrás do restaurante, a água, bordejada de árvores, brilhava ao sol da tarde.

Meus olhos se demoraram no Betty. Era uma instituição de Winter Harbor, mas toda loja da cidade vendia cartões-postais com dezenas de cenas locais: o farol, penhascos rochosos ziguezagueando até o oceano, campos de flores silvestres. No entanto, Charlotte escolhera aquela. Será que o fizera intencionalmente? Sabendo que um dia eu veria aquilo, esperando me passar algum tipo de pista?

Com os dedos tremendo, virei o cartão. A tinta azul esmaecera com o tempo. Algumas letras estavam borradas, como se o bilhete tivesse sido molhado. A letra era pequena, precisa, como se tentasse acalmar a mensagem que comunicava.

Querido Philip,

Esta é a última vez que você recebe notícias minhas. Vanessa e eu estamos deixando Winter Harbor. Sei que você, como eu, quer apenas o melhor para ela. Por isso estamos partindo... e por isso não posso lhe dizer para onde.

Obrigada. Você me deu um presente extraordinário, pelo qual serei eternamente grata.

Charlotte

– Foi isso? – perguntei. – Ela simplesmente foi embora?

– Ela tentou. Felizmente, era dona de uma pequena empresa e deu aos funcionários um telefone para caso precisassem dela. Quando voltei para tentar impedi-la de partir, distraí os funcionários com fatos pouco conhecidos sobre Emerson, e eles ligaram para ela em meu nome. Ela desligou na minha cara, mas a polícia de Winter Harbor rastreou o número. Encontrei vocês duas num apartamento minúsculo em Montreal.

– Você dirigiu até o Canadá?

– Não podia deixar escapar a única pista que tinha. Além disso, eu estava preocupado que ela pudesse desconfiar que eu faria exatamente o que fiz e se mudasse de novo.

Enquanto o imaginava correndo pela Nova Inglaterra e cruzando a fronteira, fiquei estranhamente emocionada. Ele se importava. Seus motivos antes e depois do meu nascimento podiam ter sido confusos – mas agora eu acreditava que ele sempre se importara comigo.

– Quando encontrei a Charlotte – ele continuou –, ela me deu duas opções. Eu podia partir e nunca mais te ver, ou podia levar você comigo. E criá-la aqui, em Boston. Ela disse que considerava essa a melhor opção para você, mas que não quis me pedir isso e arriscar destruir minha família. Quando eu disse que você só poderia melhorar a nossa família, ela concordou em deixá-la. Seu único pedido foi que ela nunca mais visse você de novo, porque achava que não conseguiria suportar a dor de dizer adeus uma segunda vez.

– Essas eram as únicas opções? – perguntei. – E uma guarda compartilhada?

– Era uma coisa ou outra. Ela não tinha certeza de muita coisa, mas tinha certeza daquilo. Disse que era pela sua segurança; não apenas sua felicidade ou seu bem-estar, mas sua *segurança*. E eu acreditei nela. Presumi que havia um ex-namorado, alguém que ela temia que pudesse fazer algo drástico se soubesse sobre a gente. Se soubesse sobre você. – Ele olhou para mim até eu devolver o olhar. – A única coisa pior do que a possibilidade de nunca mais ver você era a possibilidade de que algo ruim te acontecesse. Algo que eu poderia ter evitado.

– Então você me trouxe para casa. – Desviei os olhos para a pilha de dicionários, determinada a não chorar.

– Sim. – Ele fez uma pausa. – Nós dois sabemos como sua mãe... a Jacqueline... não é sempre a pessoa mais fácil de agradar. Mas, Vanessa, foi só olhar para você e ela se apaixonou. Ela teve problemas comigo, obviamente. Quando contei sobre você e a Charlotte depois que ela desapareceu de Winter Harbor, sua mãe me trancou para fora de casa por uma semana. Mas toda e qualquer decepção ou raiva que sentiu por mim nunca foi dirigida a você. E, quando eu disse que você precisava de um bom lar, ela lhe deu isso.

– Simples assim? – sussurrei.

– Simples assim.

Ele disse aquilo de forma tão simples, tão natural, que eu soube que devia ser verdade.

– E a Justine?

– Ela não tinha nem 2 anos naquela época. Não teria se lembrado do seu primeiro ano nem se você o tivesse passado sob o nosso teto.

– E a Charlotte?

– Voltou para Winter Harbor. – Seu olhar repousou no cartão-postal que eu ainda segurava. – Uma semana depois, houve um incêndio. Na loja dela, no meio da noite.

Vi os lábios dele estremecerem. Fiquei tentada a abraçá-lo, mas resisti.

– Não sei por que ela estava lá tão tarde – disse. – Ninguém sabe. Mas provavelmente ela adormeceu, porque não ligou para a emergência. Até alguém passar por ali, ver fumaça por entre as árvores e alertar as autoridades, já era tarde demais. O prédio, com a Charlotte dentro, já tinha desaparecido.

Senti uma dor profunda no peito, como se meus pulmões estivessem se contraindo em solidariedade. Eu sabia que aquilo havia acontecido, mas ouvir da boca do Paizão, estando tão perto da tristeza dele, tornava tudo muito mais real.

– Alguns meses depois – disse meu pai, pondo a mão dentro da caixa de madeira novamente –, recebi outra mensagem.

Peguei o cartão. Era cor de marfim, com as bordas gastas. A letra era semelhante à do cartão-postal, mas mais larga, com mais espaço entre as letras.

Caro Philip,

Escrevo em nome de Charlotte Bleu, minha irmã mais nova. Enquanto estava na casa dela inventariando seus bens pessoais depois do trágico incêndio, encontrei vários bilhetes que você lhe escreveu. Conhecendo a breve mas importante história que tiveram, quis entrar em contato. Espero que não se importe.

Desnecessário dizer que estou devastada por essa perda inesperada. E, embora não o conheça pessoalmente, e você certamente não me deva nada, gostaria de saber se aceitaria uma espécie de acordo. Em troca de me enviar informações regulares sobre Vanessa, responderei, quando e se esse momento chegar, a toda e qualquer pergunta que ela possa ter sobre a mãe. Pelo que entendi, você e Charlotte não passaram muito tempo juntos; eu teria prazer em compartilhar com sua filha aquilo que você não pode.

Essa é uma situação difícil e delicada para todos os envolvidos, e entenderei se preferir cortar completamente os laços e seguir em frente.

~ 212 ~

Contudo, se estiver disposto a tentar esse arranjo, garanto que agirei com todo cuidado e discrição. Não tenho nenhum interesse nisso além de conhecer minha sobrinha a distância e fazer por ela o que Charlotte teria me pedido para fazer.

Aguardo ansiosamente sua resposta.

Cordialmente,

W. Donagan

Caixa postal 9892

Boston, MA 02135

– A Willa... é minha tia – eu disse, experimentando pronunciar a palavra. – Ela morou em Boston esse tempo todo? E nunca quis me ver? Nem ao menos me conhecer?

– Ela disse que não queria complicar as coisas ainda mais. Concordei que era melhor.

Ergui os olhos.

– E agora que eu sei quem ela é?

Ele me lançou um pequeno e triste sorriso.

– Os sentimentos dela não mudaram. Por isso nos encontramos hoje. Ela me disse que você vinha frequentando a lanchonete e que achava que você sabia que alguma coisa estava acontecendo. Isso a deixou desconfortável. Ela sempre teve convicção de que a comunicação direta entre vocês duas apenas pioraria uma situação complicada.

– Ela está errada. – Minha voz estava cortante, urgente.

– Como?

Entendi a surpresa dele e me esforcei o máximo possível para voltar atrás. Afinal, ele também não sabia de tudo.

– Pai – eu disse, respirando fundo, lutando para lembrar algo do que eu planejara dizer. – Não vou mentir. Quando descobri que a mamãe não era minha mãe de verdade...

– Ela *é* sua mãe – ele me corrigiu rapidamente.

Tentei de novo.

– Quando descobri que ela não era minha mãe *biológica*, fiquei chocada. E brava. E decepcionada. Não conseguia entender como você pôde fazer isso com ela e com a Justine. Parte de mim ainda não entende, já que o único jeito totalmente seguro de resistir ao canto de uma sereia é amar outra mulher, e acredito de verdade que você sempre amou a mamãe, mas talvez o poder da Charlotte fosse incrivelmente forte, ou talvez...

– Vanessa. – Prendi a respiração e olhei para a mão dele, que estava erguida como uma placa de trânsito. – O que foi que você acabou de dizer?

Eu estava tão concentrada em alcançar rapidamente o próximo pensamento que era difícil lembrar.

– Que você sempre amou a mamãe?

– Depois disso.

– Que talvez os poderes da Charlotte fossem muito fortes?

Sua cabeça pendeu para o lado e ele baixou sobrancelhas.

– Que poderes?

Hesitei e então, percebendo a confusão, balancei a cabeça e dei um sorrisinho.

– Está tudo bem. Quer dizer, não está tudo bem... É difícil e estranho e irreal... Mas pelo menos agora eu sei. Você não precisa mais esconder.

– Esconder... o quê?

Meus lábios, ainda erguidos, se congelaram. Imagens de Paul Carsons, Tom Connelly e Max Hawkins passaram pela minha cabeça.

Seria possível?

– Pai – eu disse –, você sabia que a Charlotte não era normal, certo? Que o relacionamento de vocês... não era normal?

Seus olhos se estreitaram ainda mais. Ele não precisava falar para que eu soubesse a resposta.

– Ela era uma sereia. Como em um de seus velhos livros. – Fiz uma pausa, desejando, não pela primeira vez, que pudéssemos voltar atrás, começar de novo. – E você foi o alvo dela.

21

– Você tem alguma habilidade especial?

– Habilidade especial? – repeti.

O homem empunhava uma taça de champanhe cheia de sidra borbulhante.

– Como tocar acordeom, fazer pirofagia ou qualquer outra coisa que não tenha pensado em incluir no seu formulário, mas que poderia destacá-la de milhares de outros candidatos com excelentes notas e atividades extracurriculares comuns?

Consigo respirar debaixo d'água. E atrair a atenção de todos os homens de um recinto com a minha mera presença. E me tornar inimiga de todas as mulheres do mesmo jeito.

– Acho que não – respondi.

– E a sua família? Talvez seu tio seja um ator famoso? Ou seu primo de segundo grau seja um atleta olímpico de luge? Na Colgate, sua família é nossa família, então, se seus parentes estiverem fazendo qualquer coisa de excepcional, você certamente deve nos avisar.

Minhas parentes matam homens por esporte. Será que isso me garantiria uma vaga?

– São todos bem normais – afirmei, erguendo meu copo-d'água vazio. – Você poderia...?

Sorrindo com meu pedido, ele pegou o copo e começou a caminhar de costas, em direção à mesa de bebidas.

– Não vá embora! Depois quero lhe contar o que a Colgate pode fazer para tornar a sua vida...

Eu sabia que deveria avisá-lo que ele estava prestes a colidir com um garçom, mas, ao não fazê-lo, ganhei uns vinte segundos enquanto ele tropeçava e limpava o suco da lapela. Usei esse tempo para disparar em direção ao outro lado do ginásio.

– Vanessa! – chamou uma voz feminina às minhas costas.

Olhei por sobre os ombros e vi a srta. Mulligan correndo atrás de mim, empunhando uma bandeirinha azul de Yale acima da cabeça. Atrás dela, havia outro recrutador de terno risca de giz e gravata vinho. Ele já estava sorrindo, o que me levou a andar mais rápido. Cercada por grupos de estudantes, ziguezagueei pelo ginásio. Quando atingi a seção quase vazia de faculdades estaduais, que a Hawthorne se dignara a incluir para os poucos alunos que tinham bolsa de estudos, a srta. Mulligan e o sujeito de Yale haviam desistido de mim e se dirigido ao presidente da turma do último ano.

Peguei uma garrafa d'água na mochila e bebi. Não estava me sentindo bem desde a longa conversa com meu pai no dia anterior, quando eu contara tudo que sabia sobre as Marchand e o verão passado e lhe mostrara artigos do *Winter Harbor Herald* na internet. Também contei que herdara algumas das habilidades de Charlotte, mas deixei de fora detalhes fundamentais, por exemplo: meu envolvimento no congelamento do porto e como minha saúde física estivera imprevisível desde então. Mesmo sem entrar em detalhes, a conversa durou horas. Deixei o escritório dele exausta e com mais sede do que já havia sentido em semanas. Teria faltado ao evento de hoje se a presença não fosse obrigatória para todos os alunos do último ano – eu não precisava atrair ainda mais atenção indesejada quebrando as regras e me metendo em confusão.

Além disso, o evento me dava uma desculpa para ficar fora de casa por algumas horas. Estar ali, na escola, era esquisito e desconfortável, mas, como minha mãe ainda estava entretida com seus filmes caseiros e meu pai havia tirado o dia de folga para se esconder no escritório, também era preferível.

Andei pela área do ginásio tomando cuidado para ficar a uma distância segura das longas mesas cobertas com finas toalhas de linho e buquês de flores. Nós havíamos sido instruídos a quebrar o estrito código de vestimenta para que o evento parecesse mais a festa descontraída que era para ser, e meus colegas de classe aproveitaram a oportunidade para vestir suas melhores roupas de grife. As garotas optaram pelo visual secretária *sexy*, de saia-lápis, blusa de seda e salto alto; os garotos pareciam estagiários de Wall Street, de terno escuro e gravata brilhante.

Sem querer me destacar ainda mais com minha saia da Hawthorne e meu moletom de capuz, eu me esforçara para ficar invisível enquanto me vestia, e finalmente optei por usar calças pretas, uma blusa preta de gola rulê e sapatilhas pretas. Eu desfizera meu habitual rabo de cavalo e deixara o cabelo solto, para poder me esconder atrás dele quando necessário.

Enquanto circulava pelo ginásio, vi apenas outro aluno que tivera tanto cuidado com sua aparência. Ele usava calça *jeans*, uma camiseta bege amassada e um casaco esportivo marrom que, com suas cotoveleiras de camurça e punhos gastos, era mais estiloso que clássico. Tênis All Star sujos completavam o figurino. Ele formava um pequeno círculo com dois homens mais velhos, que conversavam entre si como se ele nem estivesse ali.

E, conforme ele olhava para o nada, com a expressão vazia, eu soube que, de certa forma, Parker estava em outro lugar.

– Já acabei.

A água salgada que eu acabara de engolir voltou garganta acima.

– Desculpe – Paige bateu nas minhas costas enquanto eu lutava para não engasgar. – Eu acenei enquanto vinha para cá. Achei que você tivesse me visto.

Obriguei-me a engolir a água.

– E a sua lista?

Ela mostrou um caderno. Cada uma das dezenas de faculdades sobre as quais ela tivera interesse em buscar informações estava riscada com uma linha vermelha.

– São todas ou muito grandes, ou muito pequenas, ou muito caras, ou muito difíceis de entrar. E definitivamente não sou boa o bastante para nenhuma delas. – Seu braço pendeu para o lado. – O cara da Amherst me perguntou que esportes eu fazia e, quando eu disse que nadava só por diversão, pediu licença para fazer um telefonema importante. Só que, em vez disso, ele se dirigiu até a mesa de bebidas.

– Pior para ele – eu disse. – Essas faculdades estão tão acostumadas a suas tradições conservadoras que não sabem o que estão perdendo.

– Bom, não acho que eu tenha perdido nada. E estou meio cansada. Acho que vou sair de fininho e ir para casa mais cedo.

– Quer que eu vá com você? Podemos comer alguma coisa ou ver um filme.

– Obrigada, mas preciso passar algumas horas sozinha. – Aparentemente vendo a preocupação passar pelo meu rosto, ela acrescentou: – Estou bem. Mesmo. Só quero organizar umas coisas. A faculdade. Meu futuro. Todas essas coisas tão divertidas.

– Tudo bem – concordei, ainda não convencida. – Você me liga se mudar de ideia?

– Com certeza.

Vi Paige desaparecer na multidão e continuei andando. Quando cheguei diante de um enorme cartaz que exibia cinco estudantes sorridentes segurando diplomas da Universidade de Massachusetts em Worcester, eu me escondi entre a parede e ele. Abaixei-me até o chão, joguei a cabeça para trás até encostar no azulejo frio e fechei os olhos.

– Parece que você também preferiria estar em casa debaixo das cobertas – disse uma voz suave.

Olhando à minha esquerda, vi uma garota não muito mais velha que eu sentada no chão, a poucos metros de distância. Ela abraçava os joelhos no peito, atrás de uma cortina de veludo que uma das faculdades usava como parte de sua exposição.

– Não sou muito chegada a multidões – respondi.

– Nem eu. Só estou aqui para não perder meu emprego.

Desencostei a cabeça da parede. Ela parecia mais profissional que os alunos, com um terno de lã cinza e pérolas, mas as bochechas vermelhas estavam coradas, o cabelo loiro puxado para trás num rabo de cavalo desleixado e havia manchas pretas em suas pálpebras, como se a mão dela tivesse tremido enquanto passava o rímel. Devia ter uns 19 anos. Vinte, no máximo.

– Seu emprego? – perguntei.

– Eu trabalho para... – Ela hesitou antes de agachar e espiar pela beirada da cortina. Aparentemente decidindo que o terreno estava livre, levantou-se apenas o suficiente para eliminar a curta distância entre seu esconderijo e o meu. – Dartmouth – concluiu, sentando-se ao meu lado.

A resposta de Justine na redação, que confirmava o maior medo da minha mãe – o de que sua filha mais velha, sua *única* filha, não iria para a faculdade –, passou pelos meus olhos.

Eu não sei. Mas você também não...

– Sou orientadora vocacional – continuou a garota, abanando o rosto com a mão. – E ex-aluna de Dartmouth. Quando me formei, na primavera passada, não sabia o que queria fazer. A faculdade é ótima para ensinar você a pensar, mas não oferece nenhum curso que ensine exatamente como sobreviver no mundo real.

– Você já se formou? Na faculdade?

– Pareço ter 12 anos, eu sei. Tenho 20 na verdade, e me formei antes do previsto no ensino médio. É por isso também que eu não sabia o que fazer da vida. Estava tão ocupada correndo quase na velocidade da luz que nunca desacelerei o suficiente para pensar sobre o rumo que estava tomando.

– E, quando você pensou, decidiu que orientação vocacional era o que queria? – perguntei, genuinamente curiosa. De todos os motivos que a Hawthorne nos dava para entrar numa universidade da Ivy League, continuar nela após a formatura nunca fora um deles.

– Meus pais decidiram. Era isso ou voltar para casa e morar com eles até pensar em alguma outra coisa. E eles tiveram medo de que, se fizesse isso, eu arrumaria um emprego no Starbucks para passar o tempo e acabaria fazendo espuminha de leite para o resto da vida.

– E esse seria o pior pesadelo deles? – arrisquei.

– Basicamente. E descobri que o meu pior pesadelo é ter um emprego com tanto contato com o público. – Ela espiou o ginásio novamente antes de se voltar para mim. – Eu devia estar conversando com todos esses alunos e dizendo para eles como Dartmouth é ótima, mas sou boa em estudar, não em socializar. Simplesmente não sou boa nisso.

– Você está se saindo bem agora.

Ela mordia o lábio inferior entre uma frase e outra, mas então sua boca relaxou num sorriso.

– Sou Alison Seaford. E você é...

– Tão apreciadora do convívio social quanto você. – Não quis dizer meu nome, caso a srta. Mulligan tivesse compartilhado minha situação com todos os recrutadores que estavam ali.

– Certo. Bem, não sei quais são seus planos, mas Dartmouth é mesmo uma faculdade fantástica. *Campus* lindo, instalações de primeira linha, professores premiados. E uma comunidade prestativa.

Ela parecia tão simpática que fiquei tentada a lhe contar sobre o amor da minha mãe por Dartmouth, mas não sabia como fazer isso sem provocar outras perguntas.

– Obrigada pela informação. Vou manter isso em mente.

– Ótimo. – Ela respirou fundo e soltou o ar lentamente. – Preciso voltar para o meu posto. Mas foi legal conhecer uma solitária como eu.

Não se veem muitas pessoas assim em escolas como esta. E, se você tiver perguntas sobre Dartmouth ou sobre faculdades em geral, fique à vontade para me enviar um *e-mail*. – Ela pegou um cartão do bolso do *blazer* e o entregou para mim. – Sou *ótima* atrás do computador.

Só depois que ela foi embora e fiquei sozinha de novo, olhando para o brasão verde brilhante no cartão comercial, percebi o que eu havia dito.

Eu manteria aquilo em mente. Como se fosse uma opção.

Pela primeira vez, fiquei decepcionada com a ideia de não ir para a faculdade, mais do que simplesmente assustada com os motivos pelos quais aquilo era impossível. O sentimento era tão desconfortável – e inútil – que emergi de trás dos formandos de papelão e me dirigi à entrada do ginásio. Se Paige não tivesse ido tão longe, talvez ainda conseguisse convencê-la a ver um filme comigo.

Estava na metade do caminho quando uma dor lancinante explodiu em minha cabeça. Começou entre os olhos e foi para trás, como se uma furadeira elétrica estivesse perfurado minha testa, penetrando meu cérebro e saindo pelo crânio. Cerrei a boca para não gritar e encostei na parede para evitar um desmaio. A dor estava me cegando, o impulso de fechar os olhos era irresistível, mas, de alguma forma, mantive-os abertos. Não estava no meio do ginásio, mas ainda continuava exposta a qualquer um que estivesse olhando na minha direção; não queria alarmá-los antes que a luz branca se apagasse aos poucos.

Ela se apagou, finalmente, vários segundos depois. Bem a tempo de eu ver Parker seguindo uma garota pelo corredor.

Comecei a segui-los, olhando para trás uma vez. Do outro lado do ginásio, o pai de Parker ainda conversava com o recrutador de Princeton como se não houvesse nada de errado, como se o filho tivesse se ausentado apenas para que seu pai tivesse tempo de fechar o acordo.

Mas algo estava muito errado. Porque eu já sentira uma dor como aquela antes. Sabia o que significava.

Zara estava ali.

Atravessei correndo as portas do ginásio. Minha cabeça se voltou para a esquerda e para a direita, mas o corredor estava vazio. Eles já haviam partido. Tentei ouvi-la, sentir sua presença, mas tudo que ouvi foi o ruído das conversas dentro do ginásio. Tudo que eu sentia era a dor que ainda latejava, menos intensamente, dentro de minha cabeça.

Usando essa sensação como guia, fui em direção à entrada principal, pensando que Zara desejaria levar Parker para fora da escola, afastando-o de testemunhas. A dor diminuiu e então ficou mais aguda. Quando se tornou mais suportável, apertei o passo até ficar forte de novo, fazendo com que eu desacelerasse. Por duas vezes, ela pareceu ter sumido completamente, então refiz meus passos e virei à esquerda em vez de virar à direita, depois à direita em vez de à esquerda. Finalmente, a dor se intensificou e estabilizou, e parei.

Estava tão preocupada – e aterrorizada – que levei um segundo para perceber aonde a dor me levara.

A piscina coberta.

Pela porta de vidro, vi Parker tirar os sapatos e as meias, enrolar as calças até os joelhos e se sentar na borda da piscina olímpica. Zara não estava à vista, e por um breve momento pensei – desejei – que ela o tivesse deixado em paz. Mas, assim que ele colocou as pernas na água, ela saiu do vestiário feminino, usando um biquíni preto e uma canga preta transparente. O cabelo escuro pendia solto nas costas e ao lado do rosto, escondendo os olhos prateados brilhantes que eu sabia que estavam focados nele. Ela tocou o ombro de Parker e se certificou de que ele apreciava seu corpo, antes de desamarrar lentamente a canga e deixá-la escorregar pela cintura até as pernas.

A dor crescia na base do meu crânio e corria pela minha coluna. Virei a maçaneta, que não se moveu. Ela trancara a porta.

Abri a boca para gritar, mas parei quando ela afundou lentamente na água, dando as costas para mim. Após entrar na piscina por inteiro, ela se voltou para ele, colocando as mãos nos azulejos dos dois lados de suas pernas. O peito de Parker bloqueava o rosto dela, mas eu sabia que os olhos prateados estavam quentes e frios ao mesmo tempo, a boca rosada parcialmente aberta e convidativa, a cabeça timidamente inclinada para o lado.

Eu sabia que ela estava da mesma forma que estivera nas vezes em que tomara Caleb e Simon como alvos, na floresta. Quando sua beleza fora como um pêndulo que hipnotizava com uma única oscilação. Depois, Simon me contara como o poder de Zara sobre ele fora forte, e qual a única coisa que o fizera sair daquele transe.

Eu. Eu gritara o nome dele e quebrara o encanto.

Mas Parker não me amava como Simon – como Simon me amara. Eu não sabia nem se ele gostava de mim. Minha voz não teria o mesmo efeito sobre ele.

Mesmo assim, eu tinha de tentar.

– Parker!

Nada.

– *Parker!*

Nada ainda. A cabeça dele abaixou e a dela se ergueu, e eles se beijaram.

Bati no vidro com os dois punhos. Bati mais forte quando ela o ajudou a tirar a jaqueta e a camiseta. Quando ele começou a escorregar pela borda da piscina, em direção à Zara e à água, afastei-me da porta e atravessei o corredor. Abri o mostruário de vidro e peguei troféus, placas e medalhas. Então, atirei-os, um após o outro, na porta do ginásio.

No terceiro troféu, o vidro rachou. Uma medalha de ouro terminou o trabalho, lançando cacos pelos ares dos dois lados da porta.

– Pare! – gritei, lançando-me pelo vidro quebrado. Passei um braço pela abertura e procurei a maçaneta, tateando. – Afaste-se dele!

Minha mão tremia, fazendo meus dedos deslizarem pela tranca. Eu ainda estava tentando agarrá-la com firmeza quando outra mão – maior, mais larga – apertou meu braço gentilmente.

– Vanessa? – Parker perguntou.

Ergui a cabeça. Numa névoa de medo e dor, registrei dois olhos verdes, estreitos de preocupação, e dois... olhos castanhos, arregalados de choque.

– Georgia? – perguntei.

A garota que Parker beijara havia pouco estava alguns passos atrás dele, toda molhada, tremendo, apertando a canga contra o peito. Vi o rosto dela pela primeira vez e fiquei chocada quando vi que seus olhos não eram de um azul-prateado, que ela não se assemelhava a nada do que eu imaginara.

Minha cabeça ainda estava estourando, mas aquela garota não era Zara. Era Georgia Vincent, uma aluna esperta e bonita do primeiro ano, que aparentemente tinha uma queda por Parker.

– Sim? – Ela dirigiu a ele um olhar confuso.

– Desculpe. – Tentei me afastar. – Pensei que você fosse... Pensei que ele estivesse...

– Tudo bem – disse Parker, gentilmente. – Está todo mundo bem.

Meu braço, suspenso sobre os cacos de vidro ainda presos à porta, estava cansado, pesado. Quis puxá-lo para trás e usar o pouco de energia que me restava para correr pelo corredor e sair do ginásio, mas os dedos de Parker se estreitaram em minha carne, se recusando a me soltar.

– Na verdade – disse Georgia –, eu não estou bem. O que foi *isso*, Vanessa? Qual é o seu problema?

– Nada – eu disse, sem acreditar em mim mesma. – Eu só... pensei que você fosse outra pessoa.

– O assassino da machadinha? – Ela estendeu os dois braços, expondo o corpo praticamente nu. – Olhe para mim. Onde eu esconderia minha arma?

Abaixei os olhos e olhei para o chão.

– Enfim, não importa. Vou me secar e pegar minhas roupas. – Ela fez uma pausa. Quando falou novamente, a voz estava mais suave, sedutora. – Vem comigo?

– Acho que não – Parker respondeu.

~ 224 ~

Os pés descalços bateram contra o piso do ginásio conforme ela saiu correndo dali. Esperei até ouvir a porta do vestiário abrir e fechar antes de ousar olhar para Parker.

– Desculpe, mesmo – implorei.

– Você já disse isso. E não se desculpe. Você me impediu de fazer uma coisa da qual eu teria me arrependido um segundo depois.

– Eu gritei e bati primeiro. – Como se isso amenizasse alguma coisa.

Os olhos dele se fixaram nos meus. Eu queria afastar o olhar tanto quanto queria ficar exatamente onde estava. Para o bem ou para o mal, meu braço dolorido tomou a decisão por mim.

– Desculpe... você pode me dar licença?

Ele olhou para a própria mão e imediatamente soltou os dedos, como se estivesse surpreso de ver que eles ainda me tocavam.

Dei um passo para trás, a sola dos meus sapatos esmigalhando o vidro quebrado.

– Preciso ir. Encontrar alguém para limpar isso, quero dizer.

– Não vá.

Parei.

– Ainda está rolando, não está? – perguntou Parker. – O lance do *networking*?

Fiz que sim.

– Por que não ficamos aqui um tempo? Talvez a gente não consiga escapar de todos os recrutadores que provavelmente estão vasculhando os corredores atrás da gente agora mesmo – ele acenou para o buraco na porta –, mas estou disposto a arriscar, se você também estiver.

Eu estava. Em parte porque ele queria, em parte porque poderia me dar a chance de explicar meu comportamento estranho sem revelar muita coisa, mas principalmente porque eu estava completamente esgotada. Eu duvidava que conseguiria voltar ao ginásio sem cochilar antes.

Quando não fiz menção de sair, ele destrancou a porta, abriu-a e estendeu a mão para me ajudar a caminhar sobre os cacos de vidro até o outro lado.

Segui-o até a borda da piscina, onde estavam suas roupas. Ele vestiu a camiseta e me ofereceu a jaqueta. Quando agradeci, mas recusei, ele a deixou no chão e continuou andando em direção ao fundo da piscina.

– Ele é todo seu! – Georgia gritou, vestida e apressando-se em direção à entrada da piscina coberta. – E, aliás, ele nem é tudo aquilo que falam!

Ele parou ao pé da escada do trampolim. Aproximando-me dele por trás, ergui as sobrancelhas.

– Sua primeira cliente insatisfeita? – perguntei.

– Não sei. – Ele me deu um sorriso malicioso. – Ainda estou esperando o relatório de outra.

Fiquei grata quando ele subiu a escada, pois não pôde ver meu rosto, que queimava. Estranhamente, apesar do comentário que me deixou encabulada, senti uma minúscula onda de energia. Começava nos dedos do pé e parecia nadar corpo acima, por minhas veias. Era o suficiente para me fazer segurar um degrau com as duas mãos e subir a escada atrás dele.

Estava no segundo degrau quando imaginei Simon esperando por mim do outro lado da cerca de ferro que circundava o Acampamento Heroine, de Winter Harbor. Por um segundo, agarrei-me ao frio metal e pensei em descer a escada.

– Tem uma garota – disse Parker.

E veio uma nova onda. Fez minha pele formigar – e me fez ir em frente.

– Você se lembra daquele dia na sala de descanso da equipe de polo aquático? Quando você me perguntou se eu estava ficando com alguém?

– Lembro. – Concentrei-me nos movimentos. Mão direita, mão esquerda, pé direito, pé esquerdo.

– Bom, eu menti. Ou talvez não. Enfim, não tecnicamente. Conhece a Amelia Hathaway?

– Claro – respondi, grata quando ele não mencionou que eu os havia espiado na biblioteca umas semanas atrás.

– Ficamos juntos em uma festa no verão e pensei que não estava interessado em ter mais nada com ela, até que me interessei. Ficamos juntos algumas vezes, e eu estava gostando cada vez mais dela, mas meus sentimentos não foram exatamente correspondidos.

– Que pena. – Mão direita, mão esquerda, pé direito, pé esquerdo.

– É mesmo. Principalmente porque, quando ela insistiu que não queria nada comigo, parei de me importar com o que eu fazia e com quem. – Ele agarrou o corrimão no topo da escada e se ergueu em direção ao trampolim. – Até agora.

Mão direita, mão esquerda, pé direito, pé...

Parei com as mãos no corrimão, as mãos de Parker nas minhas. Olhei para baixo, vi como o chão estava longe e não resisti quando ele me ajudou a subir no trampolim. Olhamos um para o outro, nossos corpos separados por centímetros, nossos dedos se tocando no corrimão. A combinação da proximidade dele, meu eterno medo de altura e o fato de estar seis metros acima da piscina deveria ter me aterrorizado a ponto de não conseguir respirar, mas eu me sentia surpreendentemente segura. Forte.

O sentimento só se intensificou quando Parker falou novamente.

– Não sei o que você pensou que estava acontecendo aqui – ele disse calmamente. – Mas sei que estava preocupada comigo. O que quer que tenha sido, você pensou que eu estava correndo perigo e quis ajudar. Como aquela noite no porto... certo?

Engoli, concordei e olhei por cima de seus ombros para a água sob nós.

– Vanessa, ninguém nunca se importou tanto assim comigo. E não sei bem por que você se importa, mas eu adoraria...

– Parker – minha voz era um sussurro.

– Não, por favor. Me deixe falar antes que eu perca a coragem. A gente não se conhece muito bem, mas eu adoraria...

– *Parker.*

Ele parou. Seus dedos apertaram os meus conforme ele se virou e seguiu meu olhar.

Ele se inclinou sobre o corrimão.

– Aquele é...? Ele não parece o...?

– Sim – respondi, as lágrimas enchendo meus olhos.

Era Matt Harrison. O recrutador da Bates. Flutuando de costas e se movendo em direção ao centro da piscina.

Enquanto Parker acenava e gritava, tentando obter alguma resposta, fiquei de joelhos, sabendo que não haveria resposta alguma.

Porque Matt Harrison estava morto.

E sorrindo, como se nunca tivesse sido mais feliz.

22

DEPOIS DE ALERTAR A SEGURANÇA da escola, Parker e eu passamos uma hora conversando com a polícia. Ele tentou me convencer a ir embora antes que chegassem, para me poupar da confusão, mas me recusei. Parker explicou quase tudo, mas eu quis confirmar que estávamos juntos quando encontramos o corpo. Se ele dissesse que estava sozinho, a polícia poderia ter suspeitado de que estivesse envolvido, e eu não poderia permitir isso.

No entanto, fiquei também por outro motivo. Enquanto Parker contava o que tinha acontecido a seu pai e ao diretor O'Hare – ambos parecendo mais preocupados com o modo como lidariam com a publicidade negativa do que com o fato de que um recrutador de universidade acabara de morrer nas instalações da escola –, pedi licença para telefonar para meus pais e, em vez disso, saí dali.

A Hawthorne e o Departamento de Polícia de Boston deviam ter algum tipo de acordo, porque, na entrada principal e na entrada dos fundos da escola, a vida seguia sem perturbações. O evento de *networking* acabara, e alunos dos últimos anos e recrutadores conversavam em grupinhos nos degraus e na calçada – os recrutadores conversando sobre onde poderiam jantar, e os alunos ouvindo na esperança de "acidentalmente" se juntar a eles. Eles pareciam não ter ideia do que estava acontecendo do outro lado do prédio. E, além de alguns calouros aqui e ali, não havia atividade alguma na entrada dos fundos.

Eu estava prestes a entrar novamente e tentar seguir um policial até ele ficar sozinho quando um caminhão branco chamou minha atenção. Estava estacionado metade para dentro, metade para fora da estreita entrada para veículos de entrega, a vários metros de distância dos fundos do prédio. Estava escrito PADARIA COLONY nas laterais do caminhão em fonte azul, e havia uma lanterna no painel. Quando me aproximei, pude ouvir o ruído dos *walkie-talkies* e homens falando com vozes abafadas. O caminhão ocupava a maior parte da calçada, bloqueando minha visão do que estava acontecendo atrás dele, mas vi de relance maletas médicas vermelhas e uma maca.

– Você está perdida?

Pulei ao ouvir a voz da mulher. Ela estava atrás de mim, vestindo calças escuras e uma longa jaqueta branca, e carregando três garrafas d'água que aparentemente acabara de comprar na lanchonete ao lado. Um distintivo da Equipe de Emergência Médica Commonwealth apareceu perto do colarinho. Vendo meus olhos repousarem ali, ela rapidamente abotoou a jaqueta com a mão.

– Não – disse eu com rapidez, apontando para o caminhão. – Estou com fome, só isso. Você tem pão?

– Tem uma padaria do outro lado da rua.

– Sim, mas os pães da padaria devem estar lá há horas. Os do seu caminhão provavelmente acabaram de sair do forno.

Ela me olhou de cima a baixo. Então, decidindo que eu era simplesmente irritante e não uma ameaça, seguiu em frente, deixando-me para trás.

– Esta é uma entrada particular. É melhor você sair daqui.

Eu estava na entrada de automóveis e passei para a calçada. Peguei um livro na mochila e me inclinei contra a parede, fingindo ler enquanto esperava alguém. Toda vez que ouvia passos na entrada de automóveis ou uma porta do caminhão se abrir, dava uma espiada casual para a esquina. A próxima integrante da equipe médica que vi foi outra mulher, e os dois que se seguiram a ela eram homens mais velhos e casados.

Mas o quarto pareceu promissor. Era jovem, provavelmente 20 e poucos anos, e o dedo anular esquerdo estava livre.

– Com licença? – pedi, trocando o livro por um caderno e uma caneta.

– O que foi? – A parte superior de seu corpo estava atrás da porta do passageiro enquanto ele se inclinava para dentro do caminhão.

Quis me certificar de que ninguém mais estava vindo antes de me aventurar pela entrada de automóveis. Ele terminou o que quer que estivesse fazendo dentro do caminhão, saiu e fechou a porta.

– Oi. – Ofereci-lhe um sorriso que se pretendia amistoso e, ao mesmo tempo, sugestivo.

De início, pareceu funcionar – ele devolveu o sorriso e deu um passo na minha direção –, mas sua boca se firmou numa linha reta quando se lembrou de onde estava.

– Você não devia estar aqui – disse.

– Mas eu estava esperando por você.

Ele começara a se virar, mas se deteve.

– Estava?

– Estou fazendo uma pesquisa para uma matéria. Para o *Globe*. – Era meio forçado, mas pelo menos eu não estava vestindo o uniforme da escola.

Ele ainda parecia incerto, mas estava escutando.

– Sobre o quê?

– Mortes assustadoras nesta região, para uma matéria especial de Halloween. Pensei que, por ser um dos melhores médicos de emergência de Boston, você deve ter visto algumas coisas bem estranhas.

Isso era ainda mais forçado. Ele também estava usando o disfarce da padaria, e, diferente da primeira mulher com que eu falara, seu distintivo estava escondido. Então, como eu poderia saber que ele era médico, e um dos melhores ainda por cima? Preparei-me para outra reprimenda.

Mas ela não veio.

– Vi, sim – disse ele, parecendo satisfeito ao se encostar no caminhão e cruzar os braços contra o peito. – Mas tem certeza de que você é repórter? – Minha respiração acelerou. – Você é muito bonita para ficar presa atrás de um computador, escrevendo o dia todo.

Sorri. Isso pareceu deixá-lo ainda mais contente, e ele imediatamente começou a contar vários casos de assassinato, suicídio e uma combinação de ambos. Fingi tomar nota, fazendo uma pausa aqui e ali para sorrir ou me aproximar, mas, quando ficou claro que nenhuma das histórias envolvia as vítimas recentes da cidade, ajudei-o a se concentrar.

– E o cara que pulou da ponte umas semanas atrás? – perguntei. – O que deixou o bilhete e o balão.

– Aquilo foi bem comum. A namorada terminou com ele, e ele não conseguiu seguir em frente sem ela. – Ele piscou. – Compreensível, dependendo da garota.

Meu estômago revirou.

– E não havia nada... incomum com ele quando foi encontrado? Nenhuma marca ou expressão estranha?

– Não que eu me lembre.

– E o acidente com o ônibus de atletas da Universidade de Boston? Nada estranho?

Ele balançou a cabeça.

– Eles encontraram os quatro últimos alunos que estavam desaparecidos, e os outros estão se recuperando bem no hospital. Lamentável, mas bastante comum.

Dei mais um passo na direção dele e repousei a mão em seu braço.

– Já ouvi dizer que, em certas circunstâncias, é possível morrer com a boca aberta e os lábios voltados para cima. Quase como se você estivesse feliz. Alguma das vítimas recentes estava assim?

– Agora que você comentou, aquele cara que pulou da ponte não parecia totalmente desolado quando o encontraram. – Ele olhou para trás e então se inclinou em minha direção. – E posso dizer algo que deve ficar só entre nós? Um cara se afogou na piscina dessa escola chique. Quando o retiraram dali, ele estava sorrindo como o gato de Alice.

Ele deu um pulo para trás quando uma porta atrás dele se fechou. Olhei sobre seu ombro e vi a primeira médica vindo em nossa direção.

– Muito obrigada – disse, me afastando. – Você ajudou bastante.

– Espere! – Ele veio atrás de mim. – Qual é o seu nome? Como eu posso...

A médica agarrou o braço dele. Enquanto ela exigia saber o que ele havia me contado, virei-me e corri.

Passei correndo pela escola, atravessei a rua e cheguei ao parque. Esquivando-me de pedestres e carrinhos de bebê, tentei entender tudo que acabara de ouvir. Cheguei em casa quase sem fôlego e subi de dois em dois os degraus que levavam à porta principal.

– Ah, ótimo! – disse minha mãe quando entrei abruptamente. Ela estava na sala, vasculhando mais caixas de papelão. Quando olhei em sua direção, ela levantou duas capas pretas. – O que você acha? Como fantasias? Para você e...

– Desculpe. – Passei por ela e dei-lhe um beijo rápido na bochecha. – Não posso falar agora. O papai ainda está no escritório?

– No trabalho. Ele se sentiu bem para dar a aula da tarde.

Parecia outra mentira contada para poupá-la, mas não havia nada que eu pudesse fazer a respeito agora. Passei correndo pela sala, subi as escadas e atravessei o corredor.

– Paige? – chamei, batendo na porta do quarto. – Sei que você disse que queria ficar sozinha e lamento interromper, mas...

Parei quando a porta se abriu sob o peso do meu pulso, soltando uma rajada de ar quente.

– Paige? – Entrei no quarto. Estava escuro exceto pelo leve brilho do meu velho abajur na escrivaninha. – Você está bem?

Ela não respondeu. Pensando que ela havia adormecido – e ainda querendo conversar –, fui pé ante pé até a cama. Tateei na escuridão, em busca do travesseiro, desejando acordá-la gentilmente com um carinho no cabelo. A palma da minha mão tocou o travesseiro... mas a cabeça dela não estava ali. Tateei ao longo da cama. Além de Paige, estavam faltando os cobertores e os lençóis.

Voltei para a cabeceira e acendi o pequeno abajur no criado-mudo. À meia-luz, vi que a cama estava totalmente desfeita. As persianas, abaixadas; as cortinas, firmemente fechadas sobre elas. Aquilo era estranho, mas mais estranho ainda era o que havia no meio do quarto.

Oito aquecedores portáteis estavam organizados num círculo amplo, os fios conectados a três filtros de linha diferentes. No meio, estavam os cobertores e os lençóis da cama, assim como o que parecia ser todo o enxoval do andar de cima: edredons antigos, xales de lã e até toalhas de visita. A roupa de cama também estava disposta num círculo e lembrava um ninho. No meio do ninho, os travesseiros – os da cama e alguns extras do armário – e um jarro plástico de água. Os travesseiros estavam afofados, como se não fossem tocados desde que haviam sido colocados no chão, e a jarra de água estava cheia. O resto do quarto parecia normal, com apenas uma exceção.

Paige não estava lá.

Usei minha manga para limpar o suor do rosto, então corri de volta para o corredor. Parei no meu quarto, pensando que ela poderia estar ali, esperando por mim, mas ele também estava vazio.

Havia apenas mais um cômodo no segundo andar: o banheiro. Aproximei-me dele devagar; minha energia finalmente se esvanecia, e eu sentia medo do que poderia encontrar. A porta estava fechada, e nenhuma luz emanava do pequeno espaço entre ela e o chão, mas dava para ouvir água correndo, como se alguém estivesse tomando banho.

Eu já encontrara Paige numa banheira. Ela estava grávida naquela época, e doente. Sem se transformar, seu corpo fora incapaz de dar à vida que crescia dentro dela aquilo de que precisava. Raina e Zara, em vez de a levarem ao médico, cuidaram dela em casa, fazendo-a beber litros de água do mar e tomar banhos quentes. Elas estavam com Paige no banheiro no dia em que observei pela porta entreaberta, segurando sua mão pálida e trêmula, velando silenciosamente.

Agora, enquanto eu andava em direção ao banheiro, visualizei seu corpo se contorcendo. Imaginei o barulho que ela fizera, algo entre um gemido e um grito, que soara diferente de tudo que eu já ouvira até então. Lembrei-me de seus olhos, seus lindos olhos azul-prateados, brilhando em direção ao teto, parecendo olhar para tudo e nada ao mesmo tempo. E rezei para que aquilo não me esperasse atrás da porta fechada.

Bati uma vez. Duas. Três vezes.

– Paige? É a Vanessa. Posso entrar? – Colei a orelha na porta e ouvi. Não houve nada além do fluxo contínuo de água. – Por favor – sussurrei, pegando a maçaneta. – Por favor, que ela esteja bem...

Assim como o quarto, o banheiro estava iluminado apenas por um abajur. Mas não era preciso estar mais claro para que eu visse que Paige não estava bem, que eu estava atrasada.

Seu corpo imóvel era mantido debaixo d'água por pesos de ferro sobre o estômago, os braços e as pernas. A pele estava branca, os lábios, azuis. A água do chuveiro caía na banheira transbordante, fazendo o cabelo de Paige flutuar em torno do rosto inchado. Potes com sal de cozinha pontilhavam a prateleira de porcelana na parede ao lado da banheira. Um pequeno livro branco flutuava no piso inundado, as letras douradas brilhando à meia-luz.

Meu corpo entorpeceu quando meus olhos focaram a frase em francês.

La vie en rose.

O diário de Zara.

~ ~

A sala de espera do hospital cheirava a antisséptico e batata frita. A combinação nauseante não ajudava meu estômago, que revirava desde que eu abrira a porta do banheiro, quarenta e cinco minutos antes.

– Você devia comer alguma coisa – minha mãe pôs a mão no meu joelho.

– Não estou com fome – respondi.

– Você está suando e tremendo. A comida vai ajudar.

Não respondi. Do outro lado da sala de espera, uma menininha me observava com curiosidade. Tentei sorrir, mas a tentativa fracassada fez com que ela enterrasse o rosto na blusa da mãe.

– Salada – minha mãe anunciou, se levantando. – Vou buscar uma salada para você, e vou ligar para o seu pai.

– Você ligou para ele doze vezes nos últimos cinco minutos – protestei quase sem energia.

– E vou continuar ligando até ele atender.

Eu tinha de admirar sua determinação – e sua calma imperturbável. Eu não lembrava muita coisa do que acontecera depois que encontrara Paige. Sei que gritei e a levantei da banheira, e em determinado momento tive uma vaga percepção de que minha mãe estava ali conosco, mas isso foi tudo. E ainda assim, de alguma forma, estávamos na sala de espera do hospital. Paige estava com os médicos. Foi como se, no segundo em que gritei, minha mãe tivesse despertado de seu estranho devaneio e adentrado novamente na realidade da mesma forma que saíra dela.

Era um milagre pequeno, mas não havia passado despercebido.

Quando minha mãe desapareceu no elevador, eu me levantei e fui até a recepção.

– Com licença – disse, inclinando-me no balcão para me apoiar. – Você tem alguma notícia? Sobre Paige...

– Marchand – Barbara, a recepcionista, uma senhora de cabelos loiros armados, olhou para mim por sobre os aros dos óculos, pontilhados de falsos diamantes. – Eu me lembro das doze primeiras vezes que você perguntou.

Aparentemente, minha mãe não era a única pessoa determinada.

– Ela está viva – disse Barbara. – Ainda em estado crítico, mas viva.

⌐236⌐

– Obrigada. E você me avisa se houver alguma alteração no estado dela?

Barbara prometeu que sim.

– Mas, se você quiser me perguntar de novo antes disso, não tem problema.

Comecei a me afastar quando ela falou novamente:

– Você está bem? Parece um pouco zonza.

– Estou bem – respondi com um aceno. – Obrigada.

Estava prestes a voltar para a cadeira quando a menininha que estivera me observando viu que eu me aproximava, inclinou-se para sua mãe e sussurrou:

– Lá vem aquela moça de novo. O que tem de errado com ela?

Eu sabia que era bom me acostumar com a pergunta, já que haveria algo de muito errado comigo pelo resto da minha vida, mas aquilo não iria acontecer agora. Abaixando a cabeça para que meu cabelo cobrisse o rosto, passei pelas cadeiras e me esgueirei o mais rápido que pude até as portas automáticas. Lá fora, tentei ignorar os fumantes e familiares preocupados e me joguei num banco vazio, afastado da entrada do pronto-socorro.

A Paige está bem. Ela só está aqui para um checkup. *Ela vai ser liberada rapidinho, e vamos para casa conversar e ver filmes, como em qualquer outra noite.*

Enquanto mentia silenciosamente para mim mesma, meu sangue corria mais rápido, minha cabeça ficava mais confusa. Com medo de desmaiar antes de fazer a única coisa que sabia que precisava fazer, abri meu telefone, fechei os olhos e me concentrei em minha respiração. Quando achei que seria capaz de dizer aquilo que precisava ser dito sem chorar, abri os olhos e disquei.

Caiu na secretária eletrônica no segundo toque. Fiquei na dúvida se deveria desligar e tentar de novo dali a um tempinho, mas optei por deixar um recado. Como saber como eu estaria mais tarde?

– Oi, Betty, é a Vanessa. Estou ligando por causa da Paige. Houve... um acidente.

Mais uma mentira. Em meu estado confuso, eu conseguira pegar o diário de Zara do chão inundado e, na sala de espera, enquanto minha mãe estava fora para ligar para o meu pai, lera as anotações borradas e cuidadosas de Paige. Embora o resultado não tenha sido o esperado, ela agira intencionalmente: ligara a torneira, enchera a banheira de sal, afundara o próprio corpo. Ela sabia o que estava fazendo.

Estava tentando se transformar em uma delas. Em uma de *nós*. Eu podia apenas supor que não havia funcionado porque ela não ficou submersa em água naturalmente salgada.

– Ela está na UTI do Centro Médico Commonwealth – continuei rapidamente. – Ainda não temos muitas informações, mas pensei que você gostaria de vê-la. Talvez o Oliver possa trazer você aqui.

Passei o endereço e desliguei. A alguns metros de distância, uma ambulância entrou rapidamente pela entrada de emergência. Meus olhos focaram as luzes giratórias. Entre os *flashes*, pensei em Justine.

Eu sentia saudade. Especialmente agora, mas também a cada minuto de cada dia, mesmo quando não estava pensando conscientemente nela. Sentia falta de seu sorriso, de sua risada, de sua habilidade de fazer tudo que era ruim ficar bom de novo. Sentia falta de encontrar com ela no corredor do andar de cima, quando, ainda acordando, ela estava mal- -humorada demais para dar bom-dia. Sentia falta de falar com ela todas as noites sobre meus pais, sobre a escola e os garotos, até que eu me cansasse o suficiente para dormir sem me preocupar com a escuridão. Às vezes, quando sentia tanto a sua falta que não conseguia respirar, eu me permitia acreditar que ela estava apenas viajando, que voltaria assim que estivesse pronta.

Se eu também perdesse Paige, nunca conseguiria respirar de novo.

Enquanto as lágrimas enchiam meus olhos, fui arrebatada pela repentina necessidade de que alguém me dissesse que estava tudo bem.

E, se aquilo não fosse possível, queria que alguém estivesse ali comigo, alguém que eu amava e que me amasse, que não me fizesse falar se eu não quisesse, que ficasse comigo naquele banco até eu me sentir suficientemente forte para me levantar de novo.

Eu precisava de Simon.

Enviei uma mensagem de texto, meus dedos se mexendo sozinhos. As lágrimas rolavam pelas minhas faces, e novas lágrimas substituíam as antigas, dificultando a visão da telinha. Escrevi uma mensagem curta, certa de que ele saberia o que eu estava desejando sem que precisasse formular o pedido.

"Paige está na UTI do Commonwealth. Ela está bem por enquanto. Já eu, não tenho certeza."

Apertei o botão Enviar, fechei o telefone e escorreguei pelo banco até minha cabeça repousar contra as ripas de madeira. Observando as luzes da ambulância, senti minhas pálpebras ficarem pesadas demais para conseguir mantê-las abertas, e então as deixei cair. Os sons das pessoas falando, dos carros passando, das buzinas soando a distância lentamente deram lugar ao silêncio.

Devo ter caído num sono profundo, porque a próxima coisa de que me lembro é que alguém estava no banco ao meu lado. Ele passou o braço pelos meus ombros, trazendo-me para perto, e eu apoiei o rosto contra seu peito quente. Instintivamente, passei a mão em torno de sua cintura e deixei-a ali.

Eu me senti melhor. Mais calma. Mais forte. Minha mente estava mais clara. Eu estava com sede, mas não mais do que estaria depois de acordar de um cochilo.

Claro, se eu estivesse pensando em vez de sentindo, perceberia como era improvável estar deitada num banco há três horas, que era o tempo que Simon levaria para dirigir de Maine até ali. Duas, se ele ignorasse os limites de velocidade. Pensaria que minha mãe nunca teria me deixado sozinha no frio por tanto tempo, ainda mais em seu papel atual de líder serena.

Mas eu não estava pensando. Estava feliz demais por ele estar ali.

– Obrigada por vir – sussurrei.

– Obrigado por querer que eu viesse – disse ele, passando o braço livre pela minha barriga.

Meus olhos se abriram. Sem me mover, olhei aquele braço, registrei a jaqueta marrom, os punhos gastos. Olhando para a calçada, vi os All Star sujos.

Simon não usava All Star.

Parker sim.

Quando enviei a mensagem, cansada demais para discar o número, eu respondera a uma mensagem anterior. Em minha confusão, devo ter respondido a uma mensagem de Parker em vez de a uma de Simon.

– Do que você precisa? – ele perguntou calmamente perto do meu ouvido. – Posso buscar alguma coisa para você?

Vá embora. Por favor, vá embora e me deixe sozinha.

Mas eu não disse isso em voz alta. Tampouco me afastei – meu corpo não colaborava. Em vez disso, ele continuava a agir por conta própria, se aproximando ainda mais do corpo de Parker, o desejo de estar perto dele emudecendo os alarmes que soavam em minha cabeça.

Enquanto os braços de Parker se estreitavam ao meu redor, pensei em Simon. Eu o amava. Mais do que qualquer coisa ou qualquer um. Quando estávamos juntos, me sentia mais inteira do que nunca.

Mas, para minha surpresa, havia algo em Parker que também parecia certo.

23

PAIGE FICARIA BEM. Ela estava extremamente fraca e teve de ficar no hospital em observação, mas os médicos disseram que ela melhoraria o suficiente para voltar para casa em poucos dias. Eu a visitava pela manhã, na hora do almoço e depois da escola, e frequentemente ficava com ela além do horário de visitas, até as enfermeiras me expulsarem de lá. Como ela estava muito cansada, não conversávamos muito e, quando o fazíamos, falávamos sobre coisas leves, seguras, como o que estava passando na televisão que pendia de um suporte ao pé da cama. Eu queria saber por que ela fizera aquilo, mas não queria aborrecê-la ou fazê-la se sentir pior do que já estava. Ela me contaria quando estivesse pronta, e, como sua amiga, eu esperaria o tempo que fosse necessário.

Mas isso não significava que eu não podia tentar conseguir respostas em outro lugar. E foi por isso que, no sábado seguinte, acordei antes do amanhecer, deixei um bilhete para os meus pais dizendo que tinha uma sessão de estudos que duraria o dia inteiro e fui para Winter Harbor.

Fazia menos de uma semana desde a manhã em que acordara no barco de Parker, mas, enquanto dirigia pela chuva, parecia que meses haviam se passado. As árvores estavam quase nuas, as folhas coloridas

~ 241 ~

agora eram marrons e forravam o chão. O céu estava cinzento, e o sol se escondia atrás de uma camada baixa de nuvens. Sem nada para fazer entre as estações de esqui e natação, os turistas haviam partido, deixando as ruas vazias e as lojas silenciosas. Eu nunca estivera em Winter Harbor naquela época do ano e fiquei surpresa com quanto a cidade parecia solitária.

Ansiosa para estar com outras pessoas, fui direto à casa de Betty, a qual também parecia diferente. O exterior turquesa estava desbotado, e a pintura, rachada e descascando. A longa varanda estava afundando no centro, e faltava pelo menos uma dúzia de estacas de madeira na cerca que corria por toda a sua extensão. Várias venezianas haviam caído, e as que sobraram estavam rachadas e tortas. Parecia que um furacão tinha atingido a casa, atacando a estrutura e deixando a destruição em seu rastro.

E, considerando as tempestades rápidas e repentinas do último verão, talvez tivesse mesmo.

Estacionei o carro e atravessei correndo o gramado, subindo os degraus da varanda. Eu havia planejado o que dizer durante as seis horas de viagem, mas, antes de tocar a campainha, esperei mais um minuto para ensaiar novamente.

– O que você está fazendo aqui?

Dei um salto para trás, agarrando a cerca para evitar rolar pelas escadas. Oliver abrira a porta abruptamente e sem aviso. Ele parecia zangado, e eu já ia pedir desculpas por aparecer sem avisar quando ele começou a falar:

– Eles não avisaram que você estava vindo. – Os olhos dele, fixos em algum lugar atrás de mim, iam de um lado para o outro. – Eles não avisaram que você estava vindo, e não tenho lugar para você.

– Tudo bem. – Eu o segui quando ele se virou de repente e correu para dentro. – Eu não disse a ninguém que viria, e não vou ficar. Só queria dar notícias da Paige para a Betty.

Ele parou e se virou. Os olhos continuavam indo de um lado para o outro, nunca se fixando diretamente em mim ou em qualquer outra coisa na sala. Ele estava encurvado, como se sofresse com o peso de uma grande e invisível pressão. A boca estava meio aberta, e o lábio inferior pendia na direção do queixo.

– A Betty está bem – disse ele. – Ela não precisa da sua ajuda. As pessoas precisam parar de se preocupar com ela e se concentrar em questões mais importantes.

Ele estava me repreendendo. Comecei a repetir o motivo de estar ali, mas ele se virou antes que eu pudesse terminar. Cambaleou pela sala de estar e entrou na cozinha, murmurando alguma coisa e mexendo no aparelho auditivo. Esperei ali, pensando que ele voltaria, mas logo houve um clique suave e distante, como o ruído de uma porta se fechando, e sua voz silenciou.

Eu sentia menos sede nos últimos dias, mas agora minha boca estava seca, e minha garganta, apertada. Fiquei tentada a seguir Oliver, mas, com ele distraído, era a chance perfeita de falar com Betty. Subindo as escadas antes que minhas pernas cedessem, apanhei o celular no bolso da calça *jeans* e digitei rapidamente.

"Simon, sei que você está zangado e não te culpo, mas algo está acontecendo em WH e precisamos conversar. Me ligue. Por favor."

Enviei a mensagem de texto enquanto meu joelho esbarrava em algo rígido. Dei um pulo para trás, mordendo o lábio por causa da dor. Ao fazer isso, notei a sala de estar pela primeira vez desde que entrara na casa.

As cortinas formavam uma pilha sob as janelas, o tecido grosso completamente rasgado. O velho tapete estava cortado em pedaços grandes, irregulares. O sofá e as cadeiras estavam virados de cabeça para baixo, com o estofado para fora e as pernas de madeira serradas. A mesinha de centro estava completamente destruída. Próximo de onde ela costumava ficar, a lâmina afiada de um machado estava cravada no chão de madeira.

~ 243 ~

Eles estão só redecorando... Finalmente fazendo uma reforma na velha casa... Fingi para mim mesma durante todo o percurso até o andar de cima e pelo corredor. Era o único meio de forçar meus pés a continuarem se movendo.

A Betty teve um motivo perfeitamente razoável para não visitar a Paige no hospital... Ela não estava se sentindo bem, ou talvez o Oliver estivesse ocupado e não pudesse levá-la...

Parando ao lado da porta do quarto de Betty, respirei fundo e tentei me concentrar. Ergui a mão, preparando-me para bater, mas esperei quando percebi que a porta estava entreaberta. Betty estava de pé ao lado da parede de janelas, de costas para mim. Segurava um telefone junto ao ouvido e parecia ouvir atentamente. Encostei-me à porta, abrindo a fresta mais dois centímetros, e fiquei o mais perto que pude sem entrar no quarto.

– Minha querida, não há necessidade de se desculpar – disse Betty, com a voz suave, reconfortante. – Você fez o melhor que podia. Da próxima vez, fará melhor.

Da próxima vez? Que próxima vez? Ela estaria falando com alguém no restaurante? Trabalhando a distância?

– Algumas semanas? – A voz de Betty endureceu, e as costas ficaram tensas. – Não acho que seja uma boa ideia. Como conversamos no fim de semana passado, não há tempo a perder.

Eu a observei agarrando a moldura da janela com a mão livre. Seus dedos seguravam a madeira com tanta força que ficaram roxos, e então brancos.

– Entendo que você esteja nervosa, é uma grande mudança. Mas não há nada com que se preocupar. Você vai se sentir fraca no começo, mas, com tempo e treinamento, vai ficar mais forte do que nunca.

Prendi a respiração.

– Você não quer ter a vida a que foi destinada? Fazer parte de uma família novamente? Da *sua* família?

Houve outra longa pausa. Betty sacudia a cabeça levemente enquanto ouvia, fazendo-me lembrar dos olhos inquietos de Oliver.

– Você não percebe? – ela rosnou. – Ela não se importa com você. Não de verdade. Você é só uma compensação, uma substituta para a irmã morta.

Justine.

Quase engasguei quando o nome dela passou pela minha cabeça como um raio. Era a voz de Betty, mas ela não o mencionara em voz alta.

De olhos arregalados, observei-a abaixar o telefone. Ela continuou a olhar pelas janelas. Fiquei ali, paralisada, tentando decidir se cedia ao instinto de fugir. Antes que eu pudesse fazer isso, ela jogou a cabeça para trás e emitiu uma única e aguda nota.

Fui atirada contra a parede, como que atingida por uma onda, apertando os olhos e cobrindo os ouvidos, mas o barulho ficou ainda mais alto, como se a fonte estivesse dentro de minha cabeça, e não fora dela. Quando tentei abrir os olhos, uma luz prateada, mais brilhante que o sol, forçou-me a fechá-los de novo. Tropecei, cega e surda, propelida pelo medo e por uma força invisível que me empurrava pelo corredor. Aproximando-me de onde eu imaginava que a escada estivesse, tirei uma mão do ouvido, para tatear em busca do corrimão. Meus dedos tocaram em algo rígido e, sem poder ver se era o corrimão, agarrei-o de qualquer modo, usando toda minha força para me segurar.

Desci correndo e tropeçando pela escada, e o barulho e a luz diminuíam à medida que eu avançava. Meu telefone vibrou quando cheguei ao primeiro andar e desacelerei o passo para tirá-lo do bolso. Minha visão estava distorcida demais para distinguir as palavras e os números na pequena tela. Pisquei rapidamente, e minha visão clareou o suficiente para eu ver o espelho pendurado na parede, na base da escada. O reflexo mostrava um homem baixo e quase careca correndo na minha direção, os dentes à mostra, um machado erguido sobre a cabeça.

– Oliver, o que...

Houve um ruído alto quando o cabo do machado acertou minha cabeça.

A luz prateada se apagou.

Quando dei por mim, a primeira coisa que percebi foi a água. Era salgada e fria, e a sensação era tão boa que levei um segundo para perceber que não estava nadando no oceano, e sim submersa em algum tipo de banheira improvisada. A dor latejante em minha nuca me fez lembrar do que acontecera, e meu pescoço, meus pulsos e tornozelos amarrados confirmaram que eu estava encrencada. Tentei me levantar, erguendo a cabeça e fazendo força contra as amarras. Elas não cederam.

Sem mover a cabeça, olhei à direita e então à esquerda. Reconheci a estampa floral intrincada do sofá de Betty, o veludo molhado das cortinas da sala, a suavidade do tapete do quarto de Zara. O baú de madeira estava montado e, ao seu redor, estavam os antigos pertences da casa de Betty. Acima de mim, vi a cabeça de Oliver enquanto ele lia um termômetro, anotava a temperatura num livro e colocava o termômetro de volta na água. O instrumento frio e estreito deslizou pelo tanque, tocando a lateral do meu pé.

Está tudo bem... Você está bem... Se ele quisesse te matar, não a teria colocado no lugar onde você se sente mais forte...

Era difícil de acreditar, mas, uma vez na vida, tentei diminuir meu medo com a verdade. Sim, Oliver me nocauteara, me amarrara e, eu percebia agora, tirara todas as minhas roupas. Mas, apesar do modo como eu chegara ali e do fato de que não podia sair, eu me sentia bem. Se ele quisesse meu mal, teria me acertado com o outro lado do machado ou me trancado em algum lugar seco, sem nada para beber e sem acesso à água.

Um pouco mais tranquila, forcei as amarras novamente. Eram finas, mas estavam apertadas. Elas cederam apenas um pouco, quando as puxei o máximo que podia.

Já era um começo. Eu puxava e relaxava, puxava e relaxava, com cuidado para não agitar a água e não chamar a atenção de Oliver. Finalmente, consegui mover minha mão esquerda até tocar a lateral do tanque de madeira. Então, tateei com os dedos, grata pelo trabalho malfeito de Oliver. A madeira era irregular e tinha pontas afiadas. Ao encontrar uma ponta adequada, torci o pulso até a corda se prender à madeira. Puxei e empurrei, movendo a mão como um serrote.

– Vanessa Sands.

Fiquei imóvel. Oliver estava de pé sobre mim outra vez, escrevendo em seu livro. A voz estava abafada, mas eu podia perceber que ele falava casualmente, como se estivesse conversando consigo mesmo.

– Eles me disseram que você seria difícil de apanhar. Que não viria de livre e espontânea vontade.

Lutei para não me encolher quando ele colocou a mão na água, pressionando dois dedos contra a parte de dentro de meu pulso direito. Ele os segurou ali por alguns segundos, aparentemente medindo a minha pulsação, e então tirou a mão da água, enxugando-a na camisa.

– Ou eles estavam errados, ou subestimaram a minha Betty. – Ele deu uma risadinha e fez outra anotação. – Isso é algo que eu *jamais* faria.

Fechando os olhos, eu me lembrei do último verão, quando Oliver contara a Simon, Caleb e a mim sobre seus sentimentos por Betty e a história de seu relacionamento. Ele falara dela de forma tão doce, com tanta reverência, que era óbvio que não havia nada que não fizesse por ela – inclusive, ao que tudo indica, sequestrar a melhor amiga de sua neta.

Mas por que Betty estaria fazendo aquilo, quando nos ajudara a derrotar as sereias no verão passado? Por que estaria tentando convencer Paige a se transformar? Por que desejaria submeter a neta a uma vida de sede e dor? E por que queria me manter presa? Ela estaria preocupada que eu tentasse impedir Paige?

E, colocando Betty de lado, quem eram "eles", a quem Oliver se referia?

Vários minutos mais tarde, tive pelo menos uma resposta. Continuei a serrar até a corda fina se romper, então usei a mão livre para desamarrar a outra mão. Depois de soltar meu pescoço, escorreguei pelo tanque de madeira até alcançar os tornozelos. Quando os libertei, sentei-me lentamente, tirando apenas a cabeça da água.

O quarto tinha pelo menos quinze tanques de madeira como o meu, talvez mais. Eles eram feitos de pedaços quebrados de mobília e carpete rasgado, e me faziam lembrar caixões em uma casa funerária, exceto pelo fato de que quem quer ou o que quer que estivesse dentro deles ainda estava vivo. Isso era óbvio, pelo borbulhar audível no que eu imaginava ser o porão da casa de Betty, que mais parecia uma caverna, com o chão úmido e paredes de pedra. O som das bolhas era rítmico, como quando eu respirava debaixo d'água.

Oliver estava do outro lado do quarto, sentado de costas para mim a uma pequena mesa de metal. Ele parecia escrever em seu livro. À sua direita havia um *laptop* aberto com o *site* do *Winter Harbor Herald* à mostra na tela. Apertando os olhos, consegui ler a manchete principal: "*Mar Profundo ou Morte* afunda; encontrados os corpos dos mergulhadores Gordon Yantz, 28, e Nick Lexington, 32".

Mar Profundo ou Morte. Aquele era o nome do barco que eu vira quando estava no iate de Parker, no último fim de semana. E Simon não havia dito que mergulhadores descobriram os corpos femininos numa câmera de gelo? Seriam Gordon Yantz e Nick Lexington aqueles mergulhadores?

Meu instinto dizia que sim, e, quando vi o que estava espalhado no chão úmido ao redor da mesa, me convenci.

Havia dúzias de artigos, alguns do *Herald*, mas a maioria do *Boston Globe*. Reconheci muitos que eu mesma havia estudado: sobre o acidente de ônibus, os alunos que foram encontrados na água perto do aeroporto, e Colin Milton Cooper, que saltara para a morte da Ponte Longfellow. Havia *e-mails* impressos e muitas fotografias – *closes* das vítimas, bem como de rostos familiares.

Como Paige, lendo em um banco no Parque Common. Parker, mexendo em seu iPod em Boylston. Simon, parado em frente a uma banca de revistas, consultando um mapa de Boston.

∽ 248 ∽

E eu, bebendo água. Abanando o rosto. Puxando o capuz do casaco sobre a cabeça. Correndo pelo parque, na direção do coreto.

Estávamos sendo seguidos. Rastreados. Eu não sabia exatamente por que ou como, mas tinha certeza disso. Especialmente porque, em meio a todos aqueles artigos e fotos, vi um *scrapbook* grosso com uma capa de retalhos – igualzinho aos que Zara e Raina mantinham sobre suas conquistas.

Eu precisava sair dali. E rápido. Examinei o quarto, aliviada ao ver minhas roupas, dobradas cuidadosamente, no último degrau de um lance estreito de escadas. Meu celular estava no topo da pilha, a luz vermelha piscando, indicando novas mensagens.

Oliver ainda estava escrevendo, cantarolando baixinho. Agarrei a beirada do tanque de madeira com ambas as mãos, erguendo-me lentamente até ficar agachada. Esperei, com a cabeça baixa, por vários segundos. Quando percebi que Oliver não parecia ouvir meus movimentos acima dos outros ruídos do quarto, me levantei, ainda com a cabeça baixa. Havia uma escadinha de metal em uma extremidade; saí do tanque e a desci na ponta dos pés, encolhendo-me a cada pingo de água que caía no chão de pedra.

Tremendo, continuei a andar, abaixada, com os braços sobre o peito nu, na direção das escadas. Mantive um olho em Oliver o tempo todo, mas ele estava absorto demais para perceber. Quando cheguei perto dos papéis no chão, parei. Esperei que o barulho das bolhas no quarto aumentasse um pouco, antes de me inclinar e recolher cuidadosamente a maior quantidade de papéis possível, antes que o ruído voltasse a diminuir. Então continuei, lançando olhares rápidos para os tanques de água depois de alguns passos.

Não reconheci nenhuma das mulheres adormecidas. As sereias que eu vira na noite em que o porto congelara eram tão lindas como Raina e Zara. Eram altas, com a pele bronzeada, cabelos longos e espessos e o corpo saudável, torneado. Mas algumas das mulheres ali eram pálidas, outras estavam azuis. Seus corpos eram magros e frágeis. Sua respiração, lenta, de forma quase antinatural. Pensei que duas estivessem mortas e as observei durante algum tempo para me certificar, mas a água se agitou quando inspiraram.

Passando pelo último tanque, arrisquei correr a distância que restava até as escadas. Agarrei meu telefone e minhas roupas e subi os degraus, dois de cada vez.

– Pare!

A voz familiar explodiu em minha cabeça como um torpedo. Caí contra a parede fria.

– Ela está fugindo!

– Calma, calma – consolou Oliver. – Está tudo bem. Todas estão aqui.

Meu coração martelava em meus ouvidos. Quando Oliver não veio imediatamente atrás de mim, me abaixei e espiei por detrás da parede da escada.

Ela estava sentada num tanque perto da mesa, os cabelos negros colados à cabeça, os olhos prateados brilhando como estrelas e fixos na minha direção. Estava mais magra do que eu me lembrava, e a pele era de um azul esbranquiçado em vez de dourada. Se eu não tivesse memorizado cada traço dela, por puro medo, talvez não a tivesse reconhecido.

Mas reconheci. E magra ou não, pálida ou não, ainda era Zara.

Oliver pareceu achar que ela estava sonhando, e, embora ela parecesse olhar diretamente para mim, não devia ter me visto. Ele acariciou os cabelos dela e fez uma leve pressão em seus ombros, e logo as luzes nos olhos se extinguiram, quando ela os fechou. Ela se deitou sem protestar.

Minhas pernas doíam com a vontade de correr, mas eu me controlei enquanto subia os degraus, atravessava a cozinha e a sala de estar e saía da casa. Diminuí o passo na varanda, para vestir a calça *jeans* e o suéter, mas, no segundo em que meus pés descalços pisaram a grama, desatei a correr. Eu poderia ter chorado ao ver o carro onde o deixara e achar as chaves no bolso da jaqueta, mas não havia tempo para lágrimas. Saltei para dentro do carro e voei pela estrada sem olhar para trás.

Dirigi por dez minutos, tentando colocar a maior distância possível entre mim e a casa das Marchand, antes de parar para checar o telefone. Não havia mensagens de texto, mas havia quatro mensagens de voz. Infelizmente, duas eram da minha mãe, uma do meu pai e uma de Parker. As da minha mãe eram notícias sobre Paige e sobre o jantar. Meu pai me pedia para retornar a ligação quando pudesse, e Parker só queria dizer oi e que esperava me ver mais tarde.

Por mais chateada que eu estivesse com o fato de Simon não ter me respondido, e apesar de tudo que acabara de acontecer, ainda estava feliz por ouvir a voz de Parker. Pelo menos *ele* ainda se importava. Sim, eu estragara tudo com Simon, mas pedira desculpas inúmeras vezes e não recebera resposta. Eu teria me preocupado com ele, pensando que poderia estar encrencado e que as sereias o haviam encontrado, mas Paige falava com Riley todos os dias, e Riley sempre dizia o que ele e Simon estavam fazendo naquela noite. Eu teria me preocupado com Riley também, temendo que as sereias o encontrassem, mas, se isso tivesse acontecido, ele não estaria telefonando para Paige.

Se Simon estava determinado a me ignorar, mesmo quando eu telefonava para falar sobre algo maior que ele, ou eu, ou nós, o que mais eu poderia fazer para tentar consertar as coisas? Sobretudo quando ele se recusava a falar comigo?

Felizmente, havia outra pessoa que precisava saber o que estava acontecendo e que concordaria que precisávamos fazer alguma coisa antes que a situação ficasse ainda mais fora de controle.

– Caleb! – gritei pela janela aberta, enquanto entrava em alta velocidade no estacionamento da marina.

Ele estava removendo crustáceos do casco de um barco levantado. Quando me viu, pareceu confuso, depois feliz, depois furioso. Estacionei o carro e corri para ele, que virou de costas e continuou a trabalhar, com mais vigor do que antes.

– Caleb, graças a Deus – eu disse sem fôlego quando o alcancei. Eu lhe estendi os papéis que havia apanhado no porão. – Você nunca vai acreditar no que eu acabei de...

– Você está ensopada – disse ele, sem olhar para mim.

– Eu sei, mas isso é parte do que eu tenho para lhe contar. Eu estava na casa da Betty e...

– Pare, Vanessa.

Parei.

Ele baixou a longa pá de metal e olhou para mim.

– Como você pôde fazer isso? – perguntou baixinho. – Depois de tudo que vocês dois passaram, depois de tudo que aconteceu no verão passado... – Ele abaixou o olhar para suas botas de trabalho. – Eu nunca imaginaria que você seria capaz de uma coisa dessas, nem em um milhão de anos.

A separação.

– Caleb, acredite em mim. Eu não queria. Eu *tive* que fazer isso.

– Mesmo. – Não era uma pergunta.

– Sim. – Dei um passo na direção dele. – É complicado, e vou lhe contar tudo, eu prometo, mas agora...

– Física quântica é complicado. Prever as mudanças de humor do capitão Monty é complicado. – Ele fez uma pausa. – Dormir com um idiota da escola enquanto o Simon está por aí correndo como um louco, procurando você, tão preocupado que nem enxerga direito? – Ele sacudiu a cabeça. – Isso me parece bem simples.

– Caleb – eu disse, meu rosto empalidecendo e minhas pernas ficando entorpecidas –, não sei o que você ouviu por aí, mas eu juro que nunca...

– *S. S. Bostonian*. Soa familiar?

Lembrei-me da boia salva-vidas no iate do pai de Parker.

– Sim – murmurei.

– O Simon viu você lá. Na cama, com outro cara. Depois que você tentou falar com ele, e ele dirigiu a noite inteira tentando te encontrar.

Ele finalmente encontrou o seu carro no estacionamento do Lighthouse, e, quando você não atendeu o celular, ele achou que você estava encrencada e foi até o barco te procurar.

– Mas eu não... Nós não...

– Não? – Ele apanhou o celular, apertou um botão e me mostrou a tela. – E quanto a isso? Parece familiar?

Eu não conseguia responder, mesmo que soubesse o que dizer.

Estava paralisada vendo a minha imagem, deitada em cima de Parker na margem do rio. A foto era do *site* PrepSetters, mas agora uma legenda a acompanhava.

"Parker King ensina à colega da Hawthorne, Vanessa Sands, como viver a vida da realeza."

24

DE VOLTA A BOSTON, na segunda-feira seguinte, matei aula pela primeira vez na vida. Acordei cedo, esperei meu pai entrar no banho e arrombei a caixa de madeira trancada em seu escritório. Então, já vestida, disse à minha mãe que tinha um encontro com a srta. Mulligan bem cedo e saí de casa antes que meu pai saísse do banheiro. Parei na agência do correio, onde sorri e fiz beicinho para um jovem funcionário até ele me dizer o que eu precisava saber, então peguei dois ônibus que me levaram para fora do centro da cidade. Depois de pedir informações meia dúzia de vezes e de me perder outras tantas, finalmente parei em frente a um prédio estreito, de tijolos vermelhos, na área mais oriental do sul de Boston.

Chequei o endereço que escrevera na mão, comparando-o com os números enferrujados na porta da frente. O número no verso do velho cartão-postal que mostrava o restaurante de Betty remetia à Rua Quatro, 134. A menos que existisse mais de uma rua com esse nome, eu estava no lugar certo.

Comecei a subir os velhos degraus. Ao chegar ao topo, olhei à esquerda e vi trechos de água azul-esverdeada por entre os telhados. Respirei o ar salgado e o segurei nos pulmões antes de expirá-lo lentamente. Ainda nervosa, mas um pouco mais calma que antes, ergui o punho e bati. Alguns segundos mais tarde, a porta se abriu um pouco e então foi novamente fechada com força.

Esperei, mas a porta não se abriu. Bati mais uma vez, mais alto.

– Por favor – chamei, pela porta fechada. – Sei que você não quer me ver, mas eu não estaria aqui se não fosse importante.

Nada. Bati de novo, e então me inclinei sobre o corrimão para espiar pela janela. Através da fina cortina branca, vi uma figura alta de pé numa sala de estar quase vazia. De costas para mim, ela descansava uma das mãos sobre a prateleira sobe a lareira e apertava o peito com a outra. Seus ombros se erguiam e desciam em seguida, como se estivesse tentando recuperar o fôlego.

– Por favor – tentei novamente, minha voz falhando enquanto eu batia na janela. – Preciso da sua ajuda.

Ela ergueu a cabeça, mas não fez nenhum movimento na direção da porta. Pensei que fosse continuar daquele jeito, ouvindo, mas me ignorando, e olhei em volta para ver se havia alguém perto para escutar o que eu ia dizer. Ela não tinha de me convidar para entrar, mas eu não iria embora até dizer o que pretendia.

– Oi, Vanessa.

Eu me virei.

– Willa? – perguntei, sem ter certeza se era realmente ela. Eu só a vira uma vez, na cafeteria, e ela vestia calças largas e uma camisa grande demais, com os cabelos presos sob um boné de beisebol e o rosto parcialmente encoberto pela aba. Agora, vestia *jeans* escuros, uma blusa de seda macia e um casaco fino de *cashmere* marfim que ia até os joelhos. Seus longos cabelos brancos estavam presos numa trança. Os olhos azuis se destacavam das rugas suaves da pele.

– Você é tão bonita – eu disse.

Ela deu um sorriso rápido, hesitante.

– Você gostaria de entrar?

Então, abriu a porta. Enquanto eu passava por ela, pensei que parecia familiar, e não só porque já havíamos nos encontrado. Antes que eu pudesse descobrir de onde a conhecia, ela fez um gesto para que eu me sentasse.

– Você está se mudando? – perguntei. Além do sofá macio de *chenille* onde eu me sentara, os únicos itens na sala eram uma poltrona combinando, uma mesinha de centro e um vaso de lírios brancos. As paredes estavam nuas, e as estantes embutidas, vazias.

– Gosto de manter as coisas simples – disse ela, sentando-se à minha frente.

– É por isso que você nunca quis me ver? – A pergunta me escapou automaticamente. Ela recuou como se eu a tivesse esbofeteado. – Desculpe, isso soou mal. Só quis dizer que...

– Não se desculpe. – Ela sacudiu a cabeça e relaxou. – Você tem o direito de sentir todas as emoções que está experimentando agora: confusão, decepção, raiva. Você não foi informada de muita coisa, e sinto muito por isso.

Assenti, olhando para baixo e fitando minhas mãos em meu colo. Agora que eu estava ali, e que nós duas estávamos conversando de verdade, eu tinha dificuldades de me lembrar de tudo que queria dizer.

– Mas você sabia a meu respeito, certo? – perguntei baixinho. – Meu pai lhe dava notícias regularmente?

– Sim. A meu pedido.

– Você disse que me diria tudo que eu quisesse saber sobre a minha mãe.

– Disse. – Ela se inclinou na minha direção. – O que você gostaria de saber, Vanessa?

Quem Charlotte fora realmente e por que fizera o que fizera. Por que meu pai não pudera resistir a ela, apesar de amar minha mãe. Por que ela desaparecera tão repentinamente depois de um ano, me deixando com uma família que nunca me entenderia como ela teria me entendido. As perguntas giravam na minha cabeça, me deixando tonta.

– Como eles se conheceram? – finalmente perguntei.

As rugas na pele dela se aprofundaram quando deu um pequeno sorriso. Eu podia enxergar a semelhança entre ela e a única fotografia de Charlotte que vira, mas ela parecia muito mais velha do que Charlotte seria agora – imaginei que tivesse pouco mais de 60 anos.

– Na livraria de Charlotte. Seu pai foi até lá olhar os livros e ficou muito impressionado com a coleção de primeiras edições que estava à venda. Eles começaram a conversar, e ele começou a ir lá depois disso, com intervalos de poucas semanas.

– Ela sabia que ele era casado?

– Sim.

– E o encorajou mesmo assim?

– Eu não diria isso. Ela gostava da companhia dele, mas respeitava sua situação.

– Então, como foi que passaram da conversa casual para... mais que isso? – perguntei.

Ela fez uma pausa.

– Foi complicado.

Abri a boca para protestar, mas lembrei-me dos comentários furiosos de Caleb sobre física quântica e o humor do capitão Monty.

– Tudo bem – eu disse.

– Vanessa – ela falou suavemente, os olhos fixos nos meus –, quero lhe contar a verdade. É o mínimo que você merece de mim. Mas, para isso, também preciso lhe contar sobre as limitações e as exigências físicas às quais uma sereia está submetida. Isso pode ser difícil de ouvir, e não quero aborrecer você.

– Você não vai me aborrecer. – Minhas veias doíam enquanto o sangue disparava por elas. – Posso aguentar.

Os cantos de seus lábios se abaixaram, em dúvida ou tristeza, mas ela continuou mesmo assim:

– Nos *e-mails*, seu pai me contou o que aconteceu no verão passado. Ele me contou sobre o acidente de Justine e o que aconteceu no fim do verão, quando você saltou do penhasco e foi parar no hospital.

Meu rosto queimava; apertei as mãos para evitar abaná-lo.

– Você se transformou sem querer naquela noite, não foi?

Engoli em seco.

– Acho que sim.

– Então, você já sabe que o corpo das sereias depende de água salgada, e como elas ficam fracas e cada vez mais cansadas quando passam muito tempo sem uma infusão. – Ela hesitou. – Como você tem lidado com isso?

– Como é de se esperar, acho. Às vezes me sinto bem. Outras vezes, como se estivesse prestes a desmaiar. Tomo banhos de água salgada, bebo litros de água salgada, mas o modo como meu corpo reage parece mudar a cada dia.

– Você usa sal de cozinha?

Assenti.

– Água salgada natural é um milhão de vezes mais eficiente. É por isso que a maioria das sereias mora perto do mar. Isso torna a vida mais fácil; você não precisa viajar para conseguir uma dose.

Uma dose. Como se a água salgada fosse para as sereias o que o açúcar, a cafeína e a nicotina são para os viciados normais.

– Infelizmente – continuou ela, sua voz ainda mais suave –, a água salgada sozinha não é suficiente. Funciona por algum tempo, principalmente logo após a transformação, mas sua eficiência diminui com o tempo.

– E o que acontece então?

Ela olhou na direção da janela aberta, fixando os olhos na água a distância.

– Quando seu pai conheceu a Charlotte, ela não estava bem. Os longos mergulhos no oceano, que costumavam satisfazer suas necessidades físicas durante dias, começaram a ter um efeito de horas apenas. O corpo dela estava exigindo que ela passasse para a próxima fase de desenvolvimento, e ela estava resistindo.

– Por quê? – Meu peito se apertou. Apesar do que ela tinha feito, eu não gostava da ideia de minha mãe biológica ter ficado doente além de seu controle. – Se ela não estava bem, e havia algo que ela podia fazer para melhorar, por que não queria fazer isso?

Ela voltou os olhos para mim.

– Existe um rapaz na sua vida, não existe?

Afundei no sofá.

– Me perdoe se essa é uma pergunta muito pessoal, mas a resposta é importante. – Ela esperou um momento, me deixando processar a informação. – Existe um rapaz, não existe? Que talvez fosse indiferente a você no começo, mas que agora está se aproximando?

Ela não estava se referindo a Simon. Mesmo antes de nos envolvermos romanticamente, ele nunca foi indiferente a mim.

Ela estava falando de Parker.

– Como você sabe sobre ele? – perguntei. – Meu pai lhe contou alguma coisa? – E, se tivesse contado, como ele teria descoberto?

– Claro que não. Seu pai está muito preocupado com seu relacionamento com *ele* para prestar atenção nos seus sentimentos por qualquer outra pessoa do sexo oposto. Eu vi você e um rapaz jovem e bonito conversando na Beanery outro dia, e somei dois e dois.

– Não sei exatamente o que você viu – eu disse rapidamente, o calor em meu rosto se espalhando para o pescoço e o peito –, mas eu não sinto nada pelo Parker.

– Emocionalmente, talvez não. Pelo menos não *ainda*.

Comecei a protestar mais uma vez, mas me detive quando ela se inclinou e colocou a mão no meu joelho.

– Você se sente melhor, não é? Quando ele está perto? Quando ele diz seu nome ou toca você? Não importa com quanta sede ou cansaço você esteja?

Afundei ainda mais no sofá, lembrando. Os dedos de Parker na minha perna, no coreto. Deitada ao lado dele no iate. A centímetros de distância dele no trampolim. Os braços dele ao meu redor, no banco perto do hospital. Eu odiava admitir até para mim mesma – *especialmente* para mim mesma –, mas eu me sentia atraída por ele. E, como Willa sugerira, eu me sentia melhor, mais forte, até mesmo estranhamente excitada, sempre que estávamos próximos.

– É o seu poder agindo, Vanessa – disse ela delicadamente. – Você pode não perceber quando está enviando sinais, mas está. O tempo todo. E, quando ele responde, sua habilidade e seu poder se fortalecem. Quanto mais ele responde, mais forte você se torna.

Eu não queria me tornar mais forte. Não se isso significasse fazer coisas com Parker que eu só queria fazer com Simon.

– E quanto ao meu namorado? – perguntei, omitindo propositalmente o "ex". – Eu o amo e...

– Ele ama você. E, se ele se sentia assim antes da sua transformação, seus poderes não têm efeito sobre ele.

Ela fez uma pausa, como se soubesse que aquela era a resposta para uma pergunta que eu andava fazendo a mim mesma desde que Simon e eu nos tornamos mais que amigos. Eu me senti grata pela chance de processar a informação. Porque, se o que ela dizia era verdade, Simon me amava – ele *realmente* me amava, e não apenas pensava que me amava porque minhas habilidades não lhe davam escolha.

Não que isso importasse agora.

– É por isso que estar com o Simon parece diferente de estar com o Parker – ela continuou, depois de um momento. – Ele pode satisfazer você emocionalmente... mas é só isso que ele pode fazer.

Fechei os olhos e tentei fazer minha cabeça parar de girar.

– E a Charlotte? Quando ela conheceu o meu pai...?

– Ela estava extremamente fraca. E precisava fazer alguma coisa antes que seu organismo falhasse completamente. Mas ela resistiu, porque

não queria fazer o que era necessário. Ela não concordava com aquilo.
– Willa suspirou. – Sua mãe, Vanessa, teria preferido sacrificar a própria vida a interferir na vida de outra pessoa.

– Mas ela foi em frente – eu disse.

– Sim. Infelizmente, a vida dela não era a única em risco. Existem milhares de sereias vivendo em pequenas comunidades costeiras em todo o mundo. Bem ou mal, a comunidade de Winter Harbor é bastante poderosa, e seus membros levam a situação muito a sério. Quando se tornou público que a Charlotte estava jogando fora o poder que recebera, houve ameaças. À família dela, aos amigos... a todos que ela conhecia. Essas comunidades são tão pequenas que a perda de um único membro afeta severamente a população futura, e as outras sereias consideraram a recusa dela uma afronta pessoal. Finalmente, ela teve que escolher entre usar suas habilidades e afetar uma vida ou morrer silenciosamente e ferir dezenas.

– Então, meu pai apenas estava no lugar errado na hora errada?

– É difícil acreditar que tudo se resume a isso, mas foi assim.

Difícil de acreditar era pouco.

– Mas como funcionou? Ele amava a minha mãe... Jacqueline. Sei que amava. Estar apaixonado não é o único modo de um homem resistir a uma sereia?

– Para a maioria dos homens. Mas a sua mãe... e você... são de uma linhagem extraordinária. – A voz de Willa subiu de tom com a palavra "extraordinária".

– O que você quer dizer?

Ela se levantou, caminhou até as janelas abertas e respirou fundo.

– Vocês são descendentes de um pequeno grupo de sereias do norte do Canadá, chamado Ninfeias.

Ninfeias. Eu me lembrei do nome, no registro sobre a morte de Charlotte no *scrapbook* de Raina.

– E essas... Ninfeias – perguntei cuidadosamente –, o que as torna tão especiais?

Ela se virou para mim e se encostou na parede.

– Existem dois modos de um grupo construir seu poder coletivo. O primeiro é quando as sereias fazem o que acabamos de discutir: usam seus poderes para atrair os homens, fazendo com que as amem. O segundo é canalizar esses sentimentos na forma de filhos.

– Quanto mais homens um grupo hipnotiza, e quanto mais filhos tem, mais forte fica como um todo?

– Exatamente. Durante centenas de anos, as Ninfeias superaram uma posição geográfica desafiadora e recursos limitados e tiveram sucesso nos dois processos. Até onde sabemos, nenhum outro grupo enfrentando condições semelhantes conseguiu sobreviver. A comunidade mais antiga, depois das Ninfeias, é um pequeno grupo na Escandinávia, e elas são duzentos e cinquenta anos mais jovens.

Fiz um grande esforço para encontrar sentido em tudo aquilo.

– Então, sou o resultado de algum tipo de seleção natural esquisita?

– De certo modo, sim – disse Willa. – A força cada vez maior das Ninfeias tem sido passada adiante com o tempo, tornando cada geração mais forte que a anterior.

– E como isso se relaciona à Charlotte e ao meu pai?

Ela atravessou a sala e se juntou a mim no sofá.

– Quando um homem se torna o alvo de uma Ninfeia, não tem defesa. O amor pode torná-lo indiferente no começo, mas não demora muito para que ele seja conquistado. O poder é muito forte.

Minha mente foi subitamente tomada por uma imagem do último verão.

– As sereias de Winter Harbor... elas mataram muitas pessoas. Alguns meses atrás, na noite em que o porto congelou, elas se reuniram no fundo do oceano e atraíram dezenas de homens para debaixo d'água, com a intenção de matá-los. – O rosto de Willa estava pálido enquanto eu falava. Se eu tivesse uma pergunta específica, teria de fazê-la. – Quando você disse que as Ninfeias tinham sucesso com os homens... isso significa que apenas fazem os homens se apaixonarem por elas? Ou que os matam também?

– Até o momento – disse ela, o rosto permanecendo sem expressão –, as Ninfeias tiraram a vida de 13.412 homens. E o grupo contava com onze sereias, quando chegou ao número máximo.

– Desculpe – balbuciei. – Eu poderia... Você pode...

Willa deu um pulo e saiu da sala. Segundos depois, reapareceu com uma jarra cheia de um líquido azul-esverdeado e um copo. Precisei de três copos para recuperar o fôlego. E as palavras não me vieram mais facilmente.

– Você... – comecei. – Você já...

– Se eu já tirei vidas? – ela completou. Willa esperou que eu assentisse, e então levou um minuto para pensar na resposta. – Não. Eu fiz tudo que pude para evitar.

Enchi outro copo. Minhas mãos tremiam tanto que a água espirrou na mesa de centro.

– É muita informação para processar, eu sei. E sinto muito por você ter passado tanto tempo sem saber a verdade. – Willa estendeu a mão, como se fosse afastar meus cabelos da testa, mas pareceu pensar melhor e pousou a mão no colo. – Mas foi por isso que a Charlotte fez o que fez. E foi por isso que seu pai fez o que fez. Nenhum dos dois teve escolha.

Virei o copo d'água de um só gole antes de falar de novo.

– Por que ela deixou meu pai viver? Por que abandonou Winter Harbor um ano depois, e então desistiu de mim, quando ele a encontrou?

– Apesar dos motivos que teve para começar o relacionamento com seu pai, a Charlotte se importava com ele. Ela não podia fazer o que era esperado dela. Então o deixou ir, e deixou que as outras sereias de Winter Harbor pensassem o contrário. Finalmente, com medo de despertar suspeitas e que elas fizessem algo a você como punição, ela fugiu. Quando seu pai foi atrás dela, ela percebeu como ele te amava e que você estaria muito mais segura com ele e longe dela. Afinal, as sereias não sabiam quem ele era. Elas começaram a desconfiar porque a saúde da Charlotte começou a decair novamente. E isso não teria acontecido, pelo menos não tão cedo, se ela tivesse tirado a vida dele.

– E a livraria? O incêndio?

Willa fez uma pausa.

– Não foi um acidente. Sua mãe pensou que cortar todas as ligações com você era o melhor meio de protegê-la.

Olhei nos olhos dela.

– E foi por isso que você nunca quis me ver? Porque você era uma ligação com ela?

– Sim. E foi por isso também que eu fiz um voto, há muito tempo, de nunca ouvir seus pensamentos, como todas as sereias fazem até certo ponto. Ainda que houvesse momentos, como no último verão, em que eu quisesse desesperadamente me certificar de que você estava bem. Mas, se eu tivesse feito isso, com o tempo você teria aberto a mente para a minha... e isso teria tornado tudo ainda mais complicado.

Desviei o olhar, fitando a mesinha de centro imaculada, as estantes vazias, a lareira que parecia jamais ter visto um fósforo. Depois de ouvir tudo que ela acabara de dizer, de saber a verdade que ela guardara para si por todos aqueles anos, eu não podia culpá-la por querer manter as coisas simples.

– Elas estão de volta – eu disse um instante depois, os olhos fixos num pedaço de alga marinha preso na lateral da jarra vazia. – As sereias de Winter Harbor. O gelo derreteu... e agora elas estão de volta.

– Eu sei. – A voz dela era baixa, firme.

– Meus amigos e eu... fomos nós que as detivemos no último verão. – Olhei para ela, e as lágrimas encheram meus olhos. – Acho que elas estão vindo atrás de nós.

Dessa vez, ela não resistiu ao impulso. Willa se inclinou para frente, tomou-me nos braços e me abraçou com força. Enquanto minhas lágrimas lhe encharcavam o ombro, ela acariciava meus cabelos.

– Você não está mais sozinha, Vanessa. Elas nunca mais vão machucar você, ou qualquer outra pessoa.

– Como você sabe? – sussurrei.

– Porque vamos fazer a coisa certa dessa vez. – Ela me abraçou com mais força, me embalando. – Nós vamos afogá-las.

25

– COMO VOCÊ ESTÁ SE SENTINDO?

Paige ergueu os olhos da revista que estava lendo. Caminhei em sua direção, encorajada pelo fato de que ela estava acordada e sentada na cama. Ela voltara para casa dois dias antes, depois de uma semana no hospital, e, embora estivesse melhorando fisicamente, era difícil dizer se o lado emocional também se recuperava.

– Estou bem – disse ela, com um sorriso fraco. – Cansada, mas bem.

– Isso é um progresso. – Retribuí o sorriso e me sentei na beirada da cama. Eu detestava o que ia fazer, mas sabia que não tinha escolha. – Paige... preciso conversar com você.

– Eu também – disse ela.

– Posso falar primeiro? Por favor? – Ainda não havíamos conversado sobre o que ela tentara fazer, e eu sabia que era isso que ela queria explicar. Mas pensei que sua explicação pudesse mudar depois que ela ouvisse o que eu tinha a dizer. Quando ela assentiu, continuei. – Você estava certa.

– Sobre o quê?

Meus dedos estavam úmidos, segurando o jornal enrolado que eu trouxera.

– Você se lembra de algumas semanas atrás, quando pensou ter visto a Raina e a Zara? No parque, durante a aula?

A pouca cor que havia em seu rosto desapareceu.

– Eu me lembro de ter imaginado que elas estavam lá, sim.

– Você não estava imaginando.

Ela olhou para o jornal quando o coloquei sobre o cobertor, entre nós. O rosto rígido e sorridente de Matthew Harrison estampava a primeira página.

– Isso é...? Ele não é...?

– O entrevistador da Bates, do café. O Parker e eu o encontramos flutuando na piscina da escola, na mesma tarde em que você tentou se transformar.

Paige ergueu a cabeça rapidamente.

– O que você estava fazendo com Parker? – perguntou, ríspida.

A pergunta e o tom foram tão inesperados que levei um segundo para responder.

– Conversando, tentando esquecer um pouco o assunto universidade. Nós somos meio que amigos.

– O Parker não tem amigas. Ele tem garotas com quem gosta de ficar.

A foto de nós dois no rio. Paige devia ter visto, com a nova legenda.

– Paige, o Parker e eu... Não é o que você está pensando, juro.

Ela franziu a testa, mas não insistiu. Em vez disso, fixou os olhos novamente no jornal.

– Isso não quer dizer nada – disse ela. – Ele é só um cara. Pode ser coincidência.

– Mas não é só um cara. Elas causaram o acidente de ônibus, fizeram Colin Cooper saltar de uma ponte e mataram os dois mergulhadores que as descobriram no gelo. O Matthew foi o único a ser encontrado sorrindo porque a sereia que o encantou estava forte o bastante para causar esse efeito. As mortes que levaram à dele foram só um treino, uma espécie de reabilitação.

– Isso não faz o menor sentido.

Tentei explicar as coisas para ela como Willa as explicara para mim.

– As sereias perderam a maior parte de seu poder durante os três meses em que ficaram congeladas. Para se fortalecer, precisaram caçar de novo, o que foi um desafio muito maior no estado debilitado em que se encontravam. Para aumentar suas chances, começaram com homens que tinham pouca ou nenhuma defesa, aqueles que não conseguiriam resistir a elas mesmo que tentassem. Foi por isso que a Zara parou na frente do ônibus e causou o acidente, para que pudessem atacar os feridos.

– Então esses caras, deitados em camas de hospital, juraram amor a um grupo de mulheres desconhecidas?

– Os que chegaram ao hospital tiveram sorte. Os que acabaram na água, que só foram encontrados quando os corpos apareceram perto do aeroporto, foram os que as sereias perseguiram. Eles estavam tão perto da morte que elas não precisaram de muito esforço para terminar o trabalho.

O rosto dela se contorceu.

– E o Colin Cooper?

– A situação dele era mais complicada. – Apanhei uma pequena pilha de papéis impressos sob o jornal. – Mas acho que elas o encontraram num *site* de namoros na internet e começaram a se corresponder com ele quando descobriram que ele era da Hawthorne. Elas queriam ter certeza de que saberíamos de tudo. De acordo com os *e-mails*, ele tinha um histórico de depressão e quase sofreu uma *overdose* uma vez. Os *e-mails* levaram a um primeiro encontro, que ele achou que tinha ido bem. E, no próximo, a sereia terminou o relacionamento, imaginando que ele faria algo drástico. Ela estava esperando o Colin no rio quando ele pulou.

– Como você sabe...

– Encontrei os *e-mails* na casa da Betty.

Ela olhou para mim de boca aberta e olhos arregalados.

– Eu fui até lá depois que você... depois que encontrei você na banheira. Quando a Betty não foi te visitar no hospital nem retornou meus telefonemas, fiquei preocupada. Pensei que algo pudesse ter acontecido com ela, e, se não tivesse, queria conversar sobre o que você tinha feito. – Segurei sua mão; estava mole, mas ela não a retirou da minha. – Eu estava preocupada com você também.

Ela sacudiu a cabeça. Quando falou, sua voz era trêmula.

– Ela disse que elas estavam mortas, que não podia ouvi-las. Disse que só queria me proteger das outras, fazendo com que eu me tornasse mais parecida com elas, para que eu pudesse me defender se fosse preciso novamente.

– Paige – disse baixinho, apertando a mão dela. – Quando eu estava lá, o Oliver me atacou. Ele me bateu e me fez desmaiar.

– O Oliver tem, sei lá, 100 anos. Ele não conseguiria matar um mosquito sem quebrar um osso.

– Então ele fica mais forte sob o encanto da Betty.

– O *encanto* dela?

Willa e eu não tínhamos certeza dessa parte, mas foi a melhor ideia que pudemos ter, sem ter mais provas.

– Nós achamos que as sereias estão, de algum modo, controlando a Betty para agir por elas. Para fazer o Oliver cuidar delas... e fazer com que você se torne uma delas.

Ela olhou nos meus olhos por um segundo, antes de puxar a mão, afastando o jornal e os *e-mails* e apanhando a revista.

– Eu agradeço a sua preocupação, Vanessa, mesmo. Mas o verão acabou. Tudo isso? *Acabou*. Você devia seguir em frente.

Como eu gostaria que isso fosse possível.

– Eu as vi – eu disse. – Vi a Zara e pelo menos uma dúzia de outras. Elas estavam no porão da Betty, dormindo em tanques de madeira cheios de água do mar... assim como eu.

A revista tremeu nas mãos dela. Eu me concentrei na capa enquanto falava; se olhasse para Paige, não conseguiria ir até o fim.

– É melhor você não se transformar, Paige – continuei delicadamente. – Acredite em mim. Você vai se sentir cansada, fraca e com sede. O tempo todo. Vai ter que beber água salgada a todo instante e tomar banho nela. E, finalmente, vai ter que fazer os garotos gostarem de você, só para ter energia suficiente para passar o dia sem desmaiar. A sua vida vai mudar completamente. Para sempre.

Houve uma longa pausa. Do lado de fora, o vento ríspido do outono uivava, fazendo folhas mortas baterem contra as janelas do quarto. Ergui a cabeça e olhei nos olhos de Paige, mas ela ainda olhava, sem piscar, para a revista.

– Como você sabe de tudo isso? – murmurou finalmente.

E ali estava. A verdade que eu estava escondendo havia três meses insuportavelmente longos. Quando eu a admitisse em voz alta, seria real de um jeito que jamais fora até então.

Mas não adiantava negar o que não podia ser mudado.

– Porque eu sou uma delas – revelei.

Ela deu um pulo, ao mesmo tempo em que a porta do quarto se abriu. Minha mãe entrou, trazendo uma bandeja de sanduíches e água gelada.

– Eu imaginei que você estaria muito cansada para descer para o jantar. – Ela colocou a bandeja na mesinha de cabeceira e tirou um termômetro do bolso do suéter. Paige não pareceu vê-lo no início, mas, quando minha mãe o sacudiu na frente do rosto, ela abriu a boca, obediente. – Eu trouxe para você também, Vanessa.

– Obrigada – respondi –, mas tenho um compromisso.

Ambas olharam para mim.

– Um encontro? – minha mãe perguntou.

– Uma sessão de estudos – respondi, evitando o olhar questionador de Paige.

Levantei-me e esperei ao pé da cama, enquanto minha mãe endireitava os cobertores de Paige e afofava os travesseiros. Desde o incidente na banheira, ela estava operando em modo maternal, cuidando de Paige e assegurando que não lhe faltasse nada. Lidava com a responsabilidade com a mesma energia e o mesmo foco que costumava usar no trabalho, o que era uma mudança promissora. Aquilo também significava que Paige raramente ficava sozinha, o que me permitia ir à escola, passar algum tempo com Willa e fazer tudo que precisava sem me preocupar com uma segunda tentativa de transformação.

Eu queria conversar mais com Paige, mas minha mãe era metódica. Depois de afofar os travesseiros, checou o termômetro e se sentou na cama, enquanto segurava uma compressa fria contra a testa de minha amiga. Minha mãe não parecia ter a menor pressa, e Paige não estava protestando contra sua presença, o que me fez pensar que se sentia grata pela chance de processar tudo que eu acabara de lhe contar.

Depois de dez minutos, pedi licença e disse a Paige que viria vê-la quando voltasse.

Corri para o meu quarto, onde já separara tudo de que precisaria naquela noite. Eu vasculhara as caixas de roupas de grife da minha mãe e encontrara uma minissaia justa de cetim, uma blusa sem mangas de seda vermelha e sapatos pretos de salto altíssimo. Optei por acessórios simples, escolhendo apenas uma meia-calça preta e um par de brincos de rubi. Um casaco de cetim preto ajustado completava a produção.

Depois de vestida, desfiz o rabo de cavalo e escovei os cabelos até que caíssem lisos pelas minhas costas. Passei base, *blush*, batom e rímel, que comprara na farmácia naquela tarde, e borrifei um perfume suave de baunilha e cravo no pescoço e nos pulsos.

Nada mau, pensei, examinando minha aparência no espelho de corpo inteiro. Não era realmente eu, mas aquele era mais ou menos o objetivo. Apanhei o telefone e a bolsa na cama, encostei o ouvido na porta para me certificar de que não havia ninguém no corredor e corri para o andar de baixo.

– Vanessa? – meu pai chamou do escritório quando passei correndo pela sala. – É você? Pode vir aqui, por favor? Eu queria...

~ 271 ~

– Estou saindo, volto mais tarde!

Do lado de fora, desci as escadas correndo e continuei a correr pela calçada. Meus tornozelos oscilavam nos saltos altos, mas qualquer medo que eu tivesse de cair e quebrar um osso era abafado pelos meus nervos. Depois de planejar aquela noite durante dias, eu só queria que ela acabasse o mais rápido possível.

– Oi, linda.

Parei, mas meu coração continuou disparado. Parker estava debaixo da marquise do Il Cappuccino, um restaurante italiano que, segundo o *site*, prometia uma culinária sofisticada e o ambiente mais romântico que Boston tinha a oferecer. Ele se vestira especialmente para a ocasião, com calças pretas, camisa branca, colete preto justo e gravata listrada. Carregava um sobretudo de lã preto no braço, e os cabelos estavam penteados para trás, como se tivesse passado os dedos por eles depois de tomar banho e não os tivesse tocado desde então.

Não é nada demais... Vocês são apenas dois amigos jantando... Não seria diferente se ele fosse Caleb, ou Paige, ou...

Ele me deu um beijo no rosto, tão suave que eu poderia não ter acreditado que realmente acontecera se meus joelhos não tivessem dobrado, deixando-me sem escolha a não ser segurar a mão dele, para me equilibrar, quando ele a ofereceu.

– Foi uma ótima ideia – disse ele. – Estou feliz por você ter sugerido um jantar.

– Eu também. – Tentei sorrir, mas olhar para ele só fez meu corpo oscilar novamente.

Dentro do restaurante, recusei a oferta da *hostess* de guardar meu casaco, querendo ficar o mais coberta possível. Enquanto a seguia pelo salão principal, cheio de mesas aconchegantes e com uma iluminação suave, esforcei-me para lembrar tudo que Willa me dissera sobre enviar sinais. Eu não mencionara o que estava fazendo com Parker, em parte porque não tinha certeza de que ela aprovaria e também porque estava constrangida, mas ela me dera informações básicas suficientes sobre sereias para que eu pudesse me virar.

Eu sabia que deveria estar relaxada. Quanto mais tensa estivesse, menos eficiente seria. Deveria manter um equilíbrio cuidadoso na conversa, deixando que ele falasse bastante, para que pensasse que eu estava interessada, mas também precisava falar para que ele fosse seduzido pela minha voz. E, finalmente, quando estivesse bem relaxada, deveria tocá-lo. Não precisava ser muito – bastaria roçar minha mão na dele ou pegar em seu braço quando saíssemos do restaurante, mas o segredo era deixar que acontecesse de maneira natural.

Infelizmente, tentar me lembrar de tudo que eu deveria fazer só me estressou ainda mais. Então, quando Parker me perguntou como tinha sido o meu dia, eu disse que tinha sido bom, estendi a mão para apanhar o copo-d'água e o derrubei na mesa. Quando ele começou a me contar sobre seu dia, descansei os cotovelos sobre a mesa e me inclinei na direção dele, fazendo a mesa oscilar e a cesta de pão cair no meu colo. Assim que nossa vela se apagou, eu a ergui para chamar a atenção do garçom e pedir uma nova, e a cera quente escorreu pelo meu braço.

Para mim, esses sinais indicavam que o que eu estava fazendo era errado. Não apenas porque não sabia como fazer aquilo, mas porque não deveria fazê-lo. Eu ainda amava Simon, mesmo que ele não me amasse mais, e não era justo com ele. E o pobre Parker de fato pensava que estávamos tendo um encontro. Ele provavelmente já fizera dúzias de garotas chorarem, mas isso não significava que merecesse o que eu estava fazendo.

Havia uma razão para eu querer agir desse modo: me tornar o mais forte possível, para que, quando a hora chegasse, pudesse enfrentar Raina e Zara. Mas devia haver outra maneira.

– Escute – eu disse, começando a limpar a cera da manga do casaco.

– Não faça isso. – Ele estendeu a mão por sobre a mesa, puxando o guardanapo de linho. – Depois que secar, você só precisa raspar. Tentar limpar agora vai estragar seu casaco.

– Ah. – Olhei para a cera e abaixei o guardanapo. – Obrigada.

– Então, tenho uma ideia. – Ele baixou o tom de voz. – Por que não tornamos as coisas um pouco mais simples? Tem um lugar que costumo frequentar, não muito longe daqui. A comida não é sofisticada, mas é boa. O ambiente é incrível. Estamos muito arrumados, mas não me importo, se você não se importar.

– Não me importo – eu disse, já me levantando. Quando estivéssemos lá fora, eu poderia quebrar o salto e dizer que precisava ir. Ou inventar um súbito mal-estar. Tudo que importava era que sair dali seria o início do fim daquela noite.

– Encontro às escuras! – Parker gritou para o nosso garçom ao deixarmos a mesa. – Garota errada!

Percebendo que ele estava falando sobre nós, parei. Ele continuou andando até encostar o peito de leve nas minhas costas, e então colocou as duas mãos na minha cintura, me empurrando para frente.

– Identidade trocada – sussurrou. – Uma garantia de interrupção para qualquer jantar romântico.

Por algum motivo, aquilo me fez cair na gargalhada. Não sei se foi meu estado emocional que finalmente desmoronou sob o peso dos últimos meses, ou se a ideia de ir acidentalmente a um encontro com a pessoa errada era mesmo engraçada, mas ri até chegar à porta, e ainda estava rindo quando começamos a caminhar pela rua. Fazia muito tempo que ninguém me fazia rir daquele jeito. A sensação era quase tão refrescante quanto um mergulho inesperado no oceano.

– Aqui estamos – disse Parker, alguns quarteirões depois.

Enxuguei meus olhos úmidos e olhei pela rua estreita, vendo o sinal luminoso que dizia TACOS acima de uma pequena cabana amarela, coberta de cactos, sombreiros e burrinhos pintados. Na calçada em frente à cabana, havia dúzias de cadeiras de plástico, sem mesas, e muitos casais e estudantes, de calça *jeans* e camisa de flanela, comendo os maiores tacos que eu já vira e bebendo cerveja. Fios de luzinhas coloridas se cruzavam no alto, e a música dos *mariachis* tocava em um velho aparelho de som no chão, ao lado do balcão.

– Na verdade – eu disse –, acho que estou arrumada de menos.

Ele riu, o que só me fez começar a gargalhar de novo. Mal consegui recuperar o fôlego para protestar quando Parker entrelaçou os dedos nos meus e me conduziu pela rua.

Mas, então, eu não tinha mais certeza se era porque estava rindo ou porque o contato com a pele dele foi como um choque. De qualquer modo, entrei no clima. Pedimos a comida e encontramos duas cadeiras vazias, bem no meio do agito. Sentada ali com Parker, rodeada de estranhos, comendo tacos, tagarelando aos gritos, acima do som do ambiente, sobre televisão, sobre filmes e sobre nada de muito importante, eu me senti diferente. Feliz.

Normal.

Não queria que aquilo acabasse. E, aparentemente, Parker também não.

– Não quero contar vantagem nem nada disso – disse ele, depois que terminamos de comer –, mas tenho um excelente centro de entretenimento em casa.

– É mesmo?

Ele assentiu, sorrindo.

– O Loews perde feio dos King.

Loews. O cinema. Ele queria que eu fosse até a casa dele ver filmes. Provavelmente num sofá. Juntos. Numa sala escura.

– Já está bem tarde. – Odiei as palavras que fizeram o sorriso dele desaparecer. – Acho melhor ir para casa.

Ele ergueu as duas mãos, como se estivesse se rendendo, e estendeu uma para mim ao se levantar. Aceitei sem hesitação.

Eu ia para casa, e não para a casa dele. Que mal havia em segurar a mão dele no caminho?

Enquanto andávamos, Parker e eu nos revezávamos cantando – muito mal – nossas trilhas sonoras de filmes cafonas favoritas. (O meu: "Danger

Zone", de *Ases indomáveis*. O dele: "(Everything I Do) I Do It for You", de *Robin Hood*.) No meio do caminho, eu ria tanto que tive de parar e pedir que ele ficasse quieto até me acalmar o suficiente para poder andar. Isso estendeu nosso tempo juntos em trinta segundos, o que me deixou feliz.

– Agora entendo – eu disse, quando chegamos ao meu quarteirão.

– Entende o quê?

– O fenômeno Parker King.

– Espere um pouco. Eu tenho um fenômeno? – Ele pareceu satisfeito.

– Você sabe que tem. – Parei de andar na frente de um muro de pedras próximo ao nosso e olhei para ele. – Essa sua habilidade mágica de transformar todas as garotas que conhece em um monte de gelatina.

Ele fez uma careta.

– Eu não poderia transformá-las em um anjo? Ou em um arco-íris? Ou em algo mais bonito que gelatina?

Sorri enquanto ele se aproximava.

– Se você entende esse fenômeno – disse ele, suavizando a voz –, significa que o experimentou?

Meu sorriso desapareceu.

– Talvez – respondi, sabendo que não devia. Mesmo que fosse verdade. *Especialmente* porque era verdade.

Meu coração lutou para sair do peito quando ele ergueu minha mão, tocou a manga do meu casaco e gentilmente retirou a cera já seca.

– Novinho em folha – disse.

Ele estava falando do casaco. Logicamente, em minha cabeça, eu sabia que ele estava falando do casaco. Mas todas as outras partes do meu corpo interpretavam aquela frase de outra forma.

– Parker – sussurrei, observando seus lábios se aproximarem.

Ele me beijou como resposta. Seus lábios eram quentes, salgados e cuidadosos. Ele os pressionou de leve contra os meus, como se temesse que eu recuasse.

E era exatamente o que eu deveria ter feito. Deveria ter recuado, corrido pelo quarteirão e para dentro de casa. Em vez disso, retribuí o beijo, suavemente no começo, depois com mais força. Quando nossos lábios se separaram e a ponta da língua dele tocou a minha, respirei fundo, como se tivesse sido esmurrada.

Só que não doeu. Era bom. Incrível. Minhas pernas se firmaram no chão, meus braços ficaram mais fortes. Meu coração ainda martelava, mas soava diferente aos meus ouvidos, forte em vez de fraco, excitado em vez de assustado.

E o *gosto*. Eu sabia que o sal nos lábios dele era remanescente do jantar, mas havia mais que isso. Era um gosto fresco e revigorante, como eu imaginava que um copo de água do mar pareceria depois de beber água da torneira por semanas. Cada beijo só me fazia querer mais.

– Arrumem um quarto! – gritou alguém do outro lado da rua.

Lembrando que estávamos à vista de todos, no meio da calçada, agarrei as lapelas do casaco de Parker e, ainda o beijando, o puxei gentilmente para uma faixa estreita de grama entre dois muros.

– Vanessa – ele murmurou, apertando o corpo contra o meu enquanto eu me encostava na construção. Eu estava consciente dos dedos dele no meu pescoço, desabotoando meu casaco. – Venha comigo.

– Para onde? – Minhas pálpebras se fecharam quando os lábios dele percorreram minha clavícula, meu ombro nu.

– Para qualquer lugar. – Ele colou a boca novamente na minha. – Para longe daqui. Do outro lado do oceano.

– No seu barco – eu disse, lembrando-me vagamente do plano dele para depois da escola.

– É. – Ele sorriu contra os meus lábios. – Você e eu. No meu barco.

Eu podia ver. Nós dois. Nada além de céu azul e água por centenas de quilômetros. Poderíamos simplesmente desaparecer, juntos. Ninguém precisaria saber. Ninguém sairia ferido.

– Tudo bem – murmurei.

Por um breve segundo, ele ficou imóvel.

– Mesmo?

Assenti e o beijei, puxando-o para mais perto.

A distância, um motor roncou e pneus cantaram.

– E o seu namorado? – perguntou Parker. – Vocês terminaram de vez?

Meu namorado. Simon.

Meus olhos se abriram. Desvencilhei-me dos braços de Parker e saí correndo pela calçada.

Bem a tempo de ver um Subaru verde, com placa de Maine, chegar ao fim da rua e dobrar a esquina.

26

NA MANHÃ SEGUINTE, fui ver como estava Paige, que ainda dormia – como quando eu chegara em casa na noite anterior. Depois, conversei um pouco com meus pais durante o café, e, em vez de caminhar até a escola, peguei o ônibus para o sul de Boston. Willa não estava me esperando, e eu não tinha o telefone dela para ligar antes de chegar, mas eu precisava ir a algum lugar. E encarar Parker naquele dia seria impossível, especialmente porque parte de mim ansiava por vê-lo de novo e recomeçar de onde havíamos parado antes de eu correr para casa sem nem me despedir. Além disso, não imaginei que Willa fosse se importar com uma visita sem aviso.

Também não imaginei que ela pudesse não estar em casa.

Fiquei parada na varanda, tremendo com o frio da manhã e batendo na porta. Esperei por vários segundos, então tentei novamente. Quando vi que a porta permanecia fechada, inclinei-me por cima da grade de ferro e bati na janela. Através cortina fininha, vi que a sala estava vazia.

Imaginando que ela devia ter saído para nadar, sentei-me no primeiro degrau para esperar. Peguei o celular na mochila e, pela milésima vez desde que vira o carro de Simon se afastar na noite anterior, cheguei minhas mensagens.

– Bom dia, flor do dia.

Ergui os olhos. Um homem de meia-idade sorria para mim pela janela aberta de um caminhão do Departamento de Saneamento, estacionado do outro lado da rua.

– O que uma coisinha linda como você está fazendo nesta parte da cidade?

Olhei para baixo, segurei o telefone no ouvido e fingi estar escutando alguém do outro lado da linha.

– Precisa de uma carona? – perguntou o colega do homem. Ele atirou um grande saco de lixo na traseira do caminhão e começou a atravessar a rua, na minha direção.

Com medo de que minha voz os seduzisse ainda mais, sacudi a cabeça e desci correndo os degraus. Um portão de madeira rachado separava o jardim da frente da casa de Willa do quintal, e eu o empurrei, aliviada quando ele se abriu sem muita resistência. Fechei o portão e encostei uma pesada mesa de ferro nele, só para garantir.

O quintal de Willa era, na verdade, um pátio. Como o interior da casa, era organizado e simples, e havia uma mesa de jantar e cadeiras e alguns vasos com flores murchas. Uma estreita escadinha de madeira levava à porta dos fundos.

Quando me sentei em uma das cadeiras, minha cabeça começou a latejar, e então parou. Alguns segundos depois, aconteceu de novo. Não doeu, mas certamente houve uma pressão, como uma veia pulsando na minha testa.

É só o estresse... Você está angustiada e seu corpo está reagindo...

Tentando relaxar, fechei os olhos e respirei fundo. O latejar voltou com mais força, mais rápido. Abri os olhos e procurei uma garrafa d'água na mochila. Eu estava tomando um grande gole quando notei cortinas cor de creme flutuando para fora de três janelas abertas no segundo andar. O tecido subia e descia, como se tivesse sido apanhado por uma rajada de vento, mas não havia vento. Não havia sequer uma brisa. O ar frio estava totalmente parado.

E, o que era mais estranho, cada vez que as cortinas subiam, minha cabeça latejava. Quando elas flutuavam de volta para a janela, a pressão diminuía.

Pulei da cadeira e corri pelos degraus. Apesar de a porta dos fundos estar trancada, a janela ao lado estava entreaberta. Apoiando-me na grade, empurrei a velha janela até que ela cedeu alguns centímetros e consegui deslizar a mão para dentro. Eu estava longe demais para alcançar a maçaneta, mas, usando as pontas dos dedos, consegui abrir a tranca. Saí da grade e abri a porta pelo lado de fora.

Eu só estivera na sala da casa de Willa, mas encontrei as escadas facilmente, nos fundos de uma pequenina e imaculada cozinha. Detive-me por um instante no pé das escadas, com medo do que encontraria no segundo andar, mas o latejar aumentou e eu continuei. Se Willa estivesse encrencada, se as sereias tivessem vindo atrás dela depois de descobrirem que ela estava se comunicando comigo, eu tinha de fazer tudo que pudesse para ajudá-la.

Mesmo que isso significasse enfrentar Raina e Zara.

Quando cheguei ao último degrau, a pressão em minha cabeça era constante. Ela cresceu enquanto eu percorria o corredor e verificava dois quartos vazios, até que tive a sensação de que minha cabeça fora colocada num grande torno. Era desconfortável, mas não doloroso, nem mesmo quando alcancei o último quarto no fim do corredor e outra força surgiu dentro de minha cabeça, reagindo à pressão externa.

Nuvens finas de vapor frio escapavam sob a porta fechada. Chegando mais perto, prendi o fôlego e tentei escutar alguma coisa – mas tudo que ouvi foram as cortinas se chocando contra as janelas e as paredes. Ergui a mão para bater, mas decidi não fazê-lo.

Segurei a maçaneta, e minha mão praticamente voou do bronze para a minha boca, para abafar um grito. A princípio, pensei que o metal estava incandescente, mas, quanto tentei de novo, tocando-o com cuidado para acostumar minha pele à temperatura, percebi que estava frio. Como gelo.

Girei a maçaneta e empurrei. A porta não se moveu. Tentei mais uma vez, empurrando com o ombro, e a porta abriu um centímetro antes de se fechar novamente. Sentindo-me mais forte do que me sentira em meses, empurrei novamente, com todo meu peso. A porta cedeu, e eu caí para dentro do quarto, aterrissando de joelhos.

Meus olhos se fecharam automaticamente. Fiquei abaixada ali, esperando por Raina e Zara, me preparando para a dor.

Mas a dor não veio. A pressão na minha cabeça continuou, mas era tudo.

Abri os olhos com cuidado, temendo que elas estivessem apenas esperando que eu as visse antes de atacar, e então me levantei devagar quando vi que não estavam ali. Além de mim, havia apenas uma pessoa no quarto.

Willa. Ela estava sentada numa banheira branca, com pés em forma de garras, as costas e os ombros retos. Acomodada de frente para as janelas abertas do lado oposto à porta, não me viu. Caminhei lentamente em sua direção, atravessando uma névoa cinzenta e espessa. Quando me aproximei da banheira, vi que estava cheia de água azul-esverdeada – e que a água estava borbulhando, como se um enorme fogo queimasse sob as tábuas do chão. A água espirrava nas laterais da banheira, e dei um pulo para trás quando senti a perna molhada. Mas a água, como a névoa que criava, estava fria. Alguns graus a menos e Willa estaria presa num bloco de gelo.

Ela já parecia estar congelada. Willa não se moveu nem uma vez, enquanto eu contornava a banheira e parava a seu lado.

Os cabelos longos e brancos escorriam pelos ombros, que pareciam ossudos, e não suaves como costumavam ser; estavam proeminentes, esticando o fino tecido da camisola. Os braços pareciam mais delgados, e a pele, acinzentada. Dois dias antes, seu rosto estava marcado por linhas suaves, mas agora parecia flácido. A testa estava enrugada, e as pálpebras, as faces e a boca, caídas, como se a banheira fosse um aspirador a vácuo, tentando sugá-la.

Ela parecia velha. Doente. Cansada. Os únicos sinais de vida vinham dos lábios, que tremiam erraticamente, como se estivessem cantando em silêncio uma canção indecifrável... e dos olhos. Eles estavam quase totalmente escondidos pelas dobras da pele, mas eu ainda podia ver que eram prateados e brilhantes, e que se moviam de um lado para o outro sem piscar.

Fiquei ali, tremendo de medo e de frio, sem saber o que fazer. Ela não parecia sentir dor, mas nada garantia que não sentisse. E se aquilo fosse algum tipo de hipnose? E se as sereias de Winter Harbor tivessem descoberto como controlá-la, da mesma forma como controlavam Betty? E se fosse uma armadilha, planejada para me atrair? Talvez ela fosse o gatilho que, uma vez disparado, alertaria as sereias sobre a minha presença.

Cheguei mais perto e abri a boca. Eu ia dizer o nome dela novamente quando a pressão em minha cabeça subitamente desapareceu. Olhei para Willa, mas vi Raina. Zara. Água cinzenta. Um barco vermelho. Um remo decorado com adesivos coloridos. Uma menina de olhos vazios e com a boca aberta, boiando de costas na direção do horizonte.

– Aquela sou eu? – sussurrei. – Eu estou...

– Vanessa.

As imagens desapareceram.

– O que você está fazendo aqui? – perguntou Willa. Seu corpo frágil era visível por debaixo da camisola fina, e ela tentou se esconder com os braços e se levantar ao mesmo tempo.

Meus olhos se focaram nos dela, que agora estavam azul-esverdeados, e não prateados. O ar estava claro, e a água na banheira, calma. As cortinas não se moviam mais para fora das janelas.

– Você não devia estar aqui. – Ela apanhou um robe no chão, ao lado da banheira. – Espere por mim lá embaixo. *Agora* – disse ela, quando não me mexi imediatamente.

Obedeci. Cinco minutos depois, ela se juntou a mim na sala de estar. Vestira calça *jeans* e um suéter, e os cabelos estavam enrolados numa toalha. Passara um pouco de maquiagem, mas o rosto ainda parecia ter envelhecido dez anos em dois dias.

– Por que você não está na escola? – ela perguntou, movendo-se lentamente pela sala, como se suas juntas doessem, depois se sentou à minha frente.

– Eu fiquei com o Parker ontem à noite.

Ela olhou para mim. Eu podia ver que aquela não era a resposta que ela estava esperando, e definitivamente não era uma resposta que eu planejara dar. Mas, se eu fosse honesta com Willa, talvez ela me retribuísse o favor.

– O garoto na minha vida – lembrei a ela. – O que não é meu namorado.

– Sei. E como aconteceu?

– Eu o convidei para sair. Para jantar.

Ela franziu a testa.

– Porque não havia mais ninguém com quem ir jantar?

– Porque eu queria que ele gostasse de mim. Ainda mais.

– Vanessa, isso não é um jogo. Pensei que você soubesse.

– Eu sabia. Eu sei. – Inclinei-me na direção dela. – Eu quero ser forte. Quero ser capaz de ajudar, quando a hora chegar.

Ela sustentou meu olhar, mas não respondeu.

– A hora está chegando, não está? Era isso que você estava fazendo. Você estava tentando ouvir, descobrir o que elas estão planejando?

– O que eu estava fazendo não lhe diz respeito.

Cheguei mais perto dela.

– Mas eu as vi. Eu vi a Raina e a Zara. E vi um barco vermelho, o *meu* barco vermelho.

A pele acinzentada de Willa empalideceu.

– Do que você está falando?

– Lá em cima. Eu estava prestes a dizer seu nome, para me certificar de que você estava bem, mas, antes que eu pudesse, todas essas imagens passaram pela minha cabeça. E logo depois você acordou, ou saiu do transe, ou o que quer que fosse. – Fiz uma pausa. – Seja lá o que for, o que eu vi... era parte do plano delas, não era?

Seus lábios se contorceram, enquanto ela examinava meu rosto.

– Sim – respondeu finalmente. – Mas as coisas não vão chegar a esse ponto. Elas vão ser detidas muito antes.

– Como?

– Não cabe a você saber.

– Mas se eu puder ajudar...

– Você não pode – ela retrucou, se levantando. – Você é um alvo, mas essa guerra não é sua, Vanessa. É maior que você. E elas podem ser fracas individualmente, mas ainda têm muita força em grupo.

Eu também me levantei.

– Mas o que você vai fazer? Você é uma só e, sem querer ofender, acho que consigo nadar um pouco mais longe. – Senti-me culpada no instante em que as palavras me escaparam da boca, mas aquilo não as tornava menos verdadeiras.

– Você não precisa se preocupar sobre eu estar sozinha. Não sou tão ativa na comunidade como costumava ser, mas ainda tenho vínculos. Só preciso de um pouco de tempo.

– E se não tivermos tempo? – perguntei. – Você sabe quando elas planejam agir?

– Não antes de eu estar pronta para elas.

Aproximei-me dela.

– Willa, por favor. Minha família, meus amigos, todos aqueles com quem eu me importo... eles estão mal. Por minha causa. Por causa de quem eu sou. Minha irmã passou a vida toda tentando aparecer mais que eu, e isso a matou. Minha mãe criou a filha de outra mulher porque meu pai lhe pediu, e tem vivido duas vidas desde então. A Paige perdeu a família e o namorado porque fizemos o porto congelar. O Parker acha que está apaixonado por mim, que quer navegar pelo mundo comigo, e eu só o estou usando.

– Está?

A pergunta era como ferro em brasa. Sacudi a cabeça para clarear a mente.

– E o Simon... Tudo que ele fez foi cuidar de mim e se importar comigo, e tudo que fiz foi magoá-lo. – Pisquei rapidamente quando meus olhos se encheram de lágrimas. – Se existe algum modo de ajudar a consertar o que destruí, ou pelo menos impedir que as coisas piorem, quero ajudar. Preciso ajudar. Acho que eu seria capaz de lidar com todo o resto, a água salgada, a atenção, os flertes e as mentiras, se ao menos eu pudesse ajudar a impedir as sereias de ferirem mais alguém.

Ela ficou em silêncio, e por um momento pensei que estivesse levando o pedido em consideração. Mas então Willa colocou as mãos finas e ossudas em meus ombros e olhou nos meus olhos.

– Sinto muito que você esteja sofrendo – disse baixinho. – Sinto muito que sua família esteja sofrendo. Mas eu juro, Vanessa, que a melhor coisa que você pode fazer, a *única* coisa que pode fazer, é ir para a escola. Vá para casa. Viva a sua vida da melhor forma possível, e um dia tudo isso vai ficar para trás.

Ela não compreendia. Àquela altura, ela era a única pessoa do mundo que poderia realmente entender o que eu estava passando – e não entendia.

Com lágrimas escorrendo pelo rosto, passei por ela e corri para a porta da frente.

– Uma última coisa, Vanessa.

Parei com a mão na porta. *Você estava certa. Eu estava errada. Podemos fazer isso juntas.*

– O que quer que você faça, não tente ouvir. A mim ou a qualquer outra. Se fizer isso, está acabado. Você compreende?

Não, eu não compreendia. O que estava acabado? Nosso relacionamento? Não estava praticamente destruído de qualquer forma? E como o fato de saber o que as sereias planejavam fazer poderia ter outro resultado senão nos deixar mais preparadas, nos dar uma vantagem?

– Sim – respondi mesmo assim, abrindo a porta e deixando-a bater atrás de mim.

Caminhei por horas depois disso. Caminhei à beira d'água, pelo sul de Boston, pelo centro da cidade, atravessando a Ponte Longfellow, até Cambridge. Caminhei até meus pés estarem tão cansados que não podia mais senti-los, e até o céu se transformar de azul em rosa, enquanto o sol se punha. Finalmente, comecei a sentir sede e parei numa lanchonete para comprar uma garrafa d'água e alguns pacotinhos de sal. Sentei-me num banco vazio na Praça Harvard, cercada de universitários que conversavam, riam e faziam coisas que as pessoas normais fazem, e bebi.

Não tentei ouvir. Mas, algum tempo depois, enquanto eu olhava para o nada, do outro lado da praça, uma garota com longos cabelos castanhos e olhos azuis entrou no meu campo de visão e ali permaneceu, folheando revistas em uma banca.

Não era Zara. Mas, quanto mais eu a olhava, mais a minha visão se turvava, até que os cabelos pareciam negros em vez de castanhos, e os olhos, prateados em vez de azuis. Minha cabeça girou, então clareou, e vi Zara encostada num Subaru verde com placa de Maine. Sob um poste, na frente de um garoto cujo rosto estava escondido pelas sombras.

Não é lá muito fiel, mas é uma gracinha...

Fora o que Zara dissera a respeito de Simon no último verão, na noite em que tentara hipnotizá-lo e quase conseguira.

A lembrança me despertou de meus pensamentos. Minha visão clareou instantaneamente, e vi duas coisas ao mesmo tempo.

A primeira foi a minha garrafa d'água. Ela estava no meu colo, e o líquido transparente em seu interior borbulhava – como a água na banheira de Willa. Enquanto eu observava, as bolhas cresceram, o borbulhar ficou mais intenso, espiralando para cima e para baixo, até que a água se transformou em espuma.

A segunda foi meu celular. Eu o retirara da bolsa em algum ponto do sul de Boston e o estava segurando desde então. Agora, a luzinha vermelha piscava, indicando uma nova mensagem de texto.

"Eu amo você, V. Podemos consertar as coisas. Você pode vir a WH? S."

27

DEPOIS DE TUDO QUE EU FIZERA, depois de terminar com ele sem explicação e de beijar Parker, Simon ainda me amava. Ele ainda queria estar comigo. Ninguém mais, na mesma situação, ia querer – mas Simon queria. Quanto mais perto eu chegava de Winter Harbor, mais certeza tinha de que de alguma forma superaríamos tudo aquilo. Consertaríamos as coisas entre nós e então lidaríamos com o que quer que viesse, juntos. Como devíamos estar fazendo desde sempre.

Porque estávamos destinados a ficar juntos, como Paige dissera.

Depois que eu respondera à sua mensagem de texto e concordara em ir encontrá-lo, Simon escrevera novamente e me pedira para ir até a casa de seus pais, vizinha à casa do lago que pertencia à minha família. Eu não ia à casa do lago desde que arrumara minhas coisas e partira no fim do verão, e estava quase tão nervosa por voltar agora quanto por finalmente contar a Simon tudo que ele precisava saber. Eu não entrava ali sozinha desde que voltara a Winter Harbor para descobrir o que acontecera com Justine – e encontrara a verdade sobre mim mesma. Eu havia conseguido passar o resto do verão ali porque tinha meus pais para me fazer companhia, mas não estava pronta para passar por aquilo de novo.

289

Então, quando finalmente cheguei à casa do lago, seis horas depois de deixar Boston, passei direto e fui até a casa dos Carmichael.

O sol estava se pondo, e a casa, escura. O único carro na entrada era o de Simon, e torci para que aquilo significasse que o restante da família não estava. Com tanto para conversar, seria bom ter algum tempo sozinhos.

Ao chegar à porta da frente, toquei a campainha e esperei. Alguns segundos depois, toquei de novo, então bati à porta. Quando ninguém atendeu, fui até a beirada da varanda e olhei para cima – a janela do quarto de Simon, como as demais janelas que davam para o jardim da frente, estava escura. Chequei meu celular, mas havia apenas uma mensagem de Paige, enviada horas antes, perguntando onde eu estava e dizendo que precisávamos conversar. Fazendo uma anotação mental para ligar para ela logo que pudesse, disquei o número de Simon, desci as escadas e contornei a casa. A sala de estar da família dava para o lago, nos fundos da casa; talvez Simon estivesse assistindo à televisão ou dormindo e não ouvira a campainha.

A ligação caiu direto na caixa postal.

– Oi, sou eu. Estou aqui, do lado de fora. Toquei a campainha e bati na porta, e agora estou indo para os fundos. – Fiz uma pausa. – Eu amo você, Simon. E queria me desculpar, por tudo.

Como a frente, os fundos da casa estavam às escuras. Tentei a porta novamente, mas não houve resposta. Espiando a sala de estar, vi que estava vazia, e a televisão, desligada. Não havia pratos na mesinha de centro nem livros abertos no sofá, e nenhum outro sinal de que ele estava esperando por mim ali.

Teria ele mudado de ideia? Teriam seus pais ou Caleb convencido Simon de que a reconciliação não era uma boa ideia, de que, depois de tudo pelo que passamos, estávamos melhor separados? Talvez eles estivessem todos juntos agora, jantando em algum lugar, tendo uma reunião de família para impedir que Simon se magoasse novamente.

Virei-me para descer as escadas quando meu celular vibrou.

– Oi – atendi, sorrindo aliviada.

– Oi, linda. Senti sua falta na escola hoje.

Agarrei-me à grade da varanda e olhei em volta rapidamente para me certificar de que ainda estava sozinha. Eu tinha ficado tão feliz ao ouvir o telefone que atendi sem checar o número.

– Parker. Oi.

– Tudo bem?

– Tudo ótimo. – Olhei para a água, e tentei imaginar Simon nadando, sentado no píer, qualquer coisa que substituísse a imagem de Parker sorrindo, seus lábios se aproximando dos meus. Abri a boca para perguntar se poderia ligar para ele mais tarde, mas a voz não saiu.

– Bom, hoje eu me dei conta de que o verão ainda está muito longe.

– Certo – consegui dizer.

– E que provavelmente seria uma boa ideia fazermos uma experiência.

– Uma experiência? – perguntei, minha voz interior gritando para que eu desligasse.

– Que tal o Caribe? Você e eu, no feriado de Ação de Graças?

– Parece... – minha voz falhou, enquanto eu me esquecia do que ia dizer.

Porque ali estava ele. Simon. Remando no lago.

– Vanessa?

– Preciso ir – eu disse e desliguei.

Atravessei o quintal correndo, consciente de que minhas pernas estavam mais fortes do que trinta segundos antes. Aparentemente, eu não precisava estar junto de Parker para sentir o efeito de sua admiração.

– Simon! – gritei, alcançando a ponta do píer.

Ele não olhou para cima. Estava remando antes, mas agora parecia à deriva, indo em direção ao centro do lago. Provavelmente era por isso que não atendera ao telefone – o serviço de celular era instável em Winter Harbor, e piorava à medida que a pessoa se afastava da terra. Ele estava de cabeça baixa, virando as páginas de um livro. Apertando os olhos pude ver os pequenos fones brancos em seus ouvidos.

Ele estava lendo e ouvindo música. Uma atividade típica para Simon, mas eu estava surpresa por ele não estar fazendo isso em casa, principalmente porque sabia quanto eu tivera de dirigir desde Boston e que partiria em breve.

Gritei o nome dele novamente e acenei, mas ele estava de costas para mim. Observei e esperei para ver se o barco mudava de direção, mas ele continuou a virar as páginas do livro, parecendo absorto. Examinei a costa, esperando ver o pequeno barco a motor de Caleb de volta da marina, onde geralmente ele o atracava, ou um caiaque deixado por algum veranista. Quando vi que não havia nada, verifiquei a garagem dos Carmichael em busca de um barco extra, mas ela estava vazia, com exceção de alguns equipamentos de jardinagem. Voltei para o píer e comecei a gritar e acenar mais uma vez, para tentar atrair a atenção de Simon.

Nada. E ele se afastava cada vez mais.

Fui até a beirada do píer e me abaixei. Ansiava por estar com ele agora, naquele segundo, mas já haviam se passado várias semanas e eu podia esperar mais alguns minutos. O céu mudava rapidamente de cor, de lavanda para cinza, e, a menos que ele tivesse levado uma lanterna, não haveria luz para que continuasse lendo por muito tempo. De qualquer forma, ele provavelmente voltaria para me procurar antes disso.

E por falar em lealdade...

A voz pareceu atravessar meu crânio. Gritando, fechei os olhos e apertei a cabeça com as mãos.

Três palavrinhas e você vem correndo...

A dor se intensificou e fez meu corpo oscilar.

Isso poderia ter compensado tudo que você fez... se o Simon já não estivesse em outra...

Parei de oscilar. Parei de respirar. Meus olhos se abriram lentamente, como se eu estivesse despertando de um sonho. Um leve sopro de vento balançou as folhas mortas ainda presas aos galhos, agitou a superfície de água... e virou o barco até deixá-lo paralelo à costa.

Eu não sabia se ela estivera deitada ou simplesmente fora bloqueada pelo corpo de Simon, mas agora eu podia vê-la perfeitamente. Sentada na outra extremidade do barco, vestia calça *jeans* e um agasalho vermelho da Bates. Estava magra, a pele muito branca. Os longos cabelos negros haviam sido cortados num corte chanel e emolduravam o rosto, escondendo os ângulos agora mais agudos de suas faces.

Zara estava completamente diferente – e mais linda do que nunca. Levantei-me depressa.

– Simon!

Nada. Ele virou outra página, como se estivesse completamente sozinho no lago.

– Simon! Sou eu, Vanessa! Por favor, volte!

Observei enquanto ele apanhava o iPod e aumentava o volume. Das outras vezes em que fora hipnotizado por Zara, ouvir minha voz o despertara do transe. O fato de estar sentado calmamente a alguns metros de distância dela significava que estava sob algum tipo de hipnose, mas ele estaria usando a música para abafar a voz dela... ou a minha?

Pare. A palavra parecia queimar em minha mente. *Por favor, ele não fez nada contra você. Deixe-o em paz.*

Eu não sabia como me comunicar silenciosamente com outra sereia, como invadir seus pensamentos, como Zara acabara de fazer. Willa não queria que eu ouvisse, e também não queria que eu falasse. Mas Zara pareceu ouvir meu pedido silencioso; ela não disse nada em resposta, mas se virou para mim com um sorriso se espalhando lentamente pelo rosto, uma luz aparecendo nos olhos até que eles pareceram brilhar. E então, quando estava certa de ter minha atenção, ela se inclinou para frente e colocou a mão no joelho de Simon.

Ele não recuou, como deveria. Como eu gostaria que fizesse. Em vez disso, ergueu a cabeça. Retribuiu o sorriso dela. Ela deslizou pelo barco até que estivessem separados por alguns centímetros, puxou gentilmente o fio do iPod até os fones se soltarem e disse algo que o fez rir.

– Simon!

Gritei alto o suficiente para fazer os pássaros berrarem em resposta, mas ele não me ouviu. Ou me ignorou. Colocou os cabelos de Zara atrás da orelha e acariciou o rosto dela como havia acariciado o meu milhares de vezes. Ela apoiou o rosto contra a palma da mão dele, e seus olhos se fixaram nos de Simon.

– Não – sussurrei, enquanto a distância entre eles diminuía ainda mais. – Por favor... não façam isso.

Mas eles fizeram. Bem ali, na minha frente, e fui incapaz de desviar os olhos. Como se fossem dois carros acelerando um na direção do outro e então se chocando, Simon e Zara se beijaram. Um beijo de verdade, com toques e abraços e sem parar para respirar.

Caí de joelhos. Como aquilo podia estar acontecendo? Se Zara estava mais fraca do que antes, como conseguira paralisar Simon, fazendo-o subir em um barco, ir até o meio do lago e beijá-la? Ela teria chegado a ele antes ou depois de ele ter me pedido para ir até ali?

No segundo em que me fiz essa pergunta, eu soube. Ela chegara a ele antes. Porque, se Simon ainda me amasse, os poderes dela não funcionariam. E, se começassem a funcionar, teriam parado quando eu o chamei.

Antes que aquela percepção pudesse me paralisar completamente, eles se separaram. Zara se levantou, fazendo o barco balançar levemente e, sem tirar os olhos dos dele, desabotoou a camisa, que deslizou pelos braços dela e caiu no fundo do barco. Ela se inclinou para a direita e então para a esquerda, e percebi que estava tirando os sapatos. Fazia provavelmente uns dez graus, mas ela vestia apenas um *top* branco apertado e *jeans*, tão casualmente como se fosse verão em vez do meio do outono. O efeito não passou despercebido a Simon, que a observava sem se mover.

Até ela mergulhar na água. Então, ele se levantou de um pulo, fazendo com que o livro caísse no fundo do barco com um ruído abafado, e o barco oscilou fortemente de um lado para o outro. Ele perdeu o equilíbrio e caiu sentado no pequeno banquinho duas vezes, antes de conseguir se firmar o suficiente para arrancar a jaqueta e o suéter.

– Simon! – tentei novamente, desesperada. – Pare! Você não sabe o que...

Era tarde demais. Aparentemente incapaz de ficar separado dela por um segundo a mais que o necessário, ele mergulhou na água, de calça, camiseta e sapato.

Eu não tinha um plano. Não sabia o que faria quando os alcançasse, ou se Simon saberia quem eu era. Mas não me importei. Ignorando minha cabeça que latejava e meu coração disparado, arranquei o casaco, chutei os tênis para longe e atirei meu celular no píer. Voei para a água, tão fria que meus músculos se retesaram imediatamente, e bati os braços e as pernas até recuperar todos os movimentos. Eu devia estar em choque, entretanto, porque, apesar de todo o meu esforço, não conseguia nadar tão rápido quanto da última vez em que mergulhara no oceano, e levei minutos em vez de segundos para chegar ao barco.

Quando o alcancei, Zara e Simon estavam a vários metros de distância, na água, se beijando na parte mais funda do lago – e bem em frente à casa da minha família.

– Deixe o Simon em paz, Zara! – gritei, segurando-me na borda do barco.

– Ah, Vanessa – ela disse casualmente, como se aquilo fosse muito normal, e nós, velhas amigas que acabavam de se encontrar por acaso a rua. – Que gentileza a sua se juntar a nós.

– Você não precisa dele – eu disse. – Você pode ter o homem que quiser.

– É verdade. Obrigada por notar. – Ela apertou os braços ao redor do pescoço de Simon. – Mas ele é o homem que eu quero. E fico feliz em poder dizer que o sentimento é mútuo. Não é mesmo, Simon?

Ele tentou beijá-la mais uma vez, mas ela se afastou um pouco. Quando ficou claro que ela estava esperando uma resposta, os lábios dele se ergueram num sorriso lento, preguiçoso. Ele disse alguma coisa, tão baixo que não consegui ouvir, e Zara lhe pediu que repetisse, mais alto.

– Eu amo você – ele disse.

Eu amo você. Meu coração se alegrou automaticamente – mas ele estava olhando para ela, não para mim. Enquanto suas palavras atravessavam o ar, o rosto dela parecia mudar – a pele se tornou luminosa, o rosto ficou mais cheio, os olhos, mais brilhantes.

Enquanto ela ficava mais forte, meu corpo se entorpecia. Comecei a afundar, usando o barco para me apoiar quando o líquido ardente que queimava meus olhos se misturou com a água fria do lago. Pisquei rapidamente, e minha visão clareou o suficiente para ver Zara, ainda abraçada a Simon, desaparecer lentamente sob a superfície da água.

Apoiando os pés na lateral do barco, nadei na direção em que estavam segundos antes. Quando cheguei mais perto, mergulhei a cabeça na água, virei-me para o fundo do lago e comecei a nadar com braçadas longas e constantes. Eu não podia estar muito longe, mas eles não estavam à vista. E, se estivessem, estava escuro demais para dizer. Diferentemente da noite em que eu saltara na água, da base dos penhascos de Chione, quando a luz das sereias iluminara o fundo do mar, o lago estava escuro. Eu nem conseguia ver minhas mãos, enquanto elas cortavam a água à minha frente. Quando tentei ouvir Zara, minha cabeça ficou em silêncio. O melhor que eu podia fazer era tentar não pensar, para que não houvesse nada a ouvir se alguém tentasse invadir minha mente.

Depois de anos nadando como uma pessoa normal, eu ainda prendia o fôlego instintivamente quando mergulhava, e só abria a boca e enchia os pulmões assim que meu peito começava a doer. Quando isso aconteceu, um minuto depois que deixei a superfície do lago, não hesitei em respirar.

Indo embora tão cedo...?

Eu mal ouvi Zara em meio aos meus próprios sons, engasgando e engolindo água. Tentei respirar novamente, mais devagar dessa vez, pensando que talvez tivesse ido muito rápido, mas a mesma coisa aconteceu. A água deveria ter confortado e fortalecido meu corpo, mas, em vez disso, o estava sufocando.

Elas teriam envenenado o lago? Teria sido por isso que Simon me pedira que o encontrasse ali? Porque elas haviam feito alguma coisa para tornar a minha respiração impossível? A água não cheirava diferente nem tinha um gosto estranho, mas...

Os pensamentos pararam quando prendi o fôlego e a água parou de girar. A alguns metros de distância, com os braços ao redor de Simon, que resistia, Zara sorria para mim por trás de uma máscara de mergulho, ligada por um longo tubo a uma bolsa transparente em sua cintura.

Vamos fazer a coisa certa dessa vez... Vamos afogá-las...

A lembrança da voz de Willa atravessou minha cabeça tão rapidamente que Zara não poderia ter ouvido, mesmo que estivesse atenta. Mas eu ouvi. E agora sabia o que ela quis dizer.

Para as sereias, o lago era venenoso.

Porque era composto de água doce, não salgada.

Meus pulmões pareciam prestes a estourar quando meus olhos encontraram os de Simon. Ou o poder de Zara tinha um limite de tempo, ou a água o deixara em choque, porque ele havia se libertado do encanto dela e lutava para escapar. Nadei com força na direção deles, mas ela se afastou facilmente, para o fundo e para longe. Tentei novamente, mas ela afundou ainda mais. A pressão atingia minha cabeça e meu peito como uma marreta, e logo não tive escolha a não ser mudar de direção.

Eu precisava de ar. Ou Simon e eu morreríamos.

Minha cabeça atravessou a superfície da água. Lutando por oxigênio, olhei para as casas na costa, esperando ver Caleb, o sr. e a sra. Carmichael, algum veranista perdido – mas não havia ninguém. As casas estavam escuras.

~ 297 ~

Tentei me concentrar em Willa para pedir socorro, enviar algum tipo de aviso que a levasse a entrar em contato com as conexões que dizia ter em Winter Harbor. Mas, antes que eu pudesse pensar no que dizer, vi *flashes* brancos. Começaram pequenos e opacos, mas logo se tornaram maiores e mais brilhantes. Primeiro, pensei que fossem pequenos relâmpagos, já que as sereias podiam manipular o clima a seu favor durante o verão, mas eram muitos. E saíam da água, em vez de vir do céu.

Eram olhos. Dezenas deles. Prateados, brilhantes, cercando-me como uma grande rede de pesca.

Olá, Vanessa...

Um par de olhos se aproximou. Reconheci os lábios de Raina sob a máscara, a pequena pinta à direita do nariz.

Foi muita gentileza sua cuidar da Paige na nossa ausência...

Ainda nadando, afastei-me dela. Quando o fiz, os olhos do outro lado se aproximaram.

Não sei o que ela teria feito sem você... O que ela fará sem você...

– Por favor – murmurei, piscando para afastar as gotas-d'água presas em meus cílios. – Vou deixar vocês em paz. Não vou contar a ninguém que estão vivas. Deixem o Simon ir e podemos fingir que...

– Que isso nunca aconteceu?

Virei-me rapidamente. Zara e Simon estavam acima da superfície, fora do círculo de sereias.

– Vanessa! – ele gritou, cuspindo água.

Lancei-me na direção deles, e Zara tampou a boca de Simon com a mão. Os olhos dele encontraram os meus, arregalados, preocupados, mais por mim que por si mesmo, eu sabia.

– Desculpem – disse Zara, inclinando a cabeça como se estivesse confusa. – Vamos relembrar os fatos, certo? Você e o seu geniozinho aqui congelaram Winter Harbor, libertaram nossas vítimas, tiraram nossa vida durante três meses, roubaram o meu namorado e a minha irmã...

– O Caleb não era seu namorado – retruquei –, e você roubou a *minha* irmã. Você tirou a Justine de mim, lembra? E por quê? Por um ataque mais certeiro a um homem que você jamais conquistaria, por mais que tentasse?

A mão dela apertou a boca de Simon com mais força, e seus olhos prateados se estreitaram.

– E quanto à Paige – continuei –, tudo que fiz foi ser amiga dela. E você ia fazer com que ela ficasse doente. Logo que ela tivesse o bebê, ia forçá-la a se transformar em um monstro imoral e insaciável, igualzinho a você. Igualzinho a todas vocês.

Houve uma pausa. Por um segundo, tudo – a água, o vento, as árvores – ficou imóvel.

– Você não quer dizer – disse Zara, a voz suave como seda – igualzinho a todas *nós*?

Olhei para Simon, que parara de lutar e olhava para mim, enquanto absorvia as palavras de Zara. Ela deixou que ele fosse tomado pelo choque, então se aproveitou da fraqueza dele para arrastá-lo de volta para debaixo d'água.

– Não! – Lancei-me na direção deles, mas fui agarrada pela perna esquerda e então pela coxa direita. Outras quatro mãos seguraram meus braços e meus ombros. Chutei e esperneei, o que me arrancou as forças que me restavam. Enquanto meu queixo, minha boca e finalmente meu nariz submergiam na superfície do lago, tudo que pude fazer foi fechar bem a boca e prender o fôlego.

Elas me seguraram até chegarmos ao fundo do lago. Raina nadava na frente do grupo, os olhos prateados lançando dois feixes luminosos na escuridão. Procurei Zara e Simon, chamei silenciosamente por Willa, mas, além de minhas captoras, não vi ou ouvi nada nem ninguém.

No fundo do lago, as sereias me deitaram numa cama de rochas e amarraram meus pulsos e tornozelos com o que pareciam ser echarpes de seda. Lutei contra elas, mas, como Willa dissera, a força que lhes faltava individualmente era compensada pelo número. Somando minha sede e a falta de oxigênio, meu corpo parecia ter passado por uma parede de chamas, em vez de pela água.

~ 299 ~

E foi por isso que, quando uma jovem sereia com longos cabelos loiros colocou uma máscara sobre minha boca, bebi avidamente a água salgada.

Você é forte. A voz de Raina soou dentro da minha cabeça. *Como a sua irmã. Ela também lutou muito.*

Olhei para ela quando desceu até a areia na minha frente, a longa saia branca flutuando ao seu redor como uma nuvem. Enquanto eu me enchia silenciosamente de ódio, minha cabeça pareceu clarear. Um instante depois, Raina continuou.

Tenho que lhe dar os parabéns. Você e seus amigos fizeram o que ninguém, em nossa longa história, conseguiu fazer antes. Vocês nos detiveram. Temporariamente, mas mesmo assim com sucesso. Isso por si só já é uma grande conquista.

Concentrei-me nos olhos dela.

Mas você precisa entender que o que fez – o que tentou fazer – foi muito além de você e de mim, ou da Zara, ou da Paige. A morte da Justine foi uma infelicidade e, se as circunstâncias tivessem sido diferentes, não teria acontecido.

Isso não me parece um pedido de desculpas, retruquei.

E não é. Seus olhos brilharam. *Ela foi uma vítima acidental. Sempre imaginamos que você tivesse morrido com sua mãe, e, se a morte de sua irmã foi necessária para que você se revelasse, para que descobríssemos a sereia adormecida capaz de silenciar a todas nós, então valeu a pena.*

Meus pensamentos se voltaram para o que Willa dissera sobre minhas ancestrais no Canadá, o poderoso grupo de sereias que matara milhares de homens, mas consegui interrompê-los antes que revelassem a Raina mais do que ela já sabia.

Agora, algumas de nossas irmãs acham que você deve pagar por seus atos. Que deve sofrer o mesmo destino que tentou nos infligir.

Sem mover a cabeça, examinei as sereias que se juntavam ao nosso redor. Todas elas respiravam pelas máscaras, estudando-me com os olhos prateados.

Mas, como eu me esforço para agir apenas em prol dos interesses a longo prazo do grupo, em vez de simplesmente matá-la como você provavelmente merece... vou lhe dar uma chance.

Olhei novamente para Raina. Seu rosto não tinha expressão, enquanto ela se preparava para me dar um ultimato.

Você pode dar às moças o que elas querem e enfrentar o que provavelmente será uma morte longa e dolorosa... Nós faremos a gentileza de levar o seu corpo sem vida de volta ao píer atrás da casa da sua família.

Quando ela terminou de falar, a luz branca que me cercava piscou e oscilou, enquanto as sereias assentiam em aprovação.

Ou você pode se juntar a nós.

Olhei com raiva para ela, só de pensar na ideia.

Eu não teria tanta pressa, alertou ela. *Graças a você, a nossa proeminente comunidade passou por um baque significativo. Contudo – e isso também pode ser graças a você – vamos nos recuperar. Mais saudáveis e mais fortes do que nunca. Você tem habilidades que sereias da sua idade e do seu nível de experiência não deveriam ter. Você pode ser um trunfo para nós, assim como podemos ser um trunfo para você.*

Isso, pensei, olhando nos olhos dela, *nunca vai acontecer.*

Não? Ela se virou e olhou por sobre o ombro. *Nem se significar salvar a única pessoa no mundo por quem você faria qualquer coisa? Por quem você deveria fazer qualquer coisa, especialmente levando em consideração certas transgressões?*

Uma luz suave brilhava na escuridão atrás de Raina. Através dela, eu podia ver o sorriso malicioso de Zara e o peito de Simon, subindo e descendo entre seus braços.

Ele estava vivo. Enquanto a água se movia e a luz mudava, vi uma máscara preta em seu rosto. Estava ligada a um pequeno tanque de oxigênio, na areia a seu lado.

Lágrimas quentes fizeram meus olhos arderem, antes de ser neutralizadas pela água fria do lago. *Vocês vão deixá-lo ir embora? Se eu fizer o que querem, vocês o soltarão e o deixarão em paz?*

Vanessa. Os lábios vermelhos de Raina fizeram um biquinho. *Sejamos realistas.*

Então o quê? Praticamente gritei as palavras em minha mente. *O que exatamente vocês estão sugerindo?*

Para se juntar a nós, você precisa tirar uma vida.

Respirei mais rápido, e a água salgada entrava e saía da minha máscara.

Se você tirar a vida dele, será mais forte do que jamais imaginou, e ele vai morrer olhando para você, ouvindo você e se sentindo mais feliz naquele instante do que foi em todos os seus dias na terra. Você o magoou muito, e foi por isso que a Zara conseguiu controlá-lo por algum tempo, mas ele ainda ama você, Vanessa. Mais do que nunca.

Balancei a cabeça e apertei os olhos com força.

E como isso vai salvá-lo?, perguntei.

Eu não disse que você poderia salvá-lo da morte. Mas pode impedir que ele observe você se afogar lentamente, o que o mataria muito antes de pararmos o coração dele. Ela fez uma pausa. *Fisicamente, ele vai morrer de qualquer jeito.*

Ele vai deixar vocês em paz, eu disse. *Vamos embora e nunca mais voltaremos. Podemos nos mudar para o outro lado do país, ou mesmo para o exterior, se quiserem. Ele é bom demais... Ele não merece...*

Não vamos nos esquecer, disse Raina por sobre a minha tagarelice interna, *de quem foi a ideia de congelar o porto. Este castigo não é só seu.*

Zara, implorei, virando-me apesar das amarras, *pense no Caleb. Eu sei que você ainda o ama. Pense em como ele ficaria arrasado se perdesse o irmão. Se você acha que só o sentimento dele vai, de algum modo, aumentar suas chances...*

Houve uma súbita agitação na água e algo me empurrou as costas com força. Caí, aterrissando suavemente nas pedras. Agarrei a cabeça com as mãos e tentei me levantar, mas me detive quando a água clareou e consegui ver a cena diante de mim.

Os olhos de Raina faiscaram enquanto ela encarava uma mulher alta, com longos cabelos escuros. A mulher estava parada onde eu estivera segundos antes; quem quer que fosse, ela não queria que eu continuasse falando. As outras sereias estavam de pé atrás de Raina, tentando parecer ameaçadoras, mas claramente cansadas. Algumas tremiam, outras se inclinavam para frente, ainda fracas demais depois de todo aquele tempo no porto congelado para manter as costas eretas. Elas estavam entre Simon e mim, embora eu ainda pudesse ver os pés dele e soubesse que ele estava ali.

Claro que aquilo não significava que estivesse vivo.

As Ninfeias não aprovariam esse comportamento.

Minha cabeça latejou em resposta. Eu conhecia aquela voz.

As Ninfeias nunca souberam e nunca saberão, disse Raina. *Elas não se preocupam com grupos como o nosso.*

Elas vão se preocupar, se eu pedir.

A mulher de cabelos longos e escuros soava exatamente como Willa. Mas Willa tinha cabelos brancos, e o corpo era mais redondo, mais suave. O *jeans* e a camiseta daquela mulher revelavam um corpo mais magro, mais firme, mais jovem.

Como se elas fossem receber você de braços abertos depois de dezessete anos, disse Raina. *Para alguém que exige um comportamento aceitável, você não parece perceber que cometeu o maior pecado de todos: abandonar sua família.*

Eu parti porque precisei, a mulher respondeu. *Por causa das coisas que vocês forçariam minha filha e eu a fazer, a nos tornar.*

E era precisamente isso que as suas amadas Ninfeias teriam esperado, sob o comando delas. Os lábios de Raina se curvaram para cima. *E, estranhamente, aqui está você, sem parecer um dia mais velha do que... o quê? Quarenta e cinco? Quarenta e seis?*

Deixe-os ir, Raina, disse a mulher. *Se fizer isso, prometo que as Ninfeias não saberão de nada. Prometo que farei o que vocês quiserem.*

Sabe o que é engraçado em você e em suas promessas, Charlotte?

Dentro da máscara, meu queixo caiu. Olhei para a mulher parecida com Willa e esperei que corrigisse Raina, negando ser Charlotte – mas ela simplesmente ficou parada ali, imóvel, forte, inabalável.

Nunca parecem durar.

Raina atacou no mesmo momento em que um grito pareceu rachar meu crânio. Um redemoinho ofuscante de areia e água tornou impossível ver de onde vinha. Eu ainda estava tentando enxergar quando um braço agarrou minha cintura e me puxou para cima, para longe do fundo do lago. Quanto mais nadávamos, mais clara a água se tornava.

É a... Não pode ser... Por favor, me diga que não é a...

Mas era. Paige estava nadando para longe de Zara, carregando uma máscara e um tanque de água salgada – e usando uma também.

Ela só quis ajudar, Charlotte respondeu. *Soa familiar?*

Eu não pude responder. Paige se transformara. De algum modo, ela conseguira se tornar uma de nós. Senti tantas coisas ao mesmo tempo – choque, medo, decepção, raiva, amor – que minha cabeça não conseguiu se concentrar em uma só.

Vanessa, Charlotte continuou, erguendo uma canoa quebrada que afundara e colocando-me sob ela, *eu tentei proteger você de longe durante dezessete anos. Eu sei que é difícil entender e prometo explicar tudo mais tarde... Mas, por favor, me deixe fazer o que preciso para proteger você agora.*

Ela desamarrou rapidamente meus pulsos e tornozelos. A certa altura, o rosto dela estava a centímetros do meu, e vi seu rosto suave, o pescoço delgado, os olhos prateados. Ela parecia ser duas mulheres ao mesmo tempo: uma versão mais jovem daquela que eu viera a conhecer durante as últimas semanas, Willa – e uma versão mais velha da que eu vira pela primeira vez numa fotografia no quarto de Betty. Ela parecia estar em algum lugar entre as duas.

Você se lembra do que fez com a garrafa d'água, no banco, na Praça Harvard?, ela perguntou.

Assenti, me lembrando da água borbulhando e espumando dentro da garrafa de plástico.

Você se lembra de como fez aquilo?

Acho que sim.

Quando me ouvir cantar para você, preciso que faça aquilo de novo. Tudo bem?

Aqui? Com o...

Eu ia perguntar se ela queria dizer o lago inteiro, mas ela se foi antes que eu pudesse falar.

E quanto ao Simon?, gritei para ela. *E quanto à Paige?*

Nada.

Fiquei deitada ali, respirando a água salgada, lutando para controlar os pensamentos que me bombardeavam. Ao longe, ouvi o som da água se agitando. Houve mais gritos, seguidos de soluços e choro. Finalmente, ouvi uma única e aguda nota. Ela começava no centro da minha cabeça e se irradiava para o exterior, até parecer que a canoa inteira vibrava.

Meus olhos se fixaram em uma pedra lisa. Olhei para ela até que saiu de foco, e até eu imaginar Zara. Raina. Paige. Charlotte. Concentrei-me tão intensamente, vendo em vez de pensar, observando em vez de sentir, que não percebi quando a água ao meu redor começou a se encher de pequeninas bolhas, como se estivesse prestes a ferver. Vi Justine e me concentrei em seu sorriso, suas covinhas, seus olhos azuis brilhantes. As bolhas aumentaram e explodiram, tornando-se maiores, vindo mais rápido.

Eu vi Simon. Andando pelo *campus* da Bates, me segurando no passeio de carroça. Observando-me num quarto de hospital, cuidando de mim enquanto andávamos pelas matas, oferecendo-me o balde de pipoca primeiro enquanto ele, Caleb, Justine e eu assistíamos a um filme anos atrás.

Vi Parker. Inclinando-se em minha direção, ao lado do meu armário. Fazendo um curativo na minha perna, no coreto do parque. Mergulhando do iate. Segurando a minha mão.

E a água se agitava e girava, rugindo como o oceano quando quebra na praia depois de uma tempestade. A canoa se levantou da areia e flutuou para longe, espiralando. Eu fui a próxima. A pressão era tão forte que arrancou a máscara e o tanque do meu corpo. Tentei resistir, mas estava cansada demais, e meu corpo não ouviu.

Até que percebi alguém atrás de mim. Apertando o corpo contra o meu, passando os braços de maneira protetora ao redor da minha barriga, dos meus ombros. Um rosto se colou ao meu pescoço e reconheci imediatamente o perfil familiar.

Ele viera até mim. De algum modo, talvez com a ajuda de Charlotte ou de Paige, ele me encontrara naquele redemoinho de vinte acres.

Meu corpo voltou a viver. Coloquei as mãos em seus braços para que ele se segurasse, e então me virei, sentindo as correntes, ouvindo-as, direcionando-as para a praia, para as sereias gritando, para as luzes vermelhas e azuis que piscavam sobre a superfície da água.

Quando minha cabeça finalmente rompeu a superfície do lago, vi que a polícia estava em nosso quintal. Assim como Betty, Oliver e Caleb.

Consegui chegar à plataforma de mergulho, a cerca de dez metros da costa. Ergui o corpo desfalecido de Simon pela escada de metal e o segurei com meu próprio corpo. Meus lábios, apertados contra seu pescoço, foram aquecidos por uma pulsação fraca, débil.

Fiquei ali até a ajuda chegar, contando os segundos entre as batidas do coração dele como um dia contara os segundos entre os relâmpagos, sussurrando as mesmas cinco palavras repetidamente.

– Nascemos um para o outro... Nascemos um para o outro... Nascemos um para o outro...

28

A UNIVERSIDADE DO HAVAÍ parece uma ótima ideia agora.

Abaixei o jornal que estava lendo e ergui os olhos para Paige, sentada na cadeira de jardim ao meu lado. Ela esfregava as mãos, soprando-as em seguida. Em seu colo, havia uma abóbora de plástico laranja, quase vazia.

– O que você acha? – perguntou ela. – Palmeiras? Água azul-turquesa morninha?

– Achei que você queria ficar o mais longe possível da água.

O sorriso dela enfraqueceu. Ela fechou o casaco, cruzou os braços e desviou o olhar para o lago.

– Só temos chiclete sem açúcar agora. Acho que vou até a mercearia comprar mais doces. As crianças comentam, e eu não quero que a sua casa crie uma reputação de casa sem chocolate, na hora das gostosuras ou travessuras.

Em algum lugar atrás de nós, houve um ruído alto, como o som de pratos caindo no chão. Um segundo depois, minha mãe gritou por meu pai.

– Não acho que isso tenha importância – eu disse.

῀ 307 ῀

Ela franziu a testa.

– Eles vão mesmo vender a casa?

Olhei para o lago. Sua superfície calma refletia as árvores nuas e o céu cinzento.

– Vão tentar.

– Mas eles não têm essa casa...

– Desde sempre? – completei. – Sim.

Ela se inclinou para mim e baixou a voz, como se não fôssemos as únicas pessoas ali fora, sentadas no frio congelante.

– Mas ela sabe, não é? Sua mãe? Você explicou que elas se foram definitivamente dessa vez, e que o que aconteceu na semana passada nunca mais vai acontecer de novo?

– Expliquei. Mas, depois de ouvir mentiras por vinte anos, não sei se ela sabe no que acreditar agora.

– Mas o seu pai não sabia de tudo, não é? Sobre quem a Charlotte realmente era... Quem ela realmente é?

– Não. Como ela nunca tirou vidas, quando ele a viu outra vez, ela parecia décadas mais velha do que realmente era. E, só para garantir, ela pintou os cabelos e usava lentes de contato coloridas.

Meus olhos se fixaram no jornal. Na primeira página, havia uma foto de um homem de uniforme e boné do Red Sox, torcendo nas arquibancadas do estádio Fenway Park. Sob a foto, a manchete que eu lera cem vezes em vinte e quatro horas: "Encontrado no sul de Boston corpo do funcionário da Companhia de Saneamento Municipal, Gerald O'Malley, 43".

Apesar de tê-lo visto apenas uma vez, eu o reconhecera imediatamente. Gerald O'Malley era um dos trabalhadores da companhia de saneamento que haviam falado comigo do lado de fora da casa de Willa – da casa de *Charlotte*. De acordo com ela, depois que eu a deixara naquele dia, eles voltaram para apanhar o lixo do outro lado da rua. Ela os seguira enquanto eles continuavam seu itinerário até a água e então, nas palavras dela, fizera o que precisava ser feito.

~ 308 ~

Ela afirmara que aquela tinha sido a primeira vez que tirara a vida de um homem. E que o fizera apenas para obter a força necessária para ajudar a me salvar das sereias de Winter Harbor. Ela explicara que havia mudado de nome ao vir para Boston, na esperança de esconder sua verdadeira identidade do meu pai e de todos os outros, e que não ceder às exigências de seu corpo a fizera envelhecer drasticamente. Quando a vida deixara o corpo daqueles homens e entrara no dela, o relógio voltara muitos anos.

Como minha mãe, que se trancara no quarto por dois dias inteiros depois de saber a verdade sobre a minha mãe biológica, e sobre o meu pai, e sobre mim, eu não tinha mais certeza daquilo em que acreditar. E foi por isso que, depois de lhe agradecer por ajudar Paige a resgatar a mim e ao Simon das sereias que nos sufocariam, eu disse a Charlotte que precisava passar algum tempo sem vê-la. Precisava de tempo para pensar, de preferência sem que ninguém ouvisse.

– Por que você fez aquilo, Paige? – perguntei baixinho.

– Vanessa... eu já disse.

– Diga de novo. – Olhei para ela. – Por favor.

Ela se recostou na cadeira e abraçou a abóbora de plástico laranja.

– Depois do último verão, depois de perder... tudo... eu queria algo que fosse só meu novamente. Você e seus pais foram maravilhosos ao me acolher, mas eles ainda são *seus* pais. Eu estava morando na sua casa, frequentando a sua escola. E então, no meio de todo aquele frenesi sobre a universidade, percebi que estava tentando buscar um futuro que pertencia a outra pessoa. Porque, se o último verão não tivesse acontecido, se eu tivesse terminado a escola aqui, provavelmente não iria para a faculdade. Teria ido trabalhar no restaurante, casado com algum pescador quando o Jonathan finalmente me abandonasse por alguma estudante linda e inteligente da Ivy League que os pais dele teriam aprovado, e tido um milhão de filhos.

Estendi a mão, e ela deixou que eu segurasse a sua.

– E depois... eu não sei. A Betty andava tentando me convencer a me transformar porque era isso que a Raina e a Zara queriam, mas, mesmo que elas não tivessem nada a ver com o assunto, acho que ainda teria me sentido tentada. – Ela fez uma pausa. – Pelo menos os poderes são todos meus, sabe? Para que eu os use da maneira que quiser, para ajudar as pessoas em vez de feri-las.

– Mas...

– Vanessa. – Ela deu um pequeno sorriso e apertou minha mão. – Eu sei. É difícil, é complicado. Mas também é tarde demais agora.

Lutei para retribuir o sorriso, imaginando-a no oceano, sufocada com a água do mar, antes que seu corpo finalmente cedesse. Infelizmente, o fato de eu ter lhe contado sobre mim só servira para convencê-la ainda mais a seguir em frente, especialmente porque ela acreditara que juntas teríamos mais chance de derrotar as sereias. Logo depois de eu ter dito que iria à escola e, em vez disso, ter ido à casa de Charlotte, Paige perguntara à minha mãe se poderia pegar o carro emprestado para sair um pouco de casa e fora até Maine. Ali encontrara Betty em seu quarto, paralisada diante da janela aberta, e conseguira quebrar o transe chamando-a e abraçando-a.

Aparentemente, quando se tratava de sereias, o poder do amor agia sobre as mulheres da mesma forma que sobre os homens. Fora assim que Raina e as outras conseguiram controlar Betty.

Apesar de Simon afirmar repetidamente que as sereias não poderiam suportar dois meses presas no gelo, elas haviam sobrevivido. Ficaram inconscientes até o gelo começar a derreter, mas, quando isso aconteceu e o corpo delas absorveu água do mar, elas despertaram lentamente. As únicas que não acordaram foram as sereias que os mergulhadores descobriram ainda congeladas – estas foram trazidas para a superfície cedo demais, e os mergulhadores pagaram caro pela descoberta.

As sereias que sobreviveram começaram com Oliver, e usaram seus poderes enfraquecidos para convencê-lo de que, se ele realmente amava Betty como afirmava, deveria fazer tudo ao seu alcance para trazer Paige para casa – mesmo que Betty insistisse que ficar em Boston era melhor para a neta. E, como os sentimentos de Oliver por Betty eram mais fortes do que seu medo das sereias, o plano funcionara, e ele fizera tudo que elas mandaram, inclusive construir os tanques, ajudá-las a melhorar e rastrear seus alvos, além de manipular Betty para que ela manipulasse Paige. O plano final era transformar Paige para ter mais um membro em seu grupo, e me convencer a me unir a elas – ou me matar.

Felizmente, quando Betty voltou a si, Oliver também despertou. Relutantes, mas fracos demais para protestar, eles ajudaram Paige a se transformar, no oceano atrás de sua casa. Paige se recuperou rapidamente, e ela e Betty escutaram as outras sereias. Depois de ouvi-las, alertaram as autoridades sobre possíveis afogamentos e chegaram ao lago segundos depois de Charlotte. Caleb, que estava voltando para casa depois do trabalho na marina, vira o lago espumando e as luzes brilhando sob a superfície e se juntara aos outros no nosso jardim.

– Mas veja pelo lado bom – disse Paige um instante depois, me despertando de meus pensamentos. – Agora somos mais irmãs do que nunca.

Antes que eu pudesse decidir como responder, a campainha soou ao longe. Paige deu um pulo e correu na direção da casa.

– Espero que os monstrinhos não se importem com um hálito fresco de hortelã!

Monstrinhos. Ela estava se referindo às crianças que vinham para a brincadeira de gostosuras ou travessuras, mas eu ainda achava a referência estranha. Como outras coisas que não quisemos discutir algumas semanas antes, não havíamos realmente conversado sobre a transformação dela ou o que isso significava; essa última conversa era o mais perto que havíamos chegado de falar sobre o assunto. Quando finalmente o discutíssemos, entretanto, uma das minhas muitas perguntas seria: Como ela era capaz de tratar a situação de maneira tão leve? Seria aquilo um mecanismo de defesa, como eu esperava, ou ela estava realmente feliz por ser uma de nós?

– Hortelã?

Virei a cabeça na direção da voz. Simon estava parado atrás da cadeira de jardim vazia, brincando com um pacotinho de chicletes.

– Espero que você esteja guardando a melhor parte dos doces para as crianças fantasiadas – disse ele. – Vocês não vão querer ficar conhecidos como a única casa de Winter Harbor que se preocupa com cáries no Halloween.

Levantei-me, dando um passo em sua direção, meu coração martelando contra as costelas.

– Simon...

Ele ergueu a mão e então a abaixou, com a palma virada para cima. Eu a tomei cuidadosamente, com medo de que ele se afastasse, e meus olhos se encheram de lágrimas quando ele não o fez. Andamos em silêncio pelo gramado, nos afastando da casa.

Depois de engolir água do lago numa quantidade suficiente para encher uma pequena piscina, Simon permanecera hospitalizado por quatro dias. Eu o visitara pelo menos uma dúzia de vezes, mas, sempre que o fazia, outras pessoas estavam lá: Caleb, seus pais, até mesmo antigos professores da escola. Assim, foi impossível conversarmos. E, agora, eu não sabia por onde começar.

– Seus óculos estão de volta – tentei, depois de vários minutos.

Ele sorriu, ajeitando distraidamente a armação preta sobre o nariz.

– Elas não fizeram muita diferença.

Paramos perto da beira do píer.

– O que não fez diferença? – perguntei.

– As lentes de contato. Foi uma sugestão do Riley. Ele achou que elas ajudariam.

– A sua visão?

– De certo modo. – Ele soltou minha mão e colocou as suas nos bolsos do casaco. – Vi o jeito como aqueles caras olhavam para você, Vanessa. Na escola, na cafeteria. Claro que pensei que era apenas porque você é incrivelmente linda, e que qualquer cara que *não* olhasse para você seria cego. Eu não podia culpá-los, mas podia tentar melhorar minha aparência para evitar que você olhasse de volta.

– Você não precisava fazer isso. Você não precisava fazer nada.

– É. Você teria terminado comigo de qualquer jeito.

Comecei a estender a mão para ele, mas parei quando ele ficou tenso.

– Eu estava tentando proteger você – disse eu, com a voz trêmula. – Não sabia como lhe contar tudo, e sabia que, assim que fizesse isso, não poderíamos mais ficar juntos.

– Você presumiu isso – ele respondeu rapidamente. – Você não sabia. Não tinha como saber, sem conversar comigo primeiro.

– Eu sinto sede – eu disse, minha garganta secando automaticamente. – Quando estou feliz, empolgada, estressada, furiosa. O tempo todo. Preciso beber litros de água salgada todos os dias. Preciso tomar banhos de água salgada e nadar no mar sempre que possível. Você não vai querer lidar com isso. Eu não *quero* que você tenha que lidar com isso.

– Vanessa – disse ele, triste –, quando você ama alguém, não lida simplesmente com os problemas dessa pessoa. Não os tolera e espera que desapareçam. Você enfrenta os problemas junto com a pessoa, não porque não quer ser incomodado, mas porque a vida de vocês dois está ligada, entrelaçada. Quando você está feliz, eu estou feliz, e quando você não está... nada mais importa.

Olhei para baixo e enxuguei os olhos cheios de lágrimas.

– Eu pensei que você não me amava.

– Você pensou... Como pôde...

– Eu achei que você apenas *pensava* que me amava. Por causa de quem... do que eu sou. E eu queria tanto acreditar que aquele sentimento era real... mas não sabia se era.

Ele não disse nada. Quando ergui os olhos novamente, ele estava olhando para o lago, contraindo e relaxando o maxilar.

– O que eu sabia – continuei, minha voz pouco mais que um sussurro – era que amava você.

O maxilar dele ficou tenso. Suas pálpebras se fecharam, e o pomo de adão subiu e desceu.

– E, por mais que eu não suportasse a ideia de não estar com você, odiava mais ainda a ideia de você não poder viver uma vida plena, genuína. Então, quando você disse que estava abandonando a Bates para estudar na Universidade de Boston, mudando sua vida inteira por algo que podia não ser real... eu não podia deixar que você fizesse isso.

Ele abriu os olhos. Segui a direção do olhar dele até a plataforma de mergulho, onde dias antes eu me agarrara a ele como se nosso coração, da mesma forma que nossos problemas, estivesse ligado. Entrelaçado.

– Era real. – Ele olhou para mim e esperou que nossos olhares se encontrassem. – Quer saber como eu sei?

Hesitei, mas assenti.

– Porque, quando eu vi você com aquele cara, fiquei desesperado. Fiquei totalmente arrasado.

Aquele cara. Parker.

– Simon, eu posso explicar...

– As três vezes? – A tristeza na voz dele se acentuou. – Você pode explicar o que estava fazendo no barco dele, naquela fotografia na internet e na calçada em Boston? Sem falar no que não vi com meus próprios olhos?

– Não aconteceu nada – eu disse, meu peito queimando. – A gente se beijou, mas...

– Vanessa – ele sacudiu a cabeça. – Eu vi vocês. Aquilo não foi só um beijo. Não foi um acidente.

Desviei os olhos. Eu deveria contar a ele? Como a atenção me tornava mais forte? E por que eu queria ficar mais forte? Ou deveria deixar que ele acreditasse no pior, para que pudesse finalmente seguir em frente?

– Me desculpe.

Ergui a cabeça de novo e olhei para ele. Simon olhou para mim, e as lágrimas encheram seus afetuosos olhos castanhos.

– Me desculpe – ele disse baixinho – por deixar que a Zara me afetasse. Por tê-la beijado. Por ter dito a ela que eu... sentia algo que só senti por você na vida.

– Pare. – Aproximei-me dele, colocando as mãos gentilmente em seu rosto e enxugando suas lágrimas com os polegares. – Não importa. Você não fez nada de errado.

Ele pegou minhas mãos e as afastou de seu rosto, mas continuou segurando-as.

– Importa, sim. Porque eu não teria feito aquilo se meus sentimentos por você continuassem tão fortes como sempre foram.

– Mas eu magoei você – insisti. – O que quer que eu tenha ou não feito, eu magoei você. Claro que você se sentia diferente.

– Ainda me sinto.

Vi novas lágrimas escaparem dos olhos dele e escorrerem por suas faces.

– O quê? – sussurrei.

– Eu me *sinto* diferente. – As mãos dele, ainda segurando as minhas, tremeram. – É por isso que eu sei que era real. Porque, se não fosse, seus poderes já teriam consertado tudo. Eu já teria esquecido o que você fez, mesmo antes de poder te perdoar. – Ele fez uma pausa e respirou fracamente. – Eu amaria você agora tanto quanto amava antes.

Enquanto nossas mãos se abaixavam lentamente e então se soltavam, eu estava vagamente consciente da sensação que percorria minhas pernas e meus braços.

– Eu amo você, Vanessa – disse ele, com a voz falhando. – Para o bem ou para o mal, não acho que nada possa mudar isso, nunca. Mas, agora, há outros sentimentos também. Sentimentos fortes. E dolorosos.

Examinei o rosto dele e tentei imaginar não poder vê-lo sempre que quisesse, sempre que precisasse.

– O que você está dizendo? – perguntei.

– Estou dizendo... que acho que preciso de um tempo para entender tudo isso.

Eu não tinha o direito de perguntar, mas precisava saber.

– Quanto tempo?

– Não tenho certeza. Espero que não muito. – Ele olhou para mim com os olhos cheios de lágrimas. – Mas você tem a Paige. E a sua família. Está tudo bem com eles, não está?

Tudo bem, sim. Se era suficiente? Aí já era outra história.

– Estou aqui se precisar de mim – ele disse delicadamente, se afastando. – Mas, se você puder não precisar de mim, só por algum tempo... eu agradeço.

Eu o observei ir embora. Ele continuou a andar de costas por alguns metros antes de finalmente se virar e sair correndo. Em vez de voltar para nossa casa, por onde viera, tomou um atalho pelo jardim lateral e foi para a sua.

Não me movi por vários minutos. Fiquei parada ali, mal sentindo o vento frio, ou ouvindo os pássaros berrando no lago, ou a música tocando dentro de casa, ou as crianças rindo pela rua. Esperei que Simon voltasse correndo pelo jardim, que me tomasse nos braços e me dissesse que havia cometido um erro terrível. Que ambos havíamos cometido erros, mas que poderíamos lidar com eles juntos, já que estávamos destinados a ficar juntos, não importava o que acontecesse.

Mas ele não o fez.

E finalmente, quando os primeiros flocos de neve começaram a flutuar pelo céu, caindo sobre o lago e fazendo minha pele quente arder, parei de esperar por ele.

Comecei a atravessar o gramado lentamente. Chegando em casa, entrei e passei pela sala de visitas e pela cozinha, acenando para o meu pai, que estava enrolando pratos em plástico-bolha e colocando-os em caixas de papelão. Continuei pelo corredor e fui ao segundo andar, olhando pelas janelas da escada e espiando Paige, que atirava pacotinhos de chiclete para dentro das abóboras plásticas de um trio de bruxinhas. Lá em cima, passei pelo quarto dos meus pais e pelo quarto de hóspedes sem olhar para dentro deles. No fim do corredor, virei-me e parei em frente à porta aberta.

Minha mãe estava no quarto que Justine e eu compartilhávamos, organizando as roupas de verão para as quais nem conseguira olhar quando deixamos Winter Harbor no fim do verão.

– Oi – eu disse.

Ela se virou e deu um sorriso.

– Oi, querida. Como está se sentindo?

– Estou bem. – Entrei no quarto e meus olhos se fixaram nos velhos quadros com fotos de lagostas e nos cartões-postais antigos do lago Kantaka colados nas paredes. – E você?

– Um pouco enlouquecida, mas bem. – Ela tirou uma pilha de camisetas dobradas da cômoda de Justine e as colocou em uma mala aberta sobre a cama. – O seu pai lhe contou que já recebemos uma oferta? Ainda não é oficial, mas o comprador disse que está pronto para se mudar assim que estivermos. – Ela se deteve, descansando as mãos nos quadris. – Mas temos tanta coisa para organizar que não dá para dizer quando isso vai acontecer.

– Ainda não consigo acreditar que vocês estão mesmo vendendo a casa.

– Bem – disse ela com um suspiro, se aproximando de um baú cheio de cobertores –, quando a maré muda, você tem duas opções. Pode ficar ali parada, deixando que a água chegue até você, enquanto seus pés afundam cada vez mais na areia molhada... Ou pode se afastar. Você pode ir para outro ponto da praia, ou sair da praia, se quiser. O segredo é não ficar presa.

– Não quero ficar presa.

Ela se virou para mim, seus lábios formando uma linha reta.

– Nem eu.

Depois de um instante, ela continuou a organizar as coisas e eu me encostei na cômoda. Olhei ao redor, para a janela e para a neve que caía mais forte e mais rápido do lado de fora, e então para o antigo espelho de mão pendurado na parede. O espelho estava manchado pelo tempo, mas, por um breve segundo, brilhou como novo.

– Você ainda tem todas aquelas coisas da universidade que comprou no ano passado? – perguntei, juntando-me à minha mãe perto do baú de madeira.

As mãos dela ficaram imóveis só por um momento, antes de continuar o trabalho.

– Que coisas?

– As canecas e os chaveiros? O guarda-chuva e os casacos de moletom?

– Devo ter guardado algumas coisas – ela respondeu.

– Ótimo. – Fiz uma pausa. – Acho que vou precisar delas.

Ela parou de dobrar as roupas e olhou para mim.

– Por quê?

E então, pensando em Justine, na minha mãe e no meu pai, em Charlotte e Paige, em Simon e Parker, em superar os medos e enfrentar os fantasmas que eu preferiria fingir que não estavam ali, revelei algo que acabara de perceber que andava considerando havia meses:

– Porque vou me inscrever em Dartmouth.

Impresso no Brasil pelo
Sistema Cameron da Divisão Gráfica da
DISTRIBUIDORA RECORD DE SERVIÇOS DE IMPRENSA S.A.
Rua Argentina 171 – Rio de Janeiro, RJ – 20921-380 – Tel.: 2585-2000